길 림 성

송화강

○ 흥경興京

압록강

6. 숙식

7.5. 숙식

. 숙식
連城 6.24.~25. 노숙

義州

대동강

의주대로 (압록강까지 한달 소요)

박천
博川

경

평양
平壤

조 선

1780년 5월 25일 출발

1780년 10월 27일 도착

한양漢陽

진하 겸 사은을 위한 별사(進賀兼謝恩別使)

총인원 270명(공식 인원 30명)
말 194필
압록강에서 북경 황성까지
역참 33개, 거리 2,030리(약 792km)

정사 박명원(총책임자) ┐
부사 정원시 ├─ 삼사(三使)
서장관 조정진 ┘
수석 역관 홍명복
반당(자제군관) 연암〔마두 장복, 견마잡이 창대〕
<열하일기 주요 등장인물> 이 책 78~81면 참조.

열하행

총인원 74명
말 55필
북경 황성에서 열하까지 420리(실제로는 700여 리)

중 국 (청)

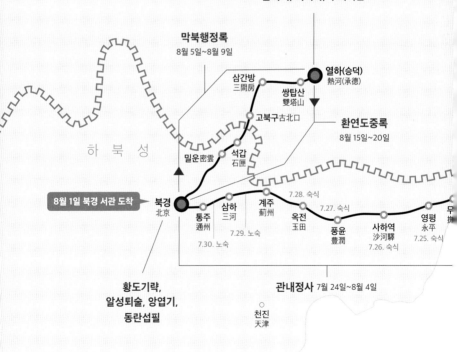

태학유관록 8월 9일~8월 14일
황교문답, 반선시말, 찰십륜포, 심세편,
경개록, 행재잡록, 망양록, 곡정필담, 산장잡기,
환희기, 피서록, 구외이문

막북행정록
8월 5일~8월 9일

삼간방
三間房

열하(승덕)
熱河(承德)

쌍탑산
雙塔山

고북구 古北口

환연도중록
8월 15일~20일

하 북 성

석갑
石匣

밀운密雲

8월 1일 북경 서관 도착

북경
北京

통주
通州

7.30. 노숙

삼하
三河

7.29. 노숙

계주
薊州

7.28. 숙식

옥전
玉田

풍윤
豊潤

7.27. 숙식

사하역
沙河驛

7.26. 숙식

영평
永平

7.25. 숙식

무

**황도기략,
알성퇴술, 앙엽기,
동란섭필**

○ 천진
天津

관내정사 7월 24일~8월 4일

열하
일기
첫걸음

열하일기 첫걸음

— 조선 최고의 고전을 만나는 법

박수밀 지음

2020년 6월 15일 초판 1쇄 발행
2023년 10월 30일 초판 5쇄 발행

펴낸이 한철희 | 펴낸곳 돌베개 | 등록 1979년 8월 25일 제406-2003-000018호
주소 (10881) 경기도 파주시 회동길 77-20 (문발동)
전화 (031) 955-5020 | 팩스 (031) 955-5050
홈페이지 www.dolbegae.co.kr | 전자우편 book@dolbegae.co.kr
블로그 blog.naver.com/imdol79 | 페이스북 /dolbegae | 트위터 @Dolbegae79

편집 이경아
표지디자인 민진기 | 본문디자인 이은정·이연경
마케팅 심찬식·고운성·한광재 | 제작·관리 윤국중·이수민·한누리
인쇄·제본 한영문화사

ISBN 978-89-7199-470-2 (03810)
이 도서의 국립중앙도서관 출판시도서목록(CIP)은 e-CIP 홈페이지
(http://www.nl.go.kr/ecip)에서 이용하실 수 있습니다.(CIP제어번호: CIP2020023079)

책값은 뒤표지에 있습니다.

열하일기 첫걸음

조선 최고의
고전을
만나는 법

박수밀 지음

돌베
개

서문

"가장 개인적인 것이 가장 창의적인 것이다."

봉준호 감독의 수상 소감을 듣는 순간 퍼뜩 열하일기가 떠올랐다. 이 말이야말로 열하일기를 설명하는 딱 맞는 말이다. 1780년 5월 25일, 세상을 전부 알아내고 싶지만 겁이 많았던 재야의 백수 선비는 바라고 바라던 중국 여행을 떠났다. 장장 5개월에 걸친 기나긴 여정이었다. 뜻하지 않게 조선인 최초로 열하에 가는 사건을 겪었고, 길가의 건물, 사람, 사물 어느 것 하나 허투루 놓치지 않았다. 그리하여 여행기라는 형식 안에 당대의 모든 장르를 담고 당대의 모든 분야를 담고 당대의 모든 모순을 담아 이전에는 없던 가장 개인적인 책을 세상에 선보였다.

나는 열하일기가 우리가 자랑할 만한 최고의 고전문학서라고 생각한다. 열하일기는 고전 시대가 나아간 문학과 사상, 문화의 최고 깊이를 보여 주는 책이다. 그 형식으로 보자면 세상에 둘도 없는 특별한 장르 복합서이고, 그 문학적인 성취로 보자면 은밀한 우언과 풍부한 형상화로 인간과 공간을 새롭게 창조하고 삶과 제도를 성찰한 특별한 여행기다. 그 사상의 깊이로 보자면 문명과 인간의 본질을 예리하게 파헤치고 동아시아 비전까지 도달한 심오한 사상서이고, 그 문제의식으로 보자면 성리학의 틀을 뛰어넘어 시대의 모순을 극복하고 새로운 세상을 말해 주고 싶었던 한 경계인의 발분저서(發奮著書)다. 연암은 자신이 배운 모든 것을 열하일기에 쏟았다. 그리고 나는 내가 배우고 깨달은 많은 것들을 이 책에 쏟았다.

대학원에 들어와 연암과 인연을 맺고 전공한 지도 25년이 훌쩍 지났다. 연암 선생 덕분에 내 생각이 많이 바뀌었고 더 성장했음을 느낀다. 인간과 사물을 새롭게 보아야 한다는 걸 배웠고 세상의 모순에 대해서도 깊이 깨달았다. 이제 연암에게 잘 배웠으니 연암이 알려준 것들을 독자에게 들려주고 싶다. 내가 책에 담은 이야기는 열하일기가 보여 주는 넓고 풍부한 세계에 비하면 새 발의 피에 불과하다. 하지만 내가 25년 이상을 연암에 집중하면서, 연암과 호흡하고 대화하고 그의 머릿속으로 들어가 그의 고민을 엿보고자 했던 흔적을 이 책에 오롯이 담았다. 최소한 독자가 열하일기를 스스로 읽어 내기 위한 길잡이 역할 정도는 할 수 있었으면 좋겠다.

그렇다고 해서 단순한 열하일기 해설서를 지향하지는 않는다. 이 책은 내가 읽은 열하일기 독법이다. 단순히 열하일기 안내서에 그치지 않고 조선 후기 사회와 문화, 사상과 정치를 이해하는 데 필요한 핵심 정보를 담고자 했다. 열하일기를 제대로 읽으려면 조선 시대의 사상과 문화를 잘 이해해야 한다. 연암의 열망과 고민을 나의 문제의식으로 치환하고 지금 여기의 삶과 현실에 적용해 보았다. 학술적인 가치도 놓치지 않으면서 이 책의 독자가 어렵지 않게 읽을 수 있도록 노력했다. 곳곳에 숨은 연암의 우언을 찾아낼 때 열하일기의 가치가 더욱 빛날 것이다. 이 책을 읽은 독자들이 열하일기를 완독할 욕심을 꼭 내기 바란다.

몇 해 전에 『연암 박지원의 글 짓는 법』을 출판하고 나서 이 책을 써야겠다고 마음먹었다. 그러한 즈음에 돌베개출판사에서 작은 책방과 도서관을 중심으로 한 '열하일기 완독클럽' 프로젝트를 진행했고, 나는 진행자로서 2년간 총 15회에 걸쳐 완독클럽을 열었다. 힘들었지만 즐거웠다. 부족했음에도 함께해 준 수강생들이 고맙다. 아무런 상관없는 사람들이 우연히 만나 필연이 되는 과정도 백면서생인 내겐 소중한 체험이었다. 연을 맺은 인연들과 더불어 열하 여행도 다녀왔다. 인연들에게 '양산'과 '허당'이라는 호를 얻은 건 덤이다.

이 원고의 첫 독자가 되어 준 김혜진 선생님, 그림의 의미가 궁금할 때마다 자문해 주시는 송희경 선생님, 연행 노정에 도움을 주시는 신춘호 감독님, 열하 여행에 동행하면서 사진을 찍어 준 유석화 여행전문가께 감사드린다. 무엇보다 열하일기 완독클럽을 진행하면서 묵묵히 뒤에서 헌신해 준 조원형 선생이 고맙다. 책의 방향부터 도판 선정에 이르기까지 일일이 세심하게 도와준 이경아 편집자께 감사하다. 이 책이 더욱 빛난다면 편집자 덕분이다. 열하일기 완독클럽과 열하 여행에 함께 참여한 인연들도 이 책의 공동 저자다. 떠오르는 이름을 하나하나 적고 싶지만 서운한 분들 생길까봐 차마 쓰지 못한다.

이 책은 내가 기획한 연암 읽기 시리즈의 첫 번째 결과물이다. 계속되는 작업에도 기대와 응원 바란다. 우물을 떠먹는 사람이 되지 말고 스스로 우물이 되라는 은사의 말씀이 떠오른다. 어찌해야 우물이 될 수 있을까? 아마도 연암을 잘 배운 다음에 연암을 버릴 때 비로소 가능할 듯싶다. 한 경계인의 꿈이자 새로운 세상을 향한 모험 서사에 함께 참여해서 새 세상을 향한 열망을 품게 되길 기대한다.

2020년 6월
박수밀

8

일러두기

- 이 책에서는 열하일기에 책을 나타내는 겹낫표를 하지 않고 하위 단위인 각 편부터 겹낫표, 낫표 등으로 표시했다. 예: 열하일기 『관내정사』「호질」
- 열하일기 인용문은 김혈조 선생이 번역한, 『열하일기』(돌베개, 2017)의 도움을 받았다.

연암의 삶과
열하일기의 창작 배경

—— **1**

열하일기는 여행기다. 여행은 집이라는 안락한 보금자리를 떠나는 행위다. '집 떠나면 개고생'이라는 말도 있지만, 한편으로 집은 비슷한 경험이 반복되는 지루한 공간이기도 하다. 집은 비슷한 욕망을 품은 사람들이 모여 일상을 되풀이하는 곳이다. 같은 경험과 생각이 쌓이다 보면 편견과 선입견이 굳어진다. 한 개인이 믿는 진리는 결코 객관적이지 않으며, 심리학에서는 이를 어릴 적부터 반복된 경험과 생각이 굳어진 결과물이라고 말한다. 집을 떠나야 비로소 새로운 것을 본다. 낯선 사람, 낯선 건물, 낯선 풍경을 만나 다양함이라는 가치를 배운다. 늘 보던 것에서 벗어나 새로운 존재와 접촉하고 다른 진리를 발견한다.

열하일기는 사행록(使行錄)의 전통에서 창작되었다. 사행(使行)은 '사신 행차'라는 뜻으로 조선의 관리가 중국과의 원만

한 외교를 위해 중국에 사신으로 가는 것이다. 이 여행에서 보고 들은 것을 기록한 글을 사행록이라 부른다. 대부분 일기체 형식이며, 당시 선비들이 한시(漢詩)에 익숙한 탓에 한시로 쓴 사행록도 많다. 열하일기는 여행기라는 형식 속에 기(記), 소설 (小說), 서(序), 한시 등 고전의 다양한 장르가 담겨 있다. 문학 외에도 정치, 경제, 음악, 미술, 건축, 의학 등 폭넓은 분야에 대한 작가의 식견이 맛깔난 비빔밥처럼 잘 버무려져 있다.

열하일기를 읽을 때마다, 어떻게 단 한 차례 여행으로 보고 들은 것들을 하나하나 세밀하게 담아낼 수 있었는지 놀라곤 한다. 풍부한 형상화, 정밀한 묘사, 고도의 우언(寓言), 은밀한 배치, 저자의 방대한 지식, 사유의 높이, 시대정신의 적실한 반영, 자유로운 문체 구사 능력 등은 감탄이 절로 나온다.

우리가 자랑할 만한 위대한 문장가

열하일기의 저자는 연암(燕巖) 박지원(朴趾源, 1737~1805)이다. 이 책에서 박지원이라는 이름 대신에 쓰게 될 '연암'은 박지원 을 대표하는 호(號)다. 그가 잠시 은거하던 황해도 금천의 연암 협(燕巖峽)에서 따왔다. 연암협은 '제비 바위 골짜기'라는 의미 인데, 제비들이 바위나 벼랑에 집을 짓고 살 정도로 험한 골짝 마을이었다. 퇴계, 율곡처럼 옛사람은 사는 집이나 마을 이름

연암의 초상 연암의 손자인 박주수(박종채의 차남)가 19세에 그린 연암의 초상화다. 홍길주의『수여난필』에 따르면, 아버지가 묘사한 연암의 모습을 들은 박주수가 그림 초안을 다섯 번 고쳐 완성했는데, 연암과 7할 정도 닮았다는 평가를 얻었다고 한다. 10시 10분을 가리키는 매서운 눈매와 우람한 풍채가 특징이다. 학창의를 입고 있다. 연암 후손가 소장.

을 호로 삼는 경우가 많았다. 그러므로 '호'에는 집과 고향을 자신의 인격처럼 여긴 선조의 생각이 잘 나타나 있다.

연암은 탁월한 문장가다. 조선 시대의 인물 중 사회적·정치적인 위인으로는 세종대왕과 이순신 장군 등이 떠오르겠지만, 문장가로는 연암을 으뜸으로 꼽지 않을 수 없다.「허생전」,「호질」,「양반전」은 지금도 널리 읽히는 고전 소설이다. 연암의 위상을 보여 주는 신뢰할 만한 학자의 증언이 있다.

> 조선 500년 역사에 퇴계, 율곡의 도학(道學)과 충무공의 용병(用兵)과 연암의 문장, 이 세 가지가 나란히 특기할 만하다.
>
> — 창강 김택영

> 우리나라 문장가들은 입만 열면 성명(性命)을 말하고 성리학을 베끼는 폐단을 보였는데, 오직 연암만이 여기서 벗어났다.
>
> — 운양 김윤식

첫 번째 글은 창강(滄江) 김택영(金澤榮, 1850~1927)의 말이다. 조선 500년 역사에 가장 특별한 세 가지로 퇴계 이황과 율곡 이이의 성리학, 충무공 이순신의 용병술, 그리고 연암의 문장을 꼽고 있다. 세종대왕의 훈민정음이 빠져서 아쉬운데, 구한말까지도 조선의 많은 선비는 훈민정음을 여자들이 쓰는 암글이라 하여 낮추어 보았다. 어쨌거나 조선은 성리학의 나라이므로 유학의 종장(宗匠)인 퇴계와 율곡을 꼽은 것이고, 충무공은 조선을 구한 영웅이니 이 역시 수긍이 간다. 연암의 문장을 든 것이 특별한데, 이처럼 연암 문장의 위대함을 알아본 남다른 눈길이 간혹 있었다.

두 번째 글은 운양(雲養) 김윤식(金允植, 1835~1922)의 말이다. 인간은 자신이 속한 시대와 함께 나누는 경험이나 세계관을 뛰어넘지 못한다. 예술, 문학뿐만 아니라 철학, 종교조차 그 시대의 패러다임 안에서 움직인다. 패러다임이란 그 시대 사람들의 생각을 규정하는 인식 체계다. 조선 시대는 주자 성리학이 그 시대의 패러다임이었고, 성리학의 틀에서 벗어난 학자는 없었다. 그런데 운양은 연암만이 성리학의 세계관에서 벗어나 새로운 세계를 보았다고 평가한다. 과연 연암이 어떠한 인물이기에 이렇게까지 평가할까 하는 궁금증이 생긴다.

연암 문학의 힘, 불면증과 백탑 친구들

연암은 18세 전후로 오랫동안 불면증을 앓았다. 우울증을 동반한 불면증이었다. 한숨도 못 자는 날이 사나흘씩 계속된 적도 있었다. 불면증과 우울증은 현대인에겐 흔한 질병이지만 고전 시대에 불면증은 사례가 많지 않다. 불면증은 왜 생기는 걸까? 뜻대로 풀리지 않는 일들, 인간관계에서 생긴 깊은 상처, 불규칙한 삶, 미래에 대한 두려움 등이 복합적으로 얽혀 있다. 연암의 경우는 현실에 대한 실망 때문인 듯하다. 연암의 둘째 아들 박종채(朴宗采, 1780~1835)의 증언에 따르면, 연암은 젊은 시절 권력과 이익만을 좇는 사람들의 모습에 환멸을 느꼈고, 이리저리 빌붙는 아첨꾼을 보면 참지를 못하고 상대하다가 비방을 자주 받았다고 한다. 어그러진 이상과 현실, 쏟아지는 비난과 원망의 말들로 잠 못 이루는 날들이 많아졌다. 나는 이것을 '거룩한 분노'라고 부른다. 소소한 일상사 때문이 아니라 정의롭지 못한 현실에서 느끼는 갑갑함과 울분이다. 연암이 불면증에 걸린 사정은 자신이 쓴 「민옹전」(閔翁傳)에 잘 나타나 있다. 연암은 만담과 해학을 잘한 민유신(閔有信)이라는 노인과 친하게 지내면서 저절로 불면증을 치유했다. 민 노인은 능력 있고 꿈도 있었지만, 현실에서 기회를 얻지 못한 불운한 인재였다. 그런 민 노인이 죽자 연암의 우울증은 다시 도졌다. 우울증은 연암을 평생 따라다닌 듯하다. 연암은 69세에 죽을 때까지 늘 울화가 치밀어 오르는 병을 앓았다. 연암에게는 힘겨운 삶이었다 하겠다.

하지만 젊은 시절의 우울증이야말로 연암의 문학을 연암의 문학답게 만든 원천이었다. 위대한 사상과 예술은 깊은 고통 속에서 건져 올린 맑은 샘물이다. 인간은 시련이 없으면 남의 고통을 돌아볼 줄 모르고 남의 상처를 이해하지 못한다. 인간은 경험한 만큼만 남을 이해하는 존재다. 『맹자』「고자 하」(告子下)에 이런 글이 있다. "하늘이 장차 그 사람에게 큰 임무를 맡기려 할 때는, 반드시 먼저 그의 마음과 뜻을 괴롭게 하고 그의 뼈를 수고롭게 하며, 그의 육체를 굶주리고 그의 몸을 궁핍하게 만들어 그가 행하는 바를 어긋나게 한다. 이는 그의 마음을 분발하게 하고 성질을 참게 하여 그가 할 수 없는 일을 해내게 하고자 함이다." 연암이 젊은 시절에 겪은 좌절과 상처는 인간의 마음을 더욱 깊이 이해하고 자신의 내면을 돌아보게 하는 힘이 되었다. 그리하여 예리하고 예민한 문학적 감수성을 키워 갈 수 있었다.

연암은 지금의 종로구 탑골공원 내에 있는 백탑 근처에서 뜻이 맞는 사람들과 어울려 지냈다. 이른바 18세기의 스타 실학자인 홍대용(洪大容, 1731~1783), 박제가(朴齊家, 1750~1805), 이덕무(李德懋, 1741~1793), 유득공(柳得恭, 1748~1807), 정철조(鄭喆祚, 1730~1781), 이서구(李書九, 1754~1825) 등이 모두 백탑 근처에 살았다. 백탑이란 별칭은 탑이 흰 대리석이라서 붙인 명칭이고, 공식 이름은 원각사지 십층석탑으로 1467년에 세워졌다. 내로라하는 18세기의 지성인들이 백탑 부근에서 매일 어울려 다니면서 술 마시고 글 지으며 생각을 나누었다. 박종채는 아버지 연암의 일생을 기록한 『과정록』(過庭錄)에 이렇게 썼다.

"매번 만나면 며칠을 함께 지내며, 위로 고금의 치란(治亂)과 흥망에 대한 일로부터 옛사람이 벼슬에 나아가거나 물러날 때 보여 준 절의(節義), 제도의 연혁, 농업과 공업의 이익 및 폐단, 재산을 증식하는 법, 환곡을 방출하고 수납하는 법, 지리·국방·천문·음악, 나아가 초목·조수(鳥獸)·문자학·산학(算學)에 이르기까지 꿰뚫어 포괄하지 아니함이 없었다."

연암은 젊은 시절부터 지우(知友)들과 어울리며 인간사의 흥망성쇠와 이용후생(利用厚生), 경세제민(經世濟民), 제도와 예술 등에 대해 활발하게 토론했다. 나는 이것을 연대의 아름다움이라고 부른다. 혼자 생각하면 혼자에 그치지만 열 사람이 생각을 나누면 열 사람의 생각이 내 생각이 된다. 연암의 글과 생각은 그 시대를 함께 살아간 공동체와의 토론과 대화에서 나온 것이다. 공부는 홀로 걷는 외로운 길이면서 함께 맞잡고 갈 때 더욱 큰 힘을 발휘하는 연대의 길이기도 하다.

반성문을 거부하다

연암은 1780년 44세 때 반당(伴當)의 신분으로 중국 여행을 다녀왔다. 연암의 팔촌 형뻘 되는 박명원(朴明源, 1725~1790)이 최고 책임자가 되어 사행 갈 때 연암을 개인 수행원 자격으로 데리고 갔다. 연암 일행이 북경(北京)에 도착했을 때 건륭제(乾隆

帝)는 북경에서 400리 떨어진 열하(熱河)에 있었다. 건륭제는 특별한 생일을 치르고 싶었고, 몽골과 티베트 등의 사절단을 두루 고려해 열하에서 고희 잔치를 열었다. 조선 사신단은 급히 74명을 추려 열하로 달려갔다. 이 예기치 않은 사건으로 연암은 조선 사신으로는 최초로 열하에 가는 행운을 누리게 되었고, 그 여정에서 흥미진진한 경험을 하였다.

5월 25일에 한양을 떠난 사신단은 10월 27일에 한양으로 돌아왔다. 장장 5개월에 걸친 긴 여정이었다. 무사히 귀국한 연암은 한양과 연암협을 오가며 열하일기를 썼다. 열하일기가 재미있다는 입소문이 나자 채 탈고가 되기도 전에 사람들이 너도나도 베끼고 전해서 한양의 화제가 되었다. 하지만 열광적인 반응 못지않게 오랑캐 연호를 썼네, 문체가 불순하네 등등의 비난도 따랐다. 급기야는 국왕 정조(正祖, 재위 1776~1800)까지 열하일기를 읽었다. 정조는 직각(直閣) 남공철(南公轍, 1760~1840)을 시켜 연암에게 명령했다.

"요즈음 문풍이 이같이 된 것은 그 근본을 따져 보면 모두 박 아무개의 죄다. 열하일기는 내 이미 익히 보았으니 어찌 감히 속이고 숨길 수 있겠느냐? 이자는 바로 법망에서 빠져나간 거물이다. 열하일기가 세상에 유행한 뒤에 문체가 이와 같이 되었으니 당연히 결자해지하도록 해야 한다."

정조는 연암에게 바르고 순수한 글을 지어 올려 열하일기의 죗값을 치르라는 명령을 내렸다. 세상을 타락시킨 수괴로 연암과 열하일기를 지목한 것이다. 그런데 이 상황을 곰곰이 떠올려 보면 사행 당시 아무 벼슬도 없던 일개 야인이 쓴 글을 국왕까지 읽어 보았을 정도로 열하일기가 숱한 화제를 불러일으켰다는 역설적 사실을 확인할 수 있다. 열하일기는 그 파격적 문체와 새로움, 아슬아슬한 내용 때문에 격렬한 찬반 논쟁을 일으킨 작품이 되었다.

어명이 담긴 남공철의 편지는 함양군에서 안의 현감으로 있던 연암에게 전달되었다. 정조의 명령을 받은 연암은 덜컥했을 것이다. 이 사태까지 오리라곤 전혀 예상하지 못한 연암은 바짝 엎드려 남공철에게 답장을 보냈다. 이 편지는 『연암집』 2권에 「직각 남공철에게 답함」이란 제목으로 실려 있다.

연암은 자신이 중년 이래로 불우하게 지내다 보니 '글로써 장난거리를 삼아'(以文爲戲) 하릴없는 마음을 드러냈다고 고백했다. 그러면서 자신은 임금님의 교화를 해치는 고약한 백성이니 올바른 글을 지어 바치도록 하겠으며 얼른 허물을 고쳐 다시는 훌륭한 임금님이 다스리는 시절의 죄인이 되지 않겠노라고 한껏 낮추었다. 표현만 놓고 본다면 연암은 자신의 잘못을 깊이 후회하고 곧 반성문을 쓸 기세다. 연암의 지인들도 연암에게 바른 글을 지어 바칠 것을 권유했다. 그러나 결론은 완벽한 반전이었다.

임금님의 이번 분부는 참으로 전무후무한 은총이오.

임금님께서 열하일기의 문체가 잘못되었다고 하여 죄를 말씀하셨으니 신하된 도리로 그 죄를 받는 것이 마땅하오. 견책을 받은 몸이 새로 글을 지어 올려 자신의 글이 바르다고 자처하면서 이전의 잘못을 덮으려 해서야 쓰겠소? 잘못을 반성하고 바른 글을 지어 바치면 벼슬도 아깝지 않다고 하신 것은 스스로 반성하는 길을 열어 주신 것이거늘 이에 편승해 우쭐하여 글을 지어 바친다면 이는 바라서는 안 될 것을 바라는 것이겠지요. 바라서는 안 될 것을 바라는 건 신하된 자의 큰 죄라오. 그래서 나는 새로 글을 지어 바치려고는 하지 않으며, 예전에 지은 글 몇 편과 안의에 와서 지은 글 몇 편을 뽑아 서너 권의 책자로 만들어 두었다가 임금님께서 또다시 글을 지어 올리라는 분부를 내리시면 그때 가서나 분부를 받들어 신하의 도리를 다할까 하오.

―『과정록』권2

이 글은 안의에 와 있던 문사들이 바른 글 베끼는 일을 도와주겠다고 나섰을 때, 연암이 그들에게 한 말이다. 정조가 연암을 질책하면서 바른 글을 지어 올리면 문임(文任)을 주는 것도 아깝지 않다고 했는데, 이 말을 빌미 삼아 빠져나간 것이다. 즉 순정한 글을 지어 바치면 벼슬을 주신다고 했는데 여기에 편승해서 글을 지어 바치면 바라서는 안 될 벼슬을 바라는 것이 되고, 바라서는 안 되는 것을 바라는 것은 신하된 자의 큰 죄가 되겠기에 글을 지어 바칠 수가 없다는 취지다. 표면적으로는 완곡한 어법이지만 실제로는 결코 글을 지어 바칠 수 없다는 배짱이다. 역시 연암답다. 정조가 그 당시 유행하던 패관 소품을 바로잡고자 바르고 고운 문체를 쓰자는 운동을 일으켰을 때 여기에 걸려든 숱한 학자들이 반성문을 지어 올렸다. 박제가, 이덕무도 예외가 아니었다. 그러나 연암만은 끝내 반성문을 쓰지 않았다. 정조가 반성문을 쓰라는 명령을 내렸을 때 연암은 열하일기 때문에 죽을지도 모르겠구나 싶었을 것이다. 영조 시절의 명기집략 사건(청나라 문인 주린朱璘이 쓴『명기집략』明紀輯略에는 조선 왕조를 왜곡한 내용이 수록되어 있었는데, 영조 재위 시기에 이 책을 유통하다가 많은 서적상이 죽임을 당했다)을 떠올리면 더더욱 겁이 났을 것이다. 왕조 시대 국왕의 명령은 절대적인 위력을 갖는다. 명령 거부는 목숨을 담보로 하는 행위다. 연암은 속으로 무척 두려웠을 것이다. 하지만 끝내 반성문을 쓰지 않았다. 자신의 글이 이문위희(以文爲戱), 즉 글로 장난삼았을 뿐이라고 한껏 깎아내렸지만 실제로 그렇게 생각했을 리가 없다. 문체반정을 둘러싼 연암의 행동에는 능숙하게 빠져나가는 대담함과 자신의 작품을 낮춤으로써 자신의 신념을 지킨 노련함이 숨어 있다.

고추장을 직접 담그다

연암은 아내가 죽고 다시는 재혼하지 않았다. 일부다처제였던 조선 시대를 생각하면 특별한 사연이라 하겠다. 연암은 16세 때 동갑내기 전주이씨와 결혼했다. 연암의 집안은 명문가였지만 선조 대부터 대대로 청렴하게 산 탓에 참 가난했다. 경제적으로나 학문적으로 처가의 도움을 많이 받았다. 젊은 시절 연암의 학문은 처가로부터 나온 것이다. 장인 이보천에게 『맹자』를 배웠고, 장인의 아우인 이양천에게는 『사기』를 배웠다. 처남인 이재성은 연암의 절친으로, 평생 학문의 동반자가 되었다.

연암은 50세까지 무직이었다. 이른바 백수였기에 자유롭게 글을 쓸 수 있었지만, 연암의 아내는 무척 고생했을 것이다. 옛 선비들은 글만 읽었고, 집안의 경제는 아내가 책임져야 했다. 나이 오십이 되어서야 친구인 유언호의 추천으로 종9품 선공감 감역이 되었다. 비록 낮은 관직이었지만 연암의 집안이 사대부였기에 가능했던 음서(蔭敍)의 벼슬자리였다. 하지만 안타깝게도 벼슬에 오르자마자 반년도 못 되어 아내가 병으로 죽고 말았다. 이후에 연암은 죽을 때까지 다시 혼인을 하지 않았고 첩을 두지도 않았다. 아내를 정말 사랑했고 또 많이 미안했기 때문일 것이다. 연암은 아내의 죽음을 애도하는 도망시(悼亡詩)를 20수 넘게 지었다(현재는 2수만 남아 있다). 「족손인 박홍수에게 답한 글」(答族孫弘壽書)에서는 "내 평생 언문이라고는 한 글자도 모르기에 50년 동안 해로한 아내에게도 끝내 편지 한 글자도 서로 주고받은 일 없었던 것이 지금에 와서는 한이 될 따름이다"라고 후회한 적도 있다. 연암이 한글을 하나도 몰랐다는 사실을 확인하는 장면이기도 한데, 아내에 대한 그리움을 이렇게 고백한 것이다.

아내가 죽고 9년 뒤, 연암은 경상남도 함양에서 안의 현감으로 지내고 있었다. 엄마 없이 지낼 자식들 걱정에 연암은 반찬거리와 함께 고추장을 직접 담가서 편지와 함께 보냈다.

> 나는 고을 일을 하는 틈틈이 한가로운 때면 수시로 글을 짓거나 혹 법첩(法帖)을 놓고 글씨를 쓰기도 하거늘 너희들은 한 해가 다 가도록 무슨 일을 하느냐? ……너희들이 하는 일 없이 날을 보내고 어영부영 해를 보내는 걸 생각하면 어찌 몹시 애석하지 않겠느냐? 한창 시절 이러면 노년에는 장차 어쩌려고 그러느냐? 웃을 일이다, 웃을 일이야. 고추장 작은 단지 하나를 보내니 사랑방에 두고 밥 먹을 때마다 먹으면 좋을 게다. 내가 손수 담근 건데 아직 완전히 익지는 않았다.
>
> 보내는 물건: 포(脯) 세 첩, 감떡 두 첩, 장볶이 한 상자, 고추장 한 단지.

　　게으름 피우지 말고 공부하라는 부모의 잔소리는 예나 지금이나 한결같다. 연암은 잔소리도 했지만, 포(脯)와 장볶이, 감떡을 살뜰히 챙기고 더불어 직접 담근 고추장 한 단지를 보냈다. 조선 시대에 양반 남자가 고추장을 직접 담갔다는 사실이 재미있다. 자유롭고 격식에 얽매이지 않는 연암의 스타일을 소소한 일상에서도 확인한다. 무엇보다 자식을 무척 사랑했기에 체통 따윈 벗어던지고 손수 반찬을 만들어 자식에게 먹이고 싶었을 것이다. 아버지의 마음을 확인한 자식들은 얼마나 뭉클했을까?

　　　이전에 보낸 쇠고기 장볶이는 잘 받아서 조석간에 반찬으로 먹고 있니? 왜 한 번도 좋은지 어떤지 말이 없니? 무람없다, 무람없어. 난 그게 포첩이나 장조림 따위의 반찬보다 나은 것 같구나. 고추장은 내 손으로 담근 것이다. 맛이 좋은지 어떤지 자세히 말해 주면 앞으로도 계속 두 물건을 인편에 보낼지 말지 결정하겠다.
　　　─『연암선생서간첩』

　　그러나 웬걸? 연암은 바쁜 업무에도 불구하고 고추장을 직접 담가 보냈건만, 자식들은 가타부타 한마디 답장이 없었다. 연암은 자식들이 야속하기만 했다. 그리하여 다시 편지를 보냈다. 무람없다는 말은 버릇없다는 뜻이다. 비록 부모가 보답을 바라고 자식에게 베푸는 것은 아니나 자식은 자식으로서 해야 할 도리가 있다. 그러나 고맙다는 자식의 말 한마디는 언제나 인색하다. 맛이 좋은지 어떤지 알려주면 고추장을 계속 보낼지 말지를 결정하겠다는 엄포성 말에서 토라진 연암이 떠오른다. 가장으로서 연암은 어미 없는 자식을 각별하게 챙기는 아버지였다.

연암의 평소 행적은 그의 둘째 아들 박종채가 쓴 『과정록』에 소상히 나온다. 비록 자식의 눈으로 바라보고 해석한 아버지지만 연암의 평소 삶과 일상의 면모가 이 책에 오롯이 담겨 있다.

여행단의 구성

연암이 여행을 하게 된 배경과 여행단의 구성에 대해 간단히 살펴보자. 연암이 여행을 하게 된 사연 그리고 함께 여행 간 이들의 면면을 알고 나면, 독자도 연암과 한마음이 되어 여행자의 마음으로 열하일기를 읽을 수 있다.

연암의 사행단 명칭은 '진하 겸 사은을 위한 별사'(進賀兼

謝恩別使)다. 진하(進賀)는 황제의 즉위나 생일 등 경사를 축하하기 위한 사행이고, 사은(謝恩)은 청나라의 조치에 대한 감사의 마음을 전하러 가는 사행이다. 별사(別使)는 특별한 사유가 있을 때 가는 사신 행차의 명칭이다. 곧 이번 조선 사신단의 사행 목적은 건륭 황제의 고희(칠순) 생일을 축하함과 아울러 1년 전 조선 사행의 실수로 북경 숙소에 불이 났을 때 그 책임을 묻지 않기로 조치해 준 데 대한 감사를 전하기 위한 특별 사행이었다.

사행의 총인원은 270명이었다. 열하일기에는 나타나 있지 않지만 연암과 함께 사행을 갔던 노이점(盧以漸, 1720~1788)이 쓴 『수사록』(隨槎錄)에서는 "압록강을 건넌 사람은 총 270명이고 말은 194필이다"라고 기록하고 있다.

사신단의 총책임자 박명원은 연암의 삼종형(촌수로 8촌이 되는 형)으로, 연암보다 열두 살이 많았다. 영조의 딸 화평옹주(和平翁主)에게 장가들어 금성위(錦城尉)에 봉해졌다. 건륭제의 고희 생신 축하라는 중요한 임무로 가는 것이기에 총 책임자인 정사(正使)는 왕실과 관련 있는, 격이 높은 인물을 대표로 세웠다.

정사 외에 부사(副使)와 서장관(書狀官)을 합해 삼사(三使)라고 부른다. 부사는 정사를 보조하고 서장관은 기록을 담당한다. 정사, 부사, 서장관은 오늘날로 치면 외교부 장관, 차관, 서기관에 해당한다. 사신단에는 삼사 외에 일반적으로 19명의

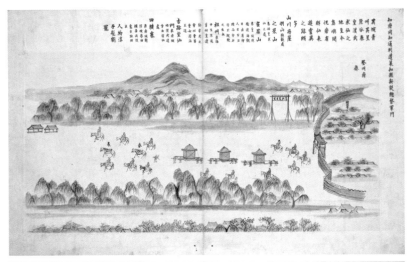

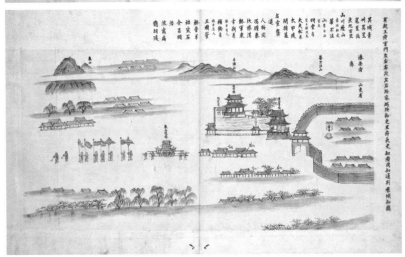

사신 행렬도(부분) 《항해조천도》(航海朝天圖), 조선, 40.8×34cm, 국립중앙박물관 소장.
조선 인조의 책봉을 요청하기 위해 1624년에 명나라에 파견된 이덕형(李德洞) 일행의 사신 행차 길을 담은
그림으로 모두 25점으로 이루어져 있다. 18세기 후반에서 19세기 전반 무렵에 다시 모사한 것으로 추정된다.

역관이 참여한다. 연암의 사신단에서 수석 역관은 홍명복(洪命福)이었다. 연암이 압록강을 건너면서 "자네 도를 아는가?"라며 뚱딴지같은 질문을 던진 대상이 홍명복이다. 그 외에 일행의 건강을 돌보는 의원(醫員), 중국 현지에서 작성해 올리는 문서 글씨를 담당한 사자관(寫字官), 사행 기록을 그림으로 남기는 화원(畫員), 수행 담당 무관인 군관(軍官) 등이 있다. 사신단의 성격과 규모에 따라 다르긴 하나 이들 공식 인원은 대체로 35~40명이고, 이들을 정기 사행에서는 절행(節行), 임시 사행에서는 별행(別行)이라고 부른다. 이들은 중국 측에서 숙식과 상급(賞給)을 제공하므로, 중국 측에서는 인원을 줄이기를 원하고 우리 쪽에선 조금 늘리고 싶어 한다. 이 외에 사신단을 보조하는 주방 담당, 곡물 운반 담당, 마두(말몰이꾼), 견마잡이, 상인 등이 일행을 이루는데 다 합치면 200~300여 명가량 되었다. 핵심 인원은 35~40명 안팎이고 나머지 다수 인원은 심부름꾼인 셈이다.

삼사는 개인 수행원 자격의 군관을 데려갈 수 있었다. 정사는 총 4명을 추천할 수 있는데 그중 1명은 서장관이 추천했다. 부사는 3명까지 추천할 수 있었다. 대체로 전·현직의 무관을 데려가는데 이들을 군관(軍官)이라 불렀다. 집안의 자제나 친인척을 데려가기도 하는데 이들은 자제군관(子弟軍官)이라고 불렀다. 이들을 데려가 말동무 삼거나 새로운 견문을 체험하게 했다. 삼사의 신분이 높으므로 자제군관의 사회적 지위도 당연히 높았다. 연암도 정사인 박명원의 추천을 받아 개인 수행원 자격으로 간 것이다. 이렇게 보면 연암의 신분은 자제군관이지만, 연암은 자신의 신분을 '반당'(伴當)이라고 부르고 있어 흥미롭다.

> 사신을 따라서 중국에 들어가는 사람에겐 모름지기 부르는 호칭이 있다. 역관은 종사관이라 부르고, 군관은 비장이라 부르며, 나처럼 한가롭게 유람하는 사람은 반당이라 부른다.
>
> —『피서록』(避暑錄)

반당은 한자로 '伴當'인데 '伴倘'으로도 쓴다. 반당은 삼사가 자비를 들여 데려가는 사람이다. 반당의 이름은 압록강을 건너는 사람의 명단을 적어 조정에 보내는 '도강장계'(渡江狀啓)에도 실리지 않는다. 즉, 공식 명단에 실리지 않는다는 뜻이다. 연암이 열하를 향해 갈 때도 연암의 이름은 사신단 명단에 실리지 않았다. 그야말로 자유 신분이었다.

자제군관과 반당은 어떤 관련이 있는 걸까? 혹 자제군관을 반당으로 부르는 게 아닐까? 그런데 여러 연행록을 살피니 사신단의 명칭에서 자제군관과 군관, 반당을 각각 분리해서 기록하고 있었다. 합리적으로 판단하자면 삼사가 데려갈 수 있는 군관 중에서 공식 명단에 포함하는 자제군관과, 삼사가 자비를 들여 데리고 다니는 반당을 구별해서 부른다고 보아야 할 것이다. 곧 연암의 공식 신분은 반당이었다.

연암은 장복과 창대라는 하인을 데리고 다녔다. 연암이 비록 반당의 지위일망정 최고 책임자인 박명원의 친척이고 양반이다. 열하 숙소에서도 박명원과 같이 자는 등 든든한 배경 덕을 톡톡히 보았다. 창대는 말고삐를 잡는 견마잡이고, 장복은 말을 관리하는 마두다. 장복과 창대는 연암이 집에서 데리고 온 하인이 아니라 각기 곽산과 선산 사람으로, 차출된 하인이다. 열하일기는 장복과 창대의 어리숙하면서도 순진한 모습들을 생동감 있게 그리고 있는데, 이들을 바라보는 연암의 시선에서 지금 시대의 휴머니즘을 느낀다. 양반에게 좋은 사람 이하로 취급되던 시기에 연암은 이들을 따뜻한 연민의 눈으로 바라보고 있다. 연암의 손자 박규수(朴珪壽, 1807~1877)도 1861년에 사행을 갈 때 장복의 후손을 찾아내 데리고 갔다. 할아버지가 쓴 열하일기를 읽고서, 데리고 다녔던 하인의 행방이 궁금했을 것이다. 우연한 만남이 후대의 '인연'으로 이어진 아름다운 연결이라 하겠지만, 천민은 계속 세습되어 하인의 자식은 계속해서 하인의 삶을 살아가야 했던 애달픈 모습도 있다. 박규수의 기록에 따르면 장복의 본래 이름은 장명복이다. 수석 역관인 홍명복과 이름이 같아 장복으로 바꾸어 쓴 것이다.

열하일기의 줄과 탁

줄탁동시(啐啄同時)라는 말이 있다. 알 속의 병아리가 껍질을 깨뜨리고 나오기 위하여 껍질 안에서 쪼는 것을 줄(啐)이라 하고 어미닭이 밖에서 쪼아 깨뜨리는 것을 탁(啄)이라 한다. 줄과 탁이 동시에 일어날 때 병아리가 알을 깨고 밖으로 나올 수 있다. 하지만 어미닭은 알을 깨고 나오는 데 작은 도움만 줄 뿐, 궁극적으로 알을 깨고 나오는 것은 병아리 자신이다. 선생은 깨우침의 계기만 제시할 뿐이고, 나머지는 배우는 이가 스스로 노력하여 깨달음에 이르러야 한다. 스스로 얻으려고 애쓰는 자라야 진짜로 좋은 것을 얻을 수가 있다.

열하일기는 감동을 목적으로 하는 정서적인 글이라기보다는 깨달음을 주는 자각과 성찰의 글이다. 사전 배경 지식 없이 글을 읽으면 열하일기는 이해하기 어려운 그저 그런 연행록 가운데 하나일 뿐이다. 열하일기에는 역사와 지리, 풍속은 물론 문화와 경제, 문학과 예술, 건축과 의학, 종교에 이르는 조선 시대 역사와 문화, 사상을 아우르는 모든 내용이 망라되어 있다. 행간에 담긴 의미와 속 깊은 주제의식, 글쓰기 전략을 찾아갈 때 비로소 열하일기의 위대성을 발견할 것이다. 열하일기를 배워 가는 가운데 줄과 탁이 이루어져 스스로 알을 깨는 시간이 되길 바란다.

그대 진리를
아는가?

열하일기는 이본에 따라 권수가 조금 차이가 있는데, 24권부터 26권까지로 이루어져 있다. 열하일기의 제1편이 『도강록』(渡江錄)이다. 『도강록』은 '압록강을 건넌 이야기'라는 뜻이다. 연암이 참여한 사행단이 한양을 떠난 날은 5월 25일이다. 많은 연행록이 사행 출발 장소인 한양부터 일정을 기록하지만, 열하일기는 한양부터 의주에 이르는 의주대로 구간은 쏙 빼고 출발 날짜보다 한 달 뒤인 압록강을 건너는 시점부터 시작한다. 여기에는 연암의 의도가 있다. 『도강록』은 6월 24일부터 7월 9일까지의 일정을 담고 있는데, 다른 편(篇)에 비해 분량이 제법 많다. 첫 관문을 여는 장이라서 중요한 화두도 많다. 열하일기를 관통하는 주제 의식이 『도강록』에 모두 담겨 있다. 그 중요성을 감안해서 이 책에서는 두 장에 걸쳐 다룬다.

왜 열하일기인가?

열하일기는 사행록의 전통에서 쓴 책이다. 중국에 사신을 다녀온 사람들은 자신이 보고 들은 것을 여행기로 남겼다. 명나라 시절에는 천자(天子)에게 조회를 간다는 의미로 조천록(朝天錄)이라고 불렀고, 청나라 때는 연경(燕京)으로 사행 간다는 의미로 연행록(燕行錄)이라고 했다. 만주족이 세운 청나라는 오랑캐 나라로 여겼기에 천자라는 표현 대신에 단순히 연경 여행기라고 표현한 것이다. 연경은 연나라의 수도라는 의미인데, 오늘날의 북경이다. 당시엔 연경과 북경을 섞어 썼다. 열하일기 초고본에는 '연행음청기'(燕行陰晴記)라고 썼다. 음청(陰晴)은 흐린 날과 갠 날이란 뜻으로 날씨를 의미한다. 이를 열하일기로 바꾼 것인데, 바꾼 제목 때문에 사람들에게 엄청난 비난을 받았다. 왜 오랑캐 땅 이름 '열하'를 책 이름으로 썼느냐는 트집이었다. 당시 조선의 주류 사대부는 오랑캐가 다스리는 중국 땅을 밟는 것조차 수치스럽게 생각했기에, 혐오하는 땅의 지명을 써서는 안 된다고 생각했다.

연암이 이러한 비난이 일어날 것을 몰랐을 리 없다. 논란이 일 것을 알면서도 굳이 '열하'라는 명칭을 썼다. 왜 그랬을까? 이는 연암의 작가 정신에 말미암는다. 연암은 창애 유한준에게 보낸 편지 「창애에게 답하다」(答蒼厓)에서 글을 쓰는 사람은 아무리 명칭이 비루해도 꺼려서는 안 되며 실상이 속되어도 은폐해서는 안 된다고 말한다. 한마디로 명실상부(名實相符)의 정신이다. 명분과 실제가 서로 일치해야 한다는 생각이다. 예를 들면, 조선 시대에는 수도인 한양을 장안이라 부르곤 했다. '장안의 화제'라는 말도 그래서 나왔다. 그런데 장안은 당나라의 수도다. 장안이 워낙에 번화하고 유명해지다 보니 나중엔 수도를 일컬을 때면 으레 습관적으로 장안이란 말을 썼다. 하지만 연암은 지나가 버린 남의 나라 수도 이름을 쓰면 명칭과 실상이 뒤죽박죽되어 지저분해진다고 말한다(「창애에게 답하다」 중에서). 실질에 맞게 써야 한다는 것이다. 조선 사람이 한 번도 밟아 보지 못한 열하까지 갔고, 열하에서 경험한 일을 주로 이야기했으니 열하라는 명칭을 썼을 뿐이라는 생각이다.

사람은 자기 관습과 사상에 근거를 두어 무언가를 선택하거나 받아들인다. 하지만 연암은 실상에 맞는지부터 따진다. 진실을 드러내는 데 소용된다면 꺼리는 글자가 있어서는 안 된다고 생각한다. "말은 꼭 거창할 필요가 없다. 도에 부합한다면 기와 조각이나 벽돌이라고 해서 왜 버리겠는가?"라고 하면서, "도올은 사악한 짐승이지만 초나라의 역사책은 그 이름을 취했고, 몽둥이로 사람을 때려죽이고 암매장하는 왕온서는 극악한 도적이었지만 사마천과 반고는 그에 대해 기록했다"라고 주장한다. 글 짓는 사람은 오직 참을 보여 주면 된다는 것이다. 그런 점에서 연암은 순전한 문장가다.

열하일기의 맨 처음에는 「열하일기서」(熱河日記序)가 있다. 서(序)는 '머리말'이란 뜻이니 「열하일기서」는 열하일기의 머리말이다. 고전 시대에 문인들은 문집을 만들거나 작품집을 엮으면 책 만든 과정이나 책을 소개하는 글을 써서 문집의 앞이나 뒤에 수록했다. 이때 앞에 붙이면 서(序), 뒤에 붙이면 발(跋)이라고 불렀다. 오늘날 머리말은 실용문에 속하지만 과거에는 아주 활발하게 창작된 고전 산문 장르였다. '서'는 저자 자신이 쓰기도 하고 남이 써 주기도 했는데, 자신이 쓸 때는 자서(自序)라고 불렀다.

열하일기는 이본이 약 60여 종 되는데 「열하일기서」는 '연암산방본'에만 있다. 게다가 연암의 제자였던 유득공의 『영재서종』(泠齋書種)에 같은 내용의 서문이 실려 있는 것으로 보아 「열하일기서」는 유득공의 작품이라고 보는 것이 맞겠다.

「열하일기서」에서 유득공은 열하일기에 대해 중요한 단서를 하나 던진다. 열하일기가 우언(寓言)의 성격을 갖고 있다는 것이다. '우언'이란 어떤 사물에 빗대어 작가의 뜻을 은밀하게 전달하는 방법이다. 유득공은 열하일기가 작가 연암의 생각을 슬쩍 감추고 어떤 사물에 기대어 작가의 생각을 교묘하게 전한다고 주장한다. 나는 이 말에 동의한다. 열하일기는 표면적으로는 일기 형식이지만 그렇다고 해서 순전히 사실의 언어로만 쓴 것은 아니다. 열하일기에는 작가의 풍부한 상상력과 허구의 언어가 섞여 있다. 연암은 사실의 언어가 아닌 진실의 언어에 관심을 가진 사람이다. 연암은 진실을 전달하기 위해 때로는 허구와 상상의 언어를 쓰기도 했다. 그러므로 열하일기는 여행 감상문처럼 읽어서는 안 된다. 어떤 장면, 어떤 사건에서건 연암의 숨은 의도를 생각하며 읽는다면 열하일기는 더욱 생생하게 다가올 것이다.

후삼경자의 진실

『도강록』은 글의 첫머리부터 의미심장하다.

> 후삼경자(後三庚子). 우리 임금 4년(청나라 건륭 45년)
> 6월 24일 신미일.
> 아침에 가랑비가 오더니 종일토록 오락가락했다. 오
> 후에 압록강을 건넌 뒤 30리를 나아가 구련성에서 노
> 숙했다. 밤중에는 큰비가 퍼붓더니 이내 그쳤다.
> 後三庚子, 我聖上四年淸乾隆四十五年, 六月二十四日辛未. 朝
> 小雨, 終日乍灑乍止. 午後渡鴨綠江, 行三十里, 露宿九連
> 城. 夜大雨, 卽止.

열하일기는 '후삼경자'로 시작한다. 『도강록』의 머리말인 「도강록서」에 왜 '후삼경자'란 말을 썼는지에 대한 구구절절한

말이 있다. 연암의 말에 따르면, 후(後)란 '숭정 기원후'를 줄인 말이고 삼경자(三庚子)는 숭정을 연호로 삼은 뒤 세 번째로 돌아온 경자년인 1780년을 가리킨다. 숭정은 명나라 마지막 황제인 의종의 연호다. 왜 숭정이란 말을 숨기는가, 압록강을 건너 청나라로 들어가기 때문이다. 지금 천하가 청나라 연호를 쓰는데 명나라 연호를 쓰다가 들키면 큰 위험이 닥친다는 것이다.

잠시 '연호'에 대해 살펴보자. '연호'는 넓은 의미로는 연도의 차례를 나타내기 위해 붙이는 이름이다. 예를 들어 오늘이 2020년 1월 1일이라고 하자. 이때 2020년은 본래 서기 2020년을 의미한다. 서기(西紀)란 서력(西曆) 기원(紀元), 곧 서양 달력의 기원이란 뜻으로, 예수가 탄생한 해를 원년으로 삼아 햇수를 계산하는 책력의 근원이란 뜻이다. 그러니까 2020년에는 우리가 서양 달력을 기준으로 삼았다는 뜻이 담겨 있다. 우리나라는 일제강점기를 벗어나 광복을 맞으면서 한동안 단기(檀紀), 곧 단군(檀君) 기원(紀元)을 사용했다. 고조선의 시조인 단군왕검의 즉위년을 기원으로 하는 연호다. 1948년부터 1960년까지 사용했다. 일제강점기 때는 일본의 연호를 사용했다. 연호는 단순한 연도 표기법이 아니다. 그 민족의 주체성과 정체성을 담고 있다. 서기를 쓰는 건 우리도 세계 문명과 함께 나아간다는 뜻을 담은 것이고, 단기를 사용한 것은 우리 민족의 독자성을 보여 주기 위해서였다.

연호는 본래 중국에서 시작된 방식으로, 한자를 쓰는 아시아 군주 국가에서 임금이 즉위하던 해에 붙이던 명칭이다. 새 왕이 즉위하면 즉위한 다음 해를 원년으로 삼아 표기했다. 왜 이런 방식을 사용했을까? 고대 동아시아에서는 연대나 날짜를 60갑자로 나타냈다. 10간과 12지를 조합해서 갑자년, 을축년, 병인년…… 식으로 표기했다. 10간과 12지를 한 번씩 조합하면 60갑자가 된다. 그런데 이 방식은 60년마다 같은 표기를 반복해야 하므로 정확한 연도를 알기 어렵다. 그래서 외교 문서와 같은 공식 문서 등에서는 연호를 사용해서 정확한 연도를 알 수 있도록 했다.

하지만 연호는 모든 나라가 사용할 수 있는 게 아니었다. 원칙적으로 연호는 황제만 사용하고 제후는 독자적인 연호를 쓰지 못했다. 조선은 스스로 중국의 제후국이라 자처했기에 우리 고유의 연호가 아닌 중국 연호를 사용했다. 특히 명나라를 중화(中華)의 나라, 아버지의 나라로 여겼던 조선 중기까지는 줄곧 명나라 연호를 썼다.

그런데 만주족인 청나라가 명나라를 무너뜨렸다. 조선 사회에서 이 일은 하늘이 놀라고 땅이 흔들릴 만한 사건이었다. 실체로서의 중화인 명나라가 사라지고 중화의 땅이 오랑캐 땅으로 바뀐 것이다. 그렇다면 청나라가 들어선 이후 조선은 연호를 어떻게 표기했을까? 여기에는 공식과 비공식으로 나뉜다. 청나라 눈치를 봐야 했던 조선은 외교 문서 같은 공식 문서에는 청나라 연호를 썼다. 하지만 청나라 눈치를 볼 필요가 없는 민간의 글이나 비공식 문서에는 명나라 연호를 사용했다. 제문이나 묘지명, 상량문에 명나라 연호를 쓴 예가 있다. 명나라는 이미 사라졌는데 그렇다면 명나라 멸망 이후 연호를 어떻게 썼을까? 명나라의 마지막 황제가 의종(毅宗, 재위 1627~1644)인데, 의종의 연호가 숭정(崇禎)이다. 그리하여 '숭정 기원후 몇 년', '숭정 몇 년' 이런 방식으로 표기했다. 예를 들어 2020년을 숭정의 연호로 쓴다면 숭정 기원후 393년이 된다. 숭정이란 연호를 사용하는 데는 오랑캐인 청나라를 인정할 수 없고 명나라를 변함없이 받들겠다는 의지가 담겨 있다. 명나라를 숭상하고 청나라를 배척하는 숭명배청(崇明排淸)의 사상은 너무도 강력했다. 18세기 후반 충렬사에서 이사룡의 제사를 지낼 때 한 관원이 문서에 청나라 연호를 사용했다가 관직을 박탈당하고 해당 지역 관찰사는 녹봉 3등을 감하는 일이 벌어지기도 했다. 지금도 양반 종갓집에서는 제사를 지낼 때 숭정 연호를 쓰는 곳도 있다고 하니, 관습의 뿌리가 얼마나 깊은지를 알 수 있다.

그런데 연암은 숭정 연호를 쓰는 게 싫었나 보다. 「도강록 서」에서는 짐짓 청나라 땅에 들어가는 상황에서 위험을 피하기 위해 명의 연호를 숨기는 것이라고 말했지만, 곧이곧대로 믿어서는 안 된다. 앞서도 말했지만, 연암은 공식 사행원이 아니기에 그가 쓴 열하일기를 볼 중국인은 없다. 연암은 그냥 숭정 연호를 쓸 마음이 없었다. 표면적으론 후(後)가 숭정 기원후라는 뜻이고 명나라야말로 진정한 중화의 주인이자 조선을 나라로 인정해 준 대국이라 말하지만, 이는 숭정 연호를 쓰지 않으면 자신에게 돌아올지 모를 비난을 비껴가기 위한 수사적인 말일 뿐이다. 연암은 현실을 반영하는 청나라 연호를 쓰는 것이 맞다고 생각했다. 하지만 양반 사대부인 자신의 처지에서 그럴 수도 없으니 그 현실적 방안으로 '후삼경자'란 표현을 만든 것이다.

그렇다면 연암은 왜 『도강록』 서문 첫 문장에서부터 '후삼경자'란 말을 쓰는 이유를 구구절절 해명하려 했을까? 서문에서는 본래 책 간행 동기, 책의 성격 등을 쓴다. 하지만 「도강록서」는 줄곧 후삼경자란 말을 쓰게 된 이유만 집중적으로 다룬다. 사실 「도강록서」도 책의 구성상 특이한 형식이다. 서문은 문집의 맨 앞에 한 번만 쓰면 되는데, 연암은 책의 각 편에 별도의 서문을 또 쓰고 있다. 열하일기 전체를 통틀어 서(序)를 별도로 둔 편이 13개나 된다. 각 편마다 독자적인 주제 의식을 담고 싶었던 것으로 보인다.

어쨌든 간에 연호 표기가 가져올 후폭풍을 염려한 연암은 첫머리에서 후삼경자란 말을 쓴 경위를 밝힌다. 열하일기 전체에서 연암이 숭정 연호를 쓴 건 「도강록서」뿐이고 다른 곳에서는 전부 청나라 연호를 사용했다. 이 때문에 열하일기는 노호지고(虜號之藁), 곧 오랑캐의 연호를 쓴 원고란 비난에 시달렸다. 열하라는 오랑캐 땅 이름을 썼다는 이유로 욕먹고 청나라 연호를 사용했단 이유로 비난받았다. '숭정 기원후'라는 연호를 쓰기는 싫고 시작부터 청나라 연호 쓰자니 후폭풍이 염려되어, 그 절충안으로 '후삼경자'란 표현을 내놓은 것이다.

그런데 연암의 연호 표기는 '후삼경자'에 그치지 않는다. 다시 첫머리를 살펴보자.

> 후삼경자(後三庚子). 우리 임금 4년(청나라 건륭 45년) 6월 24일 신미일.

후삼경자 뒤에 조선 연호를 쓰고('아성상사년'我聖上四年도 넓은 의미의 연호로 보았다) 그 뒤에 바로 청나라 연호를 작은 글씨로 써서 붙였다. 명나라/조선/청나라, 세 개 연호를 이어 쓴 건 이제껏 듣도 보도 못한 방식이다. 아마도 연암만의 연호 표기법일 듯하다. 지금 방식으로 옮기면 서기 2020년, 단기 4353년, 불기 2564년이라고 쓴 셈이다. 좀 기괴하게 보이기도 한다. 무슨 의미일까? 내가 생각하기에, 연호는 그 나라 그 민족의 독자성과 통치 철학을 담고 있다. 그렇다면 연암이 명과 조선, 청의 연호를 나란히 쓴 것은 세 나라 어느 쪽에도 기울지 않고 객관적인 자리에서 바라보겠다는 다짐을 담은 것이다. 명나라에 대한 의리를 지키겠다는 고집만 피우는 것도 아니고 조선만 중심에 두겠다는 것도 아니며, 그렇다고 청을 무조건 옹호하지도 않겠다는 뜻이다. 어느 한 편에 서지 않고 객관적 진실을 좇는 자리에 서겠다는 의지! 곧 "후삼경자(後三庚子) 아성상사년(我聖上四年) 청건륭사십오년(淸乾隆四十五年)"이라는 열하일기 첫머리의 연호 표기는 연암 유일의 표기 방식이자 열하일기의 지향을 나타낸다. 그 지향은 근본주의 춘추의리에서 벗어나 발 딛고 있는 지금을 담아내겠다는 작가의 의지를 반영한다. 이렇게 연암은 글 첫머리부터 의미심장한 의도를 자신만의 방식으로 드러낸다.

경계의 자리에 서다

열하일기의 출발 지점은 압록강이다. 이것도 심상치 않다. 연행록은 일반적으로 사행의 출발지인 한양부터 시작한다. 한양에서 전별연을 벌인 뒤 고양-파주-개성 등을 거쳐 평양-철산-의주에 이르는데, 중국에 들어서기 전까지의 이 국내 여행길을 '의주대로'라고도 부른다. 의주에서 압록강을 건너면 중국 땅으로 들어선다.

연암 일행이 한양에서 출발한 때는 1780년 5월 25일이다. 그런데 열하일기의 시작은 그보다 한 달 뒤인 6월 24일 의주의 압록강부터다. 나는 그 이유를 『도강록』의 기사 한 대목에서 찾는다.

물살이 빠랐으나 사공들이 일제히 뱃노래를 부르며 힘을 쓰고 공을 들이는 바람에 배가 유성처럼 번개처럼 빠르게 나아가자 마치 새벽이 밝아 오는 것같이 황홀했다. 멀리 통군정(統軍亭)의 기둥과 난간이 팔방으로 앞 다투어 빙빙 도는 것 같고, 배웅 나온 사람들은 아직 모래언덕에 서 있는데 아득하여 마치 콩알처럼 보였다.

나는 수석 역관인 홍명복 군에게 물었다.

"자네, 도(道)를 아는가?"

홍 군은 두 손을 마주 잡고는 물었다.

"아니, 그게 무슨 말씀이신지요?"

나는 말했다.

"도란 알기 어려운 게 아닐세. 바로 저기 강 언덕에 있네."

홍 군이 물었다.

"이른바 『시경』에, '먼저 저 언덕에 오른다'라는 말을 이르는 것입니까?"

나는 말했다.

"그것을 말하는 게 아닐세. 압록강은 바로 우리나라와 중국의 경계가 되는 곳이야. 그 경계란 언덕이 아니면 강물이네. 무릇 천하 인민의 떳떳한 윤리와 사물의 법칙은 마치 강물이 언덕과 서로 만나는 피차의 중간과 같은 걸세. 도라고 하는 것은 다른 데가 아니라 바로 강물과 언덕의 경계〔際〕에 있네."

홍 군이 말했다.

"무슨 말씀이신지 감히 묻습니다."

나는 말했다.

"『서경』에, '인심(人心)은 위태롭고 도심(道心)은 은미하다'고 했네. 서양 사람들은 기하학에서 하나의 획을 분별하여 하나의 선으로 깨우치기는 했으나, 그 미약한 부분까지 논변하고 증명할 수는 없어서 '빛이 있고 없는 그 경계'(有光無光之際)라고 말했고, 불교에서는 그 경계에 임하는 것을, '붙지도 않고 떨어지지도 않았다'(不卽不離)라고 말했다네. 그러므로 그 경계〔際〕에 잘 처신함은 오직 도를 아는 사람만이 능히 할 수 있으니, 정(鄭)나라 자산(子産)이란 사람이 그러하다네."

— 『도강록』 6월 24일

연암 일행은 의주에서 열흘 가까이 묵었다. 장맛비에 물이 불어 압록강을 건널 수 없었다. 하지만 더는 지체할 수 없어 위험을 무릅쓰고 강을 건너기로 했다. 송별연을 뒤로하고 강을 건너는 도중 연암은 뜬금없이 수석 역관인 홍명복에게 묻는다. "자네 도를 아는가?"

"도를 아십니까?" 지하철역에서 누군가 다가와 묻던 말이다. 생뚱맞은 이 물음에 당황하던 기억이 있다. 홍 군 역시 어리둥절하다. 연암은 한마디 더 거든다. "도란 알기 어려운 게 아닐세. 바로 저기 강 언덕에 있네." 이때 홍 군은 문득『시경』의 구절이 떠오른다. 예전 사람들은 묻고 대답할 때 대개 유학의 경전에서 근거를 찾는 습관이 있었다. "이른바『시경』에, '먼저 저 언덕에 오른다'라는 말을 이르는 것입니까?" 하지만 연암은 고개를 젓는다. "그것을 말하는 게 아니네. 압록강은 바로 우리나라와 중국의 경계가 되는 곳이야. 도라고 하는 것은 다른 데가 아니라 바로 강물과 언덕의 경계에 있네."

　당최 무슨 말인지 알 길 없던 홍 군이 다시 물으니 연암은 계속 선문답 같은 말을 들려준다. 연암의 말을 가만히 살펴보면 유학과 서학(西學: 서양 학문)인 기하학, 불교의 말을 끌어들이는데, 하나하나 살펴볼 필요가 있다. 먼저 『서경』에, '인심은 위태롭고 도심은 은미하다'고 했네"라는 말은 유학 경전에 나오는 말이다. 『서경』「대우모」(大禹謨)에서는 "사람의 마음은 위태롭고 도의 마음은 은미하니 정밀하고 순일해야 그 가운데인 중(中)을 잡으리라"(人心惟危, 道心惟微, 惟精惟一, 允執厥中.)라고 말한다. 이 열여섯 글자는 유학에서 금과옥조로 여긴다. 인간 내면의 양면성을 상징하는 인심(人心)과 도심(道心) 사이에서 정밀하게 살피고 순일(純一)해야만 그 가운데를 잡을 수 있다고 말한다.

　두 번째, "빛이 있고 없는 경계"(有光無光之際)라는 구절은 마테오리치의 『기하원본』에서 가져온 말이다. 서양에서 들어온 『기하원본』을 살펴보면, 점에서 시작해 선과 면을 설명한 부분이 있다. 그중 선에 대한 설명에 다음과 같은 구절이 있다. "시험 삼아 한 평면에 빛을 비추면, 빛이 비친 부분과 비치지 않은 부분의 사이에는 어느 것 하나도 허용되지 않는다. 이것이 선이다."(試如一平面光照之, 有光無光之間, 不容一物, 是線也.) 빛이 있고 없는 경계는 바로 이 구절에서 가져왔다. 『기하원본』 원문에서는 유광무광지간(有光無光之間)으로 되어 있는데 연암은 사이 간(間)을 사이 제(際)로 바꾸어 썼다. 연암은 기하학에서 선에 대한 정의를 '사이'(경계)로 설명한 점에 흥미를 느꼈던 듯하다.

세 번째는 불교 경전인 『원각경』(圓覺經)에 나오는 말인 '붙어 있지도 않고 떨어져 있지도 않은' 부즉불리(不卽不離)다. 붙지도 않고 떨어지지도 않은 그 사이에 진리가 있다는 뜻으로 '不A不B'는 불교에서 진리를 드러내는 주요한 어법이다. 이쪽 저쪽을 둘로 나누는 일은 인간의 방편일 뿐이고, 저것 때문에 이것이 있고 이것 때문에 저것이 있다. 존재는 다른 것을 통해 자신을 드러내며, 서로를 비춰 줌으로써 의미가 드러난다. 가만히 살피면 유학, 서학, 불교 모두 진리의 자리에 '경계'가 있다고 말한다.

그리고 경계의 자리에서 잘 처신한 사람으로 정나라의 자산을 거론한다. 자산은 춘추시대 정나라의 개혁가 공손교(公

孫僑)다. 공자는 그가 군자의 네 가지 도를 지녔다며 그 인품과 정치력을 높이 평가했다. 자산은 귀족의 권력을 없애고 토지 제도와 군사 제도를 개혁하여 정나라의 기틀을 바로잡고 국력을 키운 인물이다. 그의 정치 핵심은 관맹상제(寬猛相濟)로 알려져 있다. '관맹상제'란 관용과 엄한 징벌을 함께 시행한다는 뜻으로, 사람을 다스릴 때 당근과 채찍을 적절히 섞어 잘 사용하는 것이다. 백성을 다스릴 때 너그럽기만 하면 백성의 마음이 게을러지고 너무 엄하게 다스리면 민심이 떠나므로 관용과 엄격함을 나란히 사용하여 한쪽에 치우쳐 생길 수 있는 폐단을 막으려는 것이다. 당시 정나라는 강대국이었던 진(晉)과 초(楚)의 틈바구니에 있었는데, 자산은 이들 나라에 대해 큰 나라를 섬기는 사대(事大)의 예절을 잘 지키면서도 이들이 무리한 요구를 할 때는 힘으로 맞섰다. 그는 두 강대국 사이에서 줄타기 외교를 잘 펼쳐 정나라를 부강하게 만들었다.

연암은 유학의 중(中), 서학의 제(際), 불교의 부즉불리(不卽不離)를 통해 무슨 얘기를 하려 했던 걸까? 이 용어들은 모두 사이, 즉 경계와 관련한 말이다. 고전문학 연구자인 김명호 선생은 유학과 서학과 불교의 핵심을 골고루 배치한 것은 '상호 이질적인 사상들이 근본적으로 동일한 진리를 말하고 있다는 매우 대담한 발언'이라고 주장한다. 연암은 청과 조선 양국의 경계인 압록강을 건너면서 '도'는 서로 대립하는 사물의 한쪽이 아니라 양자의 경계에 있다는 '경계'의 철학을 주장했다는 것이다. 또 고전문학 연구자인 김혈조 선생은, 제(際)는 조선과 중국과의 관계를 말한 것으로 조선과 중국 양쪽의 극단적 자세를 지양하고 국제적 현실 관계를 적절히 대처하는 중(中)의 자세를 의미하는 것이라고 보았다. 나는 이 두 선생의 논의가 설득력이 있다고 본다.

그런데 연암은 왜 굳이 서학과 불교까지 끌어들여 경계의 의미를 말하는 것일까. 연암은 주자 성리학의 세계에 있던 사람이지만, 그 의식의 밑바닥에는 특정 사상에 속하지 않으려는 생각이 있었다. 연암이 유학과 불교, 서학, 그리고 법가(法家)인 자산을 두루 끌어들여 경계의 자리를 이야기한 것은 그의 세계관이 한곳에 고정되어 있지 않음을, 제(際)의 의미가 특정 사상에 속하지 않음을 나타내려 한 것이다. 경계의 자리는 유학에만 한정되지 않는 보편적인 진실을 지녔으며 모든 대립을 아우르는 자리임을 말하려 한 것이다. 경계의 자리는 한쪽에서만 찾을 수 있는 것이 아니며 모든 사상을 관통하는 보편적 진실에서 찾아야 한다. 연암의 경계의 자리는 유학의 도이기도 하고 불교의 도이기도 하며 서학의 도이기도 하다. 그러므로 역설적으로 유학도 아니고 불교도 아니고 서학도 아닌 자리다. 곧 제(際)는 연암이 새롭게 만든 도(道)의 자리다.

연암이 주장한 경계의 인식론은 불온하다. 주류 성리학의 틀 밖으로 벗어나 있기에 위험하고 이질적이다. 그렇지만 경계의 자리는 틀에 갇히지 않기에 변혁이 일어나며 이질적인 것

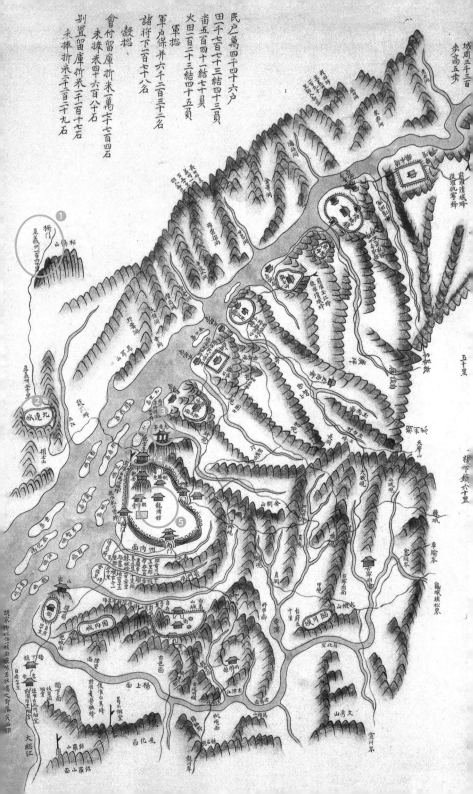

들이 섞여 있기에 창조적인 사유가 만들어진다. 경계의 도는 조선과 중국과의 관계를 넘어, 민족과 민족, 인간(조선인)과 인간(중국인), 강대국과 약소국 등 모든 대립되는 존재 사이에 있다. 압록강을 건너면서 말한 경계의 도는 열하일기 전체를 지배하는 정신이다. 그리고 연암 역시 경계에서 사고하고 행동할 것을 예고하고 있다. 이러한 경계의 도를 이해할 때 '경계인' 연암을 제대로 들여다볼 수 있으며 앞으로 열하일기를 어떤 시각으로 읽어야 할지 그 방향을 가늠할 수 있다.

반성하는 인간, 평등한 눈

연호가 시간의 경계라면 압록강은 공간의 경계다. 시간과 공간에서 경계의 인식론을 이야기한 셈이다. 그렇다면 하나가 더 남았는데, 바로 인간이다. 흥미롭게도 『도강록』에는 시간, 공간, 인간, 세 지점에 경계의 미학이 담겨 있다.

경계인으로서의 주체적 인간을 다짐한 내용은 6월 27일자 기사에 나온다. 압록강을 건너고 사흘 뒤인 6월 27일, 연암 일행은 책문(柵門)이라는 곳에 도착한다. 압록강이 조선과 중국

압록강 경계 지역 《해동지도》〈의주부〉, 18세기 조선, 47.5×30cm, 서울대학교 규장각 소장.
❶ 책문(의주로부터 160리) ❷ 구련성 ❸ 구룡정 ❹ 통군정 ❺ 용만관

의 경계라면 책문은 중국인이 사는 국경 관문소에 해당한다. 책문은 울타리 문이란 뜻인데 말뚝을 박아서 울타리로 국경선을 표시한 까닭에 붙인 이름이다. 책문은 중국에서 가장 변두리 마을에 해당한다. 우리나라로 치면 가장 남쪽에 있는 마라도라고 하겠다. 마라도는 지금은 관광지로 유명하지만, 예전에는 가게 하나 없던 곳이다. 책문에 무슨 볼만한 게 있겠는가? 사행단은 허술하게 둘러친 책문 울타리를 보며 청나라의 초라한 수준을 비웃었다. 말뚝을 대략 박아 놓고서 국경선이라 표시했으니 한심하게 보였던 것이다. 하지만 연암은 다르게 보았다.

책문 밖에 이르러 다시 책문 안을 바라보니, 백성들 집은 오량집처럼 높다. 띠풀로 이엉을 엮어 덮었으나 용마루가 높이 솟고 대문은 가지런하다. 거리는 곧고 평평하여 양편이 마치 먹줄을 친 것 같다. 담장은 모두 벽돌로 쌓았다. 사람 타는 수레와 짐 싣는 수레가 길에서 왔다갔다 다닌다. 벌여 놓은 살림살이들은 모두 그림을 그린 도자기다. 그 면면이 시골티라고는 조금도 없다. 예전에 친구 홍대용이 "그 규모는 크면서도 씀씀이는 꼼꼼하다"라고 말한 적이 있다. 이 책문은 중국의 맨 동쪽 변두리에 불과한데도 오히려 이만큼이다. 앞으로 구경할 것을 생각하니 문득 기가 꺾이고 곧장 발길을 돌리고 싶은 생각이 들면서 온 몸이 화끈거린다. 그러나 나는 깊이 반성하며 읊조렸다.

'이것이 질투심이구나. 내 본디 성품이 맑아 부러워하거나 질투하는 마음이 전혀 없었는데, 지금 한번 국경을 넘자 그 만 분의 일도 보지 못하고서 벌써 잘못된 생각이 드는 것은 무엇 때문일까? 이는 곧 본 것이 적기 때문일 것이다. 만약 석가여래의 혜안으로 온 세계를 두루 본다면, 평등하지 않은 게 없겠다. 모든 것이 평등하다면 질투와 부러움은 저절로 없어질 것이다.'

나는 장복을 돌아보며 물었다.

"네가 만약 중국에서 태어난다면 어떠했겠느냐?"

"중국은 오랑캐인뎁쇼. 소인은 싫습니다요."

마침 한 소경이 어깨에 비단 주머니를 메고 거문고를 뜯으며 지나간다. 나는 크게 깨달아 말했다.

"저이야말로 평등한 눈〔平等眼〕을 가진 사람이 아니겠느냐?"

— 『도강록』 6월 27일

연암은 책문의 마을을 살피며 깜짝 놀란다. 변두리 마을이라고는 믿기지 않을 만큼 번화하다. 곧은길과 수많은 수레, 벽돌 담장과 우뚝 솟은 용마루. 문득 연암은 다시 집으로 돌아가고 싶다고 고백한다. 중국의 가장 변두리가 이토록 화려하다면 중국의 중심지는 놀랍도록 번성하겠단 생각이 들었다. 그가 느낀 감정은 부러움과 질투심이었다.

왜 연암은 질투심이 솟아올랐을까? 지금 중국은 오랑캐 땅이다. 청나라는 반드시 무찔러야 할 오랑캐다. 아버지 나라인 명나라를 무너뜨린 원수의 나라요, 병자호란의 치욕을 안긴 북벌(北伐)의 대상이다. 병자호란 이후 '무찌르자 오랑캐!'라는 구호를 내건 북벌은 조선이 망할 때까지 가장 강력한 국가 이데올로기였다. 양반부터 천민에 이르기까지 '청=오랑캐'는 깊이 내재화된 이념이었다. 청나라 땅엔 비린내가 진동하고 중국 사람들의 가죽옷에선 비린내가 나며 그곳 사람들은 개돼지만도 못한 삶을 산다는 생각은 공공연한 상식이었다. 그런데 잘 살아서는 안 되는 사람들이 화려하게 사는 모습을 보니 비위에 거슬리고 인정하기 싫었던 것이다.

질투! 인간의 마음을 병들게 하고 관계를 파괴하는 것은 모두 질투심에서 비롯된다. 질투는 긍정적으로 작용하면 좋은 자극제가 되어 나를 분발하게 하고 더 큰 성취를 이루게 하지만, 반대로 사람을 옹졸하게 만들고 짐승의 마음을 품게 만든다. 차마 말은 못 하지만 속으로는 상대방이 잘 안 되기를 바란다. 좋은 것도 인정하지 못하고 당연히 그래야 하는 것도 그렇지 않기를 바란다. 질투를 조절하지 못하면 불행한 마음이 생기고 남을 해치기까지 한다.

연암 역시 질투심에 사로잡힌다. 중국 문명의 실체를 직접 마주한 순간 경계의 도를 생각하던 마음은 사라진다. 하지만 곧 연암은 깊이 반성한다. '이것은 질투심 때문이로구나.' 생각을 돌이켜 반성하는 마음! 이것이야말로 인간을 인간답게 만드는 본질이다. 사람은 누구나 질투하고 부러워하는 감정을 갖는다. 때로는 질투심에 사로잡혀 남을 헐뜯으며 타당한 이유를 찾는다. 감정적으로 판단하고 또 그것을 이성으로 합리화한다. 그러나 연암은 자신을 돌아보며 부끄러움을 느낀다. 성찰의 시선을 갖자 비로소 상황을 객관적으로 들여다보고 본래의 나로 돌아온다.

연암은 견문이 좁은 탓에 질투심이 생겼다고 고백한다. 인간은 자신이 경험한 세계만을 진리의 전부로 여기는 경향이 있다. 경험 밖의 존재는 위험하고 나쁘다고 생각한다. 보고 들은 것이 고정되어 있을수록, 동일한 정보만을 반복해서 보고 들을수록 선입견과 편견은 더욱 강화된다. 그리하여 나는 옳고 너는 그르다는 흑백논리에 갇혀 혐오와 차별을 낳는다. 더 큰 사랑과 자비를 베풀어야 하는 종교인이 때로는 더 편견이 심하고, 남을 쉽사리 배척하고, 자기 공동체만을 옹호하는 광경을 보게 되는데 같은 지식만 반복해서 보고 듣다 보니 편견과 선입견이 굳어 버리는 것이다.

연암은 석가여래의 밝은 눈으로 세상을 두루 본다면 누구나 평등하지 않은 게 없겠다는 깨달음을 얻는다. 이른바 평등의 눈! 평등안(平等眼)이라는 말은 불교 용어다. 앞서 다양한 사상을 두루 받아들여 경계의 인식론을 펼친 연암은 여기서도 불교 용어로 이야기한다. 전통 유학의 관점에선 불순한 발언이다. 왜 불교의 언어로 생각을 전하려 했을까? 유학의 세계관을 통해서는 청나라에 대한 차별의 시선을 극복할 마땅한 근거가 없었다고 본다. 세계를 문명과 야만으로 나누는 화이론(華夷論)의 자장에서는 조선과 중국을 평등의 시선으로 바라보는 논거를 발견하기 어려웠을 것이다. 평등안은 모든 차별을 거두고 공평무사(公平無私)한 마음으로 보는 시선이다. 평등한 눈으로 본다면 조선이나 중국이나 다 각자의 문화일 뿐, 우열로 따질 일이 아니다.

평등안은 진리를 받아들이는 주체의 시각을 묻는 것이다. 평등안은 경계인의 시선이다. 경계인의 눈은 천한 것과 귀한 것에 차별을 두지 않으며, 특정한 쪽을 편들지 않는다. 거문고를 뜯으며 지나가는 소경을 보면서 연암은 저 소경이야말로 평등한 눈을 가진 사람이라고 깨닫는다. 상황이 약간 극적이어서 글 전체가 연암이 의도를 갖고 설정한 우화처럼 보인다.

하필이면 연암은 소경이 평등의 눈을 가졌다고 말한다. 사람은 자신이 보고 듣는 눈과 귀로 세상을 판단한다. 호랑이가 나타났다는 말을 반복해서 들으면 진짜로 호랑이가 나타난 줄로 믿는다. 연암은 「북학의서」(北學議序)에서 조선 선비들은 좁은 땅에서 태어나 우물 안 개구리처럼 보고 들은 것이 적은 탓에 선입견과 편견을 갖게 되었다고 진단한다. 청나라는 오랑캐라는 말을 귀에 박히도록 듣다 보니 정말로 청나라 백성은 개와 돼지만도 못한 짐승처럼 생각한다는 것이다. 하지만 소경은 앞을 보지 못하기에 마음으로 보고 듣는 자다. 기존의 지식에 갇히지 않았으니 선입견과 편견이 없다.

소경은 은유의 일종이며 연암의 세계관을 대표하는 핵심어가 된다. 연암이 쓴 최고의 산문인 「하룻밤에 강을 아홉 번 건넌 이야기」(一夜九渡河記)와 관련된 8월 7일자 기사, 「요술 이야기」(幻戱記), 「창애에게 답하다」(答蒼厓) 등에서 소경 우화는 되풀이해서 나타난다. 소경은 앞을 볼 수도, 글을 읽을 수도 없다. 그렇기에 도리어 선입견이나 기존의 지식에 지배되지 않는다. 소경은 볼 수 없기에 오히려 진리의 집을 찾아갈 수 있는 자다. 연암에게 소경은 본질을 보는 지혜자, 일체의 집착과 차별 없이 공정하게 바라보는 사람이다.

연암은 평등한 눈, 소경의 눈을 깨달음으로써 열린 마음으로 중국의 문화를 보겠다고 다짐한다. 중국은 무조건 나쁘다는 선입견을 버리고 그 실체를 있는 그대로 바라보자는 것이 책문을 들어선 연암의 다짐이다.

연암이 의도적으로 배치했는지 모르겠지만 신기하게도 『도강록』에는 시간, 공간, 인간에 대한 경계의 인식론이 담겨 있다. 세 가지 경계의 이야기에는 내 편과 네 편의 차별을 넘어 성리학 이외의 학문과 사상을 두루 받아들이고 '경계'의 자리에 서려는 연암의 생각이 담겨 있다. 단 하나의 사상에 갇히지 않고 차별 없이 두루 바라보아 진실을 탐구하겠다는 주체적 인간이 있다. 조선 사회에서 경계의 자리에 서는 건 위험하다. 그 자리엔 이단의 사상과 학문이 섞여 있기에 불온하다. 그러나 연암의 관심은 진리를 확인하고 질서를 구축하는 데 있지 않다. 공평무사한 눈으로 여러 사상과 학문을 아우르면서 세계를 재구성하고 현실의 삶을 개선하는 데 있다. 열하일기에는 현상에 숨은 새로운 세계, 새로운 인간, 새로운 질서에 대한 경계인의 갈망이 담겨 있다. 경계의 깨달음에 대한 연암의 실천적 태도는 열하일기 전체에 나타난다. 앞으로 열하 여정은 경계인 연암의 새길 찾기가 될 것이다.

아아, 웃고 있어도
눈물이 난다

—— **3**『도강록』

미국의 사회심리학자 쿠르트 레빈(Kurt Lewin, 1890~1947)은 경계인에 대해 다음과 같이 말한다. '복수의 이질적인 집단에 동시에 속하거나 어떤 집단에도 명확하게 속하지 못하는 처지에 있어서 두 사회나 집단 사이에서 얼치기가 되는 자.' 한국계 독일인 사회학자 송두율 교수는 그의 저서 『경계인의 사색』(2002)에서 경계인이란 '경계의 이쪽에도 저쪽에도 속하지 못하고 경계선 위에 서서 상생의 길을 찾아 여전히 헤매고 있는 존재'라고 정의한다. 경계인은 어느 쪽에도 속하지 못하기에 소외감과 고독을 쉽게 느끼고 이른바 '왕따'가 되기도 한다. 인간은 어느 편이든 소속이 있어야 편안함을 느낀다. 어떤 단체나 조직에 속하면 그 집단과 다른 견해가 있어도 그 집단의 논리에 순응하는 편을 택한다. 그래야 마음이 편하다.

그러나 반대로 경계인이기 때문에 어느 쪽에도 속하지 않고 자유로울 수 있다. 이편과 저편을 가로지르며 객관적 진실의 자리에 설 수 있다. 제3의 눈으로 바라보고 창조적인 길을 걸으며 자기만의 세계를 개척한다. 날개가 있고 새끼를 낳는 박쥐는 포유류와 조류의 경계에 있지만, 또 포유류와 조류 어디든 갈 수가 있다. 경계인에게 고독은 숙명이지만 '자유'라는 삶의 본질을 얻고 남과 다른 눈을 갖는다. 당대에는 고단하지만 훗날에 반드시 명성을 얻는다. 연암은 바로 '경계인'이다.

열하 여정의 등장인물들

다시 『도강록』 6월 24일 기사로 돌아간다. 글의 첫머리에는 등장인물을 소개하면서 떠나는 이의 심정, 여행 차림, 금지 품목 등을 기록한다. 마치 긴 서사의 프롤로그 같다. 열하일기가 견문 보고서로 읽히지 않고 모험 서사로 보이는 이유 중 하나에 이런 문학적인 서술 방식이 있다.

서두에서 참봉 노이점과 진사 정각(鄭珏), 그리고 하인인 창대와 장복을 소개한다. 노이점과 정각은 둘 다 서장관의 참모를 맡은 상방(上房)이다. 두 사람은 열하 여정에서 중요한 역할을 하므로 소개가 필요하다.

노이점은 충청도 공주 출신의 선비다. 열하일기 『황도기략』(黃圖紀略) 편에 수록된 「황금대」(黃金臺) 기사의 주인공이다. 노이점도 열하 여행을 다녀오고 나서 『수사록』이란 견문록을 남겼다. 수사(隨槎)란 뗏목을 타고 간다는 뜻이다. 뗏목을 탔다면 바다 여행을 뜻하니 일본 사행에는 적당해 보이나 육지로 간 중국 사행 명칭에는 맞지 않아 보인다. 그러나 고려 말에서 조선 초기, 그리고 청나라가 심양을 점령한 1621년부터 1637년까지는 바다를 건너 북경으로 간 적이 있어서인지 외국에 사신 갈 때는 관습적으로 '수사'라는 명칭을 붙이기도 했다.

노이점은 시골 출신이며 전통적인 중화론자다. 명나라를 높이고 청나라를 배격하는 숭명배청 사상에 철저한 인물이다. 사행 길에 중국 사람을 만나면 만주족이든 한족이든 가리지 않고 덮어놓고 '오랑캐 놈'이라고 부르고, 중국의 산천이나 누대는 노린내 나는 땅의 것이라고 거들떠보지도 않는다. 노이점이 중국을 철저하게 싫어하는 데는 이유가 있다. 그의 4대조와 그 형제들이 임진왜란 때 의병으로 활동하다 죽었다. 임진왜란 때 조선을 도와준 명나라에 대한 고마움이 중화사상과 합쳐져서, 명나라를 멸망시킨 청나라에 대한 적개심이 더욱 커졌을 것이다. 노이점의 『수사록』을 통해 대명의리에 엄격했던 그 시대 선비들이 중국을 어떻게 생각했는지를 알 수 있고, 열하일기에 빠진 내용을 이해할 수 있다. 예를 들면 열하일기는 8월 20일 일기에서 끝나기 때문에 그 이후 북경에서 한 달간 머물다가 조선으로 돌아오기까지의 여정에 대한 기록은 알 수 없지만, 『수사록』에는 이 부분이 모두 기록되어 있어 연암의 전체 여정을 더 자세히 알 수 있다.

진사 정각은 비중이 큰 조연이다. 연암의 말동무가 되었는데, 치아가 좋지 않아 먹기 쉬운 계란 볶음 요리만 좋아했다. 달걀 볶음이란 뜻의 '초란'(炒卵)이라는 중국말을 수시로 외운 탓에 '초란공'이란 별명이 붙었다. 진사 벼슬의 식자층이지만 어리숙한 인물이다. 연암이 벽돌이 돌보다 뛰어나다고 열변을 토하는 와중에도 말 위에서 꾸벅꾸벅 졸았다. 또 연암과 함께 서로 역할을 나누어 「호질」을 베꼈는데 엉성하게 옮겨 쓰는 바람에 많은 곳을 틀리게 썼다. 아마도 연암은 정 진사를 통해 그 시대 선비들의 몽매함을 보여 주려 한 듯하다.

하인인 창대와 장복을 주목할 필요가 있다. 창대는 말고삐를 잡는 견마잡이고, 장복은 말을 관리하는 마두다. 이들은 배운 게 없다 보니 무식하다. 술은 전혀 입에도 못 댄다. 그러나 순진하고 천진난만한 구석이 있어서 연암은 혀를 끌끌 차면서도 따뜻한 눈길로 그들을 바라본다. 창대와 장복은 열하일기에서 비교적 자주 등장한다. 연암이 두 사람을 비중 있게 다루는 건 특별한 의미가 있다. 양반의 글에서 하인을 중심인물로 내세우는 경우는 매우 드물다. 휴머니스트 연암의 모습을 엿볼 수 있고, 또 연암의 평등사상도 얼핏 느낄 수 있다.

출국 심사 풍경

여행 가방에는 무엇을 넣을까? 아마도 옷이 대부분을 차지하고, 세면도구, 외국 음식이 입에 맞지 않을 경우를 대비한 고추장과 김, 그리고 책 한두 권 정도 소지할 수 있겠다. 그렇다면 연암의 여행 차림은 어땠을까?

> 마부 창대는 앞에서 견마를 잡고 하인 장복은 뒤에서 분부를 받들었다. 말안장에 달린 주머니 두 개에는 왼쪽은 벼루, 오른쪽은 거울, 붓 두 자루, 먹 하나, 작은 공책 네 권, 이정(里程)을 기록한 두루마리가 들었다. 행장이 이렇게도 가벼우니 국경의 짐 검사가 제아무리 까다롭다 하더라도 염려할 것이 없겠다.
>
> ─『도강록』6월 24일

벼루, 먹, 붓, 공책 등 온통 필기도구뿐이다. 이정(里程)은 각 지역의 거리를 적어 놓은 작은 책자다. 조선 사행은 해마다 여러 번 똑같은 길을 오가다 보니 지역 사이의 거리에 대한 정보가 축적되어 있었다. 필기도구로 가득한 연암의 조촐한 행장에서 방대한 여행기가 나왔다. 연암은 짐 검사 얘기도 썼는데, 이 당시에도 출국 검사가 있었다.

바야흐로 사람과 말을 검열하는데, 사람은 이름, 거주지, 나이, 수염과 흉터의 유무, 키의 장단을 적고 말은 털 빛깔을 기록한다. 깃발 세 개를 세워 문으로 삼고 국가에서 금하는 물품을 수색한다. 금하는 물품 중 크고 중요한 것으로는 황금, 진주, 인삼, 초피(담비가죽) 그리고 공식적으로 가지고 갈 수 있는 은 이외의 불법 은이 있으며, 소소한 것으로는 새로 정한 것과 예전부터 있던 품목을 합하면 수십여 종이 되어 복잡하여 일일이 셀 수조차 없다. 종들의 옷을 풀어헤치고 바짓가랑이를 더듬어 보기도 하며, 비장이나 역관의 행장을 풀어 살펴보기도 한다. 이불 보따리와 옷 꾸러미가 강 언덕에 풀어헤쳐지고, 가죽 상자나 종이 문갑이 풀숲에 여기저기 흩어졌다. 사람들은 앞다투어 각자 짐을 챙기며 서로 힐끔거리면서 돌아다보곤 한다. 대저 짐을 검색하지 않으면 간사한 짓을 막을 수 없고 뒤지자니 체통을 손상시키기 마련이다. 그러나 이런 검색도 실상은 그저 부질없는 겉치레일 뿐이다. 용만의 장사치들이 강을 건너는 날짜보다 먼저 몰래 넘어간다면 누가 이를 막을 수 있으랴?

국가에서 금하는 물건을 갖고 있다 첫 번째 깃발에서 발각되면 중곤을 치고 물건은 압수되며, 가운데 깃발에서 적발되면 귀양 가고, 마지막 세 번째 깃발에서

걸리면 효수(梟首)하여 조리돌린다 하니 법을 세움이
대단히 엄격하다. 그러나 이번 사행에는 공식적으로
가져갈 수 있는 은의 양을 절반도 못 채우고 대부분
빈 포대 자루이니 몰래 가지고 갈 은이 있고 없음을
어찌 따지랴.

— 『도강록』 6월 24일

출국 검사 장면이 실감 난다. 오늘날엔 인상착의를 일일이
눈으로 확인할 필요 없이 간단하게 지문 검사만 하지만, 예전
엔 모든 인적 사항과 인상착의를 기록했다. 강 언덕에서 옷을
풀어헤치고 가방을 전부 뒤지며 바짓가랑이를 더듬어 숨긴 물
건이 없는지 확인했다.

오늘날 해외 유출 금지 물품을 몰래 가져가다가 발각되면
물건을 몰수당하고 범죄 혐의가 있는 경우엔 처벌받는 정도지
만 예전에는 훨씬 엄격하고 가혹했다. 금지된 물건을 갖고 가
다가 첫 번째 관문에서 걸리면 물건을 빼앗기고 곤장을 맞았
다. 두 번째에서 걸리면 귀양을 갔다. 그리고 세 번째에서 걸리
면 목이 잘렸다. 하지만, 상인들이 미리 물건을 빼돌린다면 막
을 도리가 없었다. 연암 당시의 밀반출 금지 품목인 황금, 진주,
인삼, 초피 등은 중국에서 훨씬 비싼 가격에 팔 수 있었기에
큰 위험을 감수하고 몰래 빼돌리곤 했다. 역관들은 통역만 맡
는 게 아니었다. 무역 중개인 역할을 해서 상당한 부를 쌓았다.

이용후생의 발견

출국 심사를 마친 연암 일행은 압록강을 무사히 건너고 나서 며칠 뒤 책문에 들어섰다. 중국 입국 후 처음 들어가는 중국인 마을이다. 책문에는 20~30호의 집이 있었는데, 그중에 연암은 대나무에 푸른색 깃발을 단 술집 안으로 들어갔다. 거기서 연암은 흥미로운 물건을 발견했다. 탁자 위에 크기가 다양한 술잔이 놓여 있었다. 자신이 먹고 싶은 양에 맞는 술잔에 술을 따라 주니 술을 사는 사람은 양의 많고 적음을 따질 걱정이 없었다. 게다가 소 외양간과 돼지우리 등 가축의 종류에 따라 우리를 만드는 방법이 달랐다. 거름더미와 똥거름까지 그림처럼 깨끗하고 정갈하게 치워져 있었다. 생활 기구가 허투루 만든 것이 하나도 없었고 모든 도구가 규격에 맞고 있어야 할 자리에 놓여 있었다. 연암은 여기서 새로운 깨달음을 얻는다.

> 그렇다! 이와 같은 다음에야 비로소 이용(利用)이라고 말할 수 있겠다. 이용이 있은 다음에야 후생(厚生)이 될 것이고 후생이 된 다음에야 정덕(正德), 곧 도덕이 바르게 설 것이다. 그 쓰임을 이롭게 만들지 못하고서는 그 생활을 넉넉하게 만들 수 없다. 이미 생활이 스스로 넉넉하지 못할진대, 어떻게 그 도덕을 바르게 할 수 있단 말인가?

여기에서 이용후생(利用厚生)이라는 용어가 나왔다. 이용
후생은 연암을 중심으로 하는 북학파(北學派)의 성격을 대표
하는 말이다. 이용(利用)은 도구를 이롭게 한다는 뜻이다. 생
활 도구를 쓰임에 맞도록 만드는 활동이다. 후생(厚生)은 백성
의 삶을 넉넉하게 하는 일이다. 곧 이용후생은 생활의 도구를
쓸모 있게 만들어 삶을 풍요롭게 하는 것이다. 연암은 이용후
생을 하면 정덕(正德), 즉 도덕이 바르게 설 것이라 말한다.

이 생각은 전통적인 유학의 원리를 뒤집는 혁신적인 발언
이다. 동양 사회에서는 생산 활동보다는 도덕과 윤리를 바로
세우는 정덕을 가장 큰 가치로 여겼다. 그 근거는 『서경』의 「대
우모」(大禹謨) 편에 있다. "황제여! 유념하십시오. 오직 덕만이
좋은 정치를 펼칠 수 있으며, 정치의 목적은 백성을 기르는 데
있습니다. 불 물 나무 흙 곡식을 잘 다스리시고, 덕을 바르게
하고 쓰임을 이롭게 하며 삶을 풍요롭게 하는 것이 조화롭게
하소서"(於帝念哉, 德惟善政, 政在養民, 火水金木土穀惟修, 正德 利用
厚生惟和.)라고 했는데 덕을 바르게 한다는 뜻의 정덕(正德)이
쓰임을 이롭게 한다는 의미의 이용(利用)과 삶을 풍요롭게 한
다는 뜻의 후생(厚生)보다 앞서 나온다. 이에 따라 맨 앞에 놓
인 정덕을 가장 중요한 가치로 여기게 되었다. 사실 이 말이 이
용후생을 가볍게 취급한 뜻은 아니었다. 유학은 현실에서 백

성의 삶을 풍요롭게 만드는 것을 정치의 이상으로 삼는다. 그런데 후대로 가면서 도덕 윤리인 정덕만을 최우선의 가치로 두면서 먹고 사는 문제를 소홀히 생각하게 되었다.

　조선의 선비는 일을 하지 않았다. 물건을 사고파는 행위를 부끄러워했고, 책을 구입하는 일조차 꺼렸다. 18세기까지 서점이 없었던 이유 중 하나이기도 하다. 도덕과 윤리만 잘 서면 그뿐, 먹고 사는 문제에 마음을 쏟아서는 안 된다고 생각했다. 선비는 쪼들린 삶조차 검소함으로 포장했다. 비싼 가죽신을 살 돈이 없어 맑은 날에도 나막신을 신는 딸깍발이의 삶을 자랑스러워했다. 조선의 선비는 실제의 삶보다 형식에 집착했고, 백성의 가난한 삶은 방치되었다.

　하지만 연암은 먹고사는 문제를 가볍게 여기지 않았다. 청나라에 가서 중국의 문화와 문물을 직접 확인한 연암은 정덕과 이용후생의 관계를 더욱 깊이 고민했다. 그리하여 먼저는 이용과 후생이 이루어져야 정덕이 바로 설 수 있다고 생각했다. 연암은 도덕 윤리를 앞세우기 전에 먹고사는 문제 해결이 우선이라고 보았다. 생활의 도구를 이롭게 활용하여 백성의 삶이 넉넉해져야 윤리를 바로 세울 수 있다고 믿었다. 당장 끼니를 해결하지 못해 굶어 죽는 판에 이치를 논하고 질서를 강요하는 것은 공허해 보였다. 매일 수많은 아이가 굶어 죽는 가난한 나라에 가서 질서를 지키라고 말하는 것이 무슨 의미가 있겠는가? 이들에겐 빵이 먼저다. 즉 이용후생이 먼저다. 이러한 생각은 정덕만을 최고의 가치로 여기는 유학자의 가치관을 뒤흔드는 것이었다.

연암이 이용후생을 정덕보다 앞에 내세운 것은 가난에 굶주린 백성의 삶을 안타깝게 여긴 데 있다. 연암은 빈곤에서 벗어난 다음에야 인간다움을 이야기할 수 있다고 생각했다. 그렇다고 정덕을 가볍게 여긴 것은 아니었다. 이용후생을 실현하고 나서 정덕이 바로 선 나라, 곧 복지의 바탕 위에 도덕이 바로 선 나라를 꿈꾼 것이다. 이용후생과 정덕은 경중(輕重)의 문제가 아니라 선후(先後)의 문제였다.

오늘날 생활의 도구를 이롭게 하여 경제의 편리함을 추구하는 이용(利用)은 충분히 도달한 것으로 보인다. 인민의 삶도 이전과는 비교할 수 없을 정도로 넉넉해졌다. 그러나 인간성 상실과 인간성 파괴에 대한 우려의 목소리는 커져만 간다. 이용후생을 실현하고 나면 그 바탕 위에 정덕을 이룰 수 있다고 믿은 연암의 소망은 잘못된 것일까?

그러나 우리 시대의 삶을 생각해 보라. 가난한 사람은 더욱 가난해지고 부자는 더욱 부유해지고 있다. 다수의 서민은 하루하루를 근근이 살아가며, 내 집 마련이 어려워 결혼을 미루는 젊은이들이 늘어만 간다. 전 국민의 절반은 자기 집이 없다. 고단한 삶이 힘겨워 스스로 목숨을 끊는 사건도 종종 일어난다. 이용은 실현되었을지 몰라도 후생은 갈 길이 멀다. 모든 백성이 골고루 후생을 갖출 때 정덕이 실현된다는 연암의 꿈을 다시금 생각해 본다.

통곡하기 좋은 장소, 요동 벌판

열하일기 7월 8일 기사에는 이른바 '호곡장론'(好哭場論)이 있다. 호곡장(好哭場)은 통곡하기 좋은 장소라는 뜻이다. '울음'에 대한 연암의 남다른 관점이 드러나 있는 명문이다.

요동 벌판은 조선 사신이 중국 땅에서 처음으로 경험하는 놀라운 경관이다. 사신들은 1,200여 리에 걸쳐 끝없이 펼쳐진 드넓은 들판에 넋을 잃었다. 이덕무는 『입연기』(入燕記)에서, "큰 벌판은 평평하여 가없고 사람과 말은 개미 떼가 땅을 기어가는 것만 같았다"라며 크게 감동했다. 홍대용은 『연기』(燕記)에서 "하늘과 벌판은 서로 이어져 까마득히 드넓다. 오직 요양의 백탑만이 자욱한 구름 가운데 우뚝 서 있으니, 연행에서 으뜸가는 장관이다"라며 놀라워했다.

연암 역시 눈앞에 펼쳐진 광활한 벌판에 압도되었다. 어질어질 바라만 보다가 문득 뜬금없는 말을 꺼낸다.

"좋은 울음터로다. 크게 한번 통곡하고 싶구나."

시야가 확 트인 곳을 만나면 마음이 벅차오르고 절로 환호성을 지르고 싶다. 그런데 뜬금없이 통곡하고 싶다 하니, 이 말을 이상하게 여긴 정 진사가 묻는다. "이렇게 시야가 툭 터진

곳을 만나 뜬금없이 통곡할 것을 생각하다니요?" 연암의 대답
은 이러하다.

> 사람들은 단지 인간의 칠정(七情) 중에서 오로지 슬
> 픔만이 울음을 유발한다고 알고 있지, 칠정이 모두 울
> 음을 자아내는 줄은 모르고 있네. 기쁨이 극에 달하
> 면 울음이 날 만하고, 분노가 극에 치밀면 울음이 날
> 만하며, 즐거움이 극에 이르면 울음이 날 만하고, 사랑
> 이 극에 달하면 울음이 날 만하며, 미움이 극에 달하
> 면 울음이 날 만하고, 욕심이 극에 달해도 울음이 날
> 만한 걸세. 막히고 억눌린 마음을 시원하게 풀어 버리
> 는 데는 소리를 지르는 것보다 더 빠른 방법이 없네.
>
> ─『도강록』7월 8일

    흔히 울음은 슬픔, 웃음은 기쁨의 감정과 짝을 짓는다. 울
음은 주로 슬프거나 억울할 때 나오는 감정이라고 생각한다.
그러나 연암은 다르게 본다. 모든 감정 상태가 극에 달하면 울
음이 나온다는 것이다. 너무 기쁠 때도 울음이 나고, 너무 화
날 때도 울음이 난다. 너무 미워도 울음이 나고 너무 사랑해도
울음이 난다. 너무 욕심이 나도 울음이 날까? 어린애의 행동
을 생각해 보면 그 말도 틀리지 않는다. 과자를 먹고 싶은 욕
심에 왕! 울음을 터뜨리는 아이들을 보라. 큰 소리로 울면 막

요동 백탑 중국 랴오양시에 있다. 여덟 면으로 된 13층의 흰 탑으로 높이가 71미터다. 드넓은 요양 벌판에서 우뚝하게 선 모습에 많은 사신이 중국의 으뜸가는 장관으로 꼽았다. 연암도 『도강록』에 「요동백탑기」를 남겼다. ©유석화

히고 응어리진 마음이 확 풀린다.

조용필의 〈그 겨울의 찻집〉 노랫말 마지막 부분에 이런 가사가 나온다. "아아, 웃고 있어도 눈물이 난다. 그대 나의 사랑아." 왜 웃고 있는데 눈물이 흐를까? 너무나 사랑했기에 그 사랑을 떠올리면 나도 모르게 웃음이 번지지만, 그 사랑과 헤어졌기에 너무 괴로워서 눈물이 나는 것이다. 울음에는 온갖 감정이 섞여 있다. 기쁨의 눈물에는 참고 견딘 고생이, 승리의 눈물에는 그동안의 고통이.

울음론을 듣고서 정 진사가 묻는다. "나도 그대를 따라 한바탕 울고 싶은데, 그렇다면 일곱 가지 감정 가운데 어느 정에 감동받아 울어야 합니까?" 연암의 대답은 이러하다.

> 그건 갓난아이에게 물어보시게. 갓난아이가 처음 태어나 칠정 중 어느 정에 감동하여 우는지. 갓난아이는 태어나 처음으로 해와 달을 보고 그다음에 부모와 앞에 꽉 찬 친척들을 보고 즐거워하고 기뻐하지 않을 수 없을 것이네. 이런 기쁨과 즐거움은 늙을 때까지 다시 없을 터이니 슬퍼하거나 화를 낼 이치가 없을 것이고 당연히 즐거워하고 웃어야 할 것 아닌가? 그런데도 도리어 한없이 울어대고 분노와 한이 가슴에 꽉 찬 듯이 행동한단 말이야. 이를 두고 신성하게 태어나거나 어리석고 평범하게 태어나거나 간에 사람은 모두 죽

게 되어 있고 살아서는 허물과 걱정 근심을 백방으로
겪게 되므로 갓난아이는 자신이 태어난 것을 후회하
여 먼저 울어서 자신을 위로하는 것이라고 한다면, 이
는 갓난아이의 본마음을 참으로 이해하지 못해서 하
는 말이네. 갓난아이가 어머니 태중에 있을 때 캄캄하
고 막히고 좁은 곳에서 웅크리고 부대끼다가 갑자기
넓은 곳으로 빠져나와 손과 발을 펴서 기지개를 켜고
마음과 생각이 확 트이게 되니, 어찌 참소리를 질러
억눌렸던 정을 다 크게 씻어 내지 않을 수 있겠는가!

— 『도강록』 7월 8일

인간은 태어날 때 울고 죽을 때 운다. 태어날 땐 스스로가
울고, 죽을 땐 남이 울어 준다. 갓난아이는 왜 울까? 앞으로 고
생할 인생을 생각하자니 후회가 되어 미리 운다고 말하기도
한다. 하지만 연암 생각은 다르다. 엄마 뱃속에 있을 때는 좁은
곳에서 부대끼다가 넓은 곳으로 빠져나오고 보니 마음과 생각
이 확 트여 우는 것이라 한다.

이 글은 일종의 우의(寓意)다. 숨은 생각을 돌려서 말하는
것이다. 엄마 뱃속은 조선이라는 좁은 공간을 상징한다. 아기
가 뱃속에 있는 상황은 할 말을 제대로 못하는 갑갑한 조선의
현실을 빗댄 것이다. 울음이 터진 요동 벌판은 억압에서 벗어
난 자유로운 공간을 상징한다. 연암이 마음껏 통곡하고 싶다

는 말은 갇힌 조선 땅에서 벗어나 자유롭게 외칠 수 있는 공간에 선, 기쁘고 통쾌한 마음을 역설적으로 표현한 것이다. 그러나 한편에는 성리학 외에는 생각과 사상의 자유를 허용하지 않는 조선 사회에 대한 갑갑함과 서글픔, 외로움이 담겨 있다. 연암의 통곡에는 다양한 감정이 뒤섞여 있다. 일곱 가지 감정이 다 들어 있다고 보아도 좋다.

지금의 우리 사회는 할 말을 숨기며 사는 환경은 아닌 듯하다. 여전히 사상을 억압하는 제도는 남아 있지만, 자유는 최대한 허용되고 있으며 하고 싶은 말을 마음껏 할 수 있다. 오히려 인터넷이라는 요동 벌판에서는 무책임한 말과 저질 행위가 차고 넘친다. 익명을 이용해 함부로 말하고 상대방을 죽이는 말까지 한다. 마음에서 벼린 칼날이 춤을 추며 온갖 욕설로 싫어하는 사람을 난도질한다. 가짜 뉴스를 마구 퍼뜨리고 심지어는 패륜적인 행위와 성폭력을 은밀하게 즐기는 곳도 있다. 막말을 쏟아대고 한심한 짓을 저질러도 누구 하나 책임지는 사람이 없다. 연암이 지금 시대을 본다면 무어라 말할까? 지극하고 참된 통곡 소리를 터뜨릴 수 있는 진정한 요동 벌판은 어디에 있을까?

열하일기
주요 등장인물
(가나다 순)

조선

광록(光祿) 박래원의 마두. 『성경잡지』에 등장하는데, 중국어를 잘하며 연암이
　　　심양 행궁을 구경할 수 있도록 도와주었다.

노이점(盧以漸) 상방(정사)의 비장으로 공주 출신이다. 연암과 함께 여행하며
　　　『수사록』을 남겼다. 『황도기략』「황금대」 기사에 등장한다.

대종(戴宗) 주부 변관해의 마두. 선천 출신이다. 『도강록』에 등장한다.

득룡(得龍) 상판사의 마두. 13세 때부터 중국을 30여 차례 왕래했다. 중국어에
　　　능숙한 수완가. 열하행. 『도강록』과 『태학유관록』에 등장한다.

박래원(朴來源) 박지원의 8촌 동생이자 박명원의 4촌 동생으로, 상방(정사)의 비
　　　장이다.

박명원(朴明源) 1725~1790. 영조의 셋째 딸 화평 옹주(和平翁主)에게 장가들어
　　　금성위(錦城尉)에 봉해진 인물로 사행단의 총책임자인 정사. 연암보
　　　다 열두 살 많은 8촌 형이다.

변관해(卞觀海) 주부. 어의(御醫). 연암은 변계함(卞季涵)이라 부르는데, 계함은
　　　그의 자(字)로 추정된다.

상삼(象三) 상판사의 마두. 『도강록』, 『일신수필』, 『관내정사』에 등장한다.

시대(時大) 상사(정사)의 마두. 순안 출신. 열하행. 『도강록』, 『관내정사』, 『막북행
　　　정록』에 등장한다.

영돌(永突) 상방(정사)의 건량고 지기(양식 담당자). 열하행. 『막북행정록』, 『태학
　　　유관록』, 『찰십륜포』에 등장한다.

윤갑종(尹甲宗) 역관. 상통사. 열하행.

이동(二同) 마두. 『성경잡지』에 등장하는데, 연암이 중국의 상갓집에서 곤란한 상황에 처했을 때 도와준 인물이다.

이서구(李瑞龜) 부사의 비장. 열하행.

이혜적(李惠迪) 역관. 동지중추부사. 『황도기략』에서 연암과 함께 옹화궁을 구경한 인물이다.

장복(張福) 박지원의 마두. 곽산 출신. 본명은 장명복. 『도강록』에 "장복이란 놈은 어린 나이에 중국이 초행인데다 성품까지 지극히 미욱해서, 동행하는 마두들이 많이 놀려먹기도 하고 거짓말로 속이면 진짜로 믿고 듣는 형편이다"라는 말이 나온다.

정각(鄭珏) 진사. 상방 비장. 계란볶음(초란)을 좋아해 초란공으로 불림. 연암과 함께 『호질』을 베낌. 눈치 없고 어리숙한 인물로 묘사됨. 열하행.

정원시(鄭元始) 부사. 연암보다 두 살 위. 연암의 할아버지와 정원시의 할아버지는 함께 공부한 동창 사이.

정창후(鄭昌後) 부사의 비장. 열하행.

조달동(趙達東) 역관. 상판사. 연암과 함께 북진묘를 관람한 인물. 열하행. 『찰십륜포』에서 반선을 향해, "만고에 흉악한 놈일세. 반드시 뒤끝이 좋지 않아 개죽음을 하고 말 게야"라고 말해 연암이 눈짓으로 말리는 장면이 나온다.

조명회(趙明會) 주부. 역관으로 여러 차례 연행에 참가했는데, 홍대용의 연행 때도 갔던 인물이다.

조시학(趙時學) 서장관의 비장. 열하행.

조정진(趙鼎鎭) 서장관. 49세.

조학동(趙學東) 주부. 상방 비장의 건량판사.

주명신(周命新) 주부. 상방 비장. 52세. 열하행.

창대(昌大) 박지원의 견마잡이. 선산 출신. 열하행. 백하를 건너다 말발굽에 밟혀 걷지 못할 지경이 되자 중국인 제독이 도와준 일화가 『막북행정록』에 나온다.

춘택(春宅) 마두. 열하행. 『환연도중록』에서 연암이 오미자로 인해 곤란에 처했을 때 도와준 인물이다.

태복(泰卜) 진사 정각의 마두. 나이는 어리지만 연암의 연행 당시 이미 일곱 차례나 중국에 다녀온 인물로 소개되었다.

태휘(太輝) 참봉 노이점의 마두. 노이점의 『수사록』에는 노이점의 마두가 문상오(文尙五)라고 썼다. 『관내정사』에서 "백이, 숙채(熟菜)가 사람 잡네. 백이, 숙채가 사람 죽이네"라고 소리친 경망스런 인물이다.

홍명복(洪命福) 수석 역관. 『도강록』에서 연암과 경계의 도(道)에 대해 이야기한 인물이다.

청

건륭제(乾隆帝) 재위 1735~1796. 청나라의 6대 황제. 자신의 70세 생일을 열하에서 치렀다. 할아버지 강희제, 아버지 옹정제에 이어 청나라의 치세를 이룬 황제로, 중국의 역대 황제 중에서 가장 장수한 왕이다.

경순미(敬旬彌) 열하에서 만난 몽골인. 벼슬은 강관.

기풍액(奇豊額) 열하에서 만난 만주인. 귀주 안찰사. 37세. 본래 조선 사람이나 중국인으로 귀화. 왕삼빈을 두고 윤가전과 연적 관계. 박학다식하다.

덕보(德甫) 만주족 상서.

목춘(穆春) 심양 상인. 24세. 예속재에서 나눈 「속재필담」의 등장인물로 까막눈이다.

박보수(朴寶樹) 청나라 예부 소속의 통역관.

반선(班禪) 6세 판첸라마. 43세. 건륭제의 고희를 축하하기 위해 열하의 찰십륜포(수미복수지묘須彌福壽之廟)에 머물렀다.

배관(裵寬) 자는 갈부(褐夫), 하북성 노룡현 사람. 비단집인 가상루의 주인이며 「속재필담」의 등장인물이다. 선한 용과 악한 용에 대해 들려주었다.

부도삼격(富圖三格) 만주인. 부 선생으로 불린다. 『도강록』에서 연암에게 청나라 서목을 빌려준 인물이다.

비치(費穉) 심양 상인. 35세. 「상루필담」의 등장인물로, 그림과 조각에 능하다.

서종현(徐宗顯) 청나라 예부 소속의 통역관.

쌍림(雙林) 청나라 통역관인 호행통관. 조선 통사인 오림포의 아들. 조선말을 잘하고 교활한 성격이다.

오림포(烏林哺) 청나라 예부 소속의 통역관.

오복(吳復) 심양 상인. 40세. 「속재필담」의 등장인물로 얌전한 성격이다.

온백고(溫伯高) 심양 상인. 32세. 「속재필담」의 등장인물로 까막눈이다.

왕민호(王民皞) 열하에서 만난 인물. 강소 출신. 54세. 거인(擧人). 호는 곡정. 『곡정필담』과 『망양록』의 등장하는데, 순진하고 꾸밈없는 인물이다.

왕삼빈(王三賓) 열하에서 만난 인물. 복건성 출신. 25세. 글을 잘 알며 그림을 잘 그렸다. 『경개록』에 윤가전, 기풍액과 동성애 관계라는 창대의 목격담이 기록되어 있다.

왕신(汪新) 열하에서 만난 인물. 절강 사람. 광동 안찰사. 연암과 동갑이다.

윤가전(尹嘉銓) 열하에서 만난 인물. 하북성 출신. 호는 형산. 70세. 1781년 문자옥에 희생되었다. 『망양록』에 등장한다.

이구몽(李龜蒙) 심양 상인. 39세. 「속재필담」에 등장한다.

전사가(田仕可) 심양의 예속재(골동품 가게) 주인. 29세. 「속재필담」에 등장한다. 연암에게 골동품의 진위를 가리는 법을 알려주었다.

조수선(曹秀先) 열하에서 만난 인물. 강서 출신. 한인. 예부상서.

추사시(鄒舍是) 열하에서 만난 인물. 산동 출신. 거인. 왕민호와 함께 태학에서 공부했다. 불교와 유교를 극력 비난하여 미친 선비(狂生)로 취급받았다.

파로회회도(破老回回圖) 열하에서 만난 몽골인. 47세. 강희 황제의 외손이다.

학성(郝成) 열하에서 만난 인물. 안휘 출신. 자는 지정. 산동의 도사. 무인이며 박학다식하다. 『황교문답』에 등장한다.

호삼다(胡三多) 열하에서 만난 인물. 승덕부의 한족 어린이. 13세. 열하의 태학에서 곡정 왕민호에게 글을 배우는 어린 학동으로 소개된 인물이다.

전쟁의 땅에서 맺은
만남과 우정의 서사

────── **4 『성경잡지』**

『성경잡지』(盛京雜識)는 '성경의 이모저모'라는 뜻이다. 1780년 7월 10일부터 14일까지의 여정을 담았다. 성경은 곧 심양(瀋陽, 선양)을 말한다. 심양은 중국에서 다섯 번째로 큰 도시로 현재 인구가 700만이 넘는다. 심양의 양(陽)은 물의 북쪽이란 뜻인데, 심수(瀋水)로 불린 혼하(渾河)의 북쪽에 있어서 심양이라 했다. 심양은 고구려 때는 우리 땅이었고, 청나라가 처음 일어난 곳이기도 하다. 청나라 때 심양을 성경으로 불렀는데, 1950년에 다시 심양으로 바꿨다. 이 장에서는 전쟁의 땅 심양에서 맺은 감동적인 우정과 다양한 에피소드가 펼쳐진다.

병자호란과 심양의 비극

심양은 병자호란(1636. 12~1637. 2)의 아픔과 전쟁의 비극이 생각나는 땅이다. 역사적으로 심양은 조선 사람에게 가장 비통한 공간이었다. 병자호란 때 소현세자와 봉림대군이 심양에 볼모로 잡혀갔으며, 수십만 명의 백성이 끌려갔다. 최명길(崔鳴吉, 1586~1647)은 그의 책『지천집』(遲川集)에 심양으로 끌려간 사람이 50만 명이었다고 기록했고, 나만갑(羅萬甲, 1592~1642)은『병자록』(丙子錄)에서 60만 명 이상이 심양으로 끌려갔다고 증언했다. 정약용(丁若鏞, 1762~1836)은『비어고』(備禦考)에서 몽골에 붙잡힌 사람들을 제외하고도 60만 명이라고 했다. 포로 가운데 50만 명이 여성이었다니, 전쟁은 약자에게 특히 여성에게 더욱 가혹했다.

조선 포로의 실상은 처참했다. 청나라 군대는 한 마을의 백성을 모조리 잡아가기도 하고, 어린아이를 안고 있는 부녀자도 닥치는 대로 끌고 갔다. 한겨울이건만 어린아이가 배고프다고 보채면 아이를 길바닥에 집어던지고, 부녀자는 마구 때렸다. 도망가다가 붙잡힌 포로는 귀에 구멍을 뚫고 한데 묶어서 끌고 갔다.『인조실록』의 기록을 통해 당시의 참상을 확인할 수 있다. "경성에 사는 백성이 가장 혹독하게 화를 당해 남아 있는 자라고는 단지 10세 미만의 어린이와 70이 넘은 사람들뿐인데, 대부분 굶주리고 얼어서 거의 죽게 되었다."(인조 15년

심양 고궁 청나라 시대의 별궁이자 후금 시대의 정궁인 심양 고궁은 1625년에 후금을 건국한 누르하치가 지었다. 사진은 심양 고궁의 대정전(위)과 문소각(아래). ⓒ유석화

1637년 2월 3일 기사)

심양에 잡혀간 사람들은 대부분 노예시장에서 팔려 나갔
다. 심양의 남문(南門)에는 포로들을 사고파는 시장이 열렸다.
남녀를 가리지 않고 전부 발가벗겨 건강 상태를 확인했으며,
치욕을 견디지 못해 명령을 어기는 사람은 마구 채찍으로 때
리고 죽였다.

조선의 포로들이 고향으로 돌아갈 수 있는 길은 두 가지였
다. 몸값을 지불하는 속환(贖還)과 몰래 도망쳐 오는 방법이었
다. 처음에 속환의 값은 1인당 포 10필(쌀 10석) 정도였다. 그러
나 고관대작들이 몸값을 높이는 바람에 속환 값이 턱없이 올랐
다. 일반 백성은 속환을 포기하거나 좌절하여 스스로 목숨을
끊기도 했다. 한 어머니가 전 재산을 팔아 간신히 만든 200냥
으로 딸을 찾으러 갔다. 심양의 주인은 250냥 이하는 절대 안
된다고 배짱을 부렸다. 애가 탄 어머니가 울부짖기도 하고 싹
싹 빌기도 하면서 하소연했지만 주인은 꿈쩍도 안 했다. 그 광
경에 절망한 딸이 칼로 자기 목을 찔렀다.

목숨을 걸고 수천 리 길을 도망친 이들도 있었다. 도망치다
죽기도 했고, 잡히면 발뒤꿈치를 베이거나 죽임을 당했다. 심
양에 잡혀갔다가 조선으로 도망쳐 온 이들을 주회인(走回人)이
라 불렀는데, 고국은 간신히 고향으로 돌아온 주회인들을 따
뜻하게 맞아 주지 않았다. 청나라가 항복 문서에 주회인의 강
제 소환 조약을 넣었기 때문이다. 조선은 청나라와의 외교 분

쟁을 염려하여 압록강에서 입국을 막거나 돌려보냈다. 좌절한 주회인들은 강물에 뛰어들거나 스스로 목숨을 끊었으며, 아예 탈출을 포기하고 죽음만도 못한 삶을 살았다.

화냥년이라는 말도 이 비극에서 유래했다. 죽음을 무릅쓰고 탈출하거나 몸값을 치르고 귀환한 여인들을, '고향으로 돌아온 여인'이란 뜻으로 환향녀(還鄉女)라 불렀다. 그런데 그녀들을 대하는 사람들의 반응은 냉정했다. 가족 곁으로 가고 싶은 마음 하나로 죽음을 무릅쓰고 돌아왔건만, 그녀의 남편은 몸을 더럽힌 여자라며 받아 주지 않았다. 따뜻하게 맞아 주기는커녕 이혼을 요구했다. 이혼이 받아들여지지 않으면 다른 첩을 두었으며 이런저런 핑계를 대어 내쫓았다. 이는 조선 시대의 전통적인 정절(貞節) 관념 때문이었다. 『경국대전』에 따르면 정절을 잃은 여성의 가문은 대대로 문과에 응시하거나 요직에 등용될 수 없었다. 논란이 커지자 인조가 공식적으로 속환녀에 대해 이혼을 금지하도록 법을 만들었으나 소용없었다. 수많은 환향녀들이 자결하거나 죽을 때까지 수모를 견디며 살아가야 했다.

심양에서 조선 백성이 겪은 고통과 비극적인 모습은 국가 간 분쟁이 개인에게 어떤 폭력과 참혹함을 가져다주는지를 잘 보여 준다. 전쟁은 인간을 불구덩이로 몰아간다. 특히 약자의 자유와 행복을 빼앗는다.

전쟁은 인간다운 가치를 말살한다. 어떤 사람은 '정의로운 전쟁'이라는 표현을 쓰지만 그런 전쟁은 없다. 전쟁은 누군가의 자식이 죽고, 부모가 죽고, 사랑하는 이가 죽는 비극일 뿐이다. 비도덕적이고 비윤리적이어야 살아남을 확률이 높아진다. 불쌍하다고 적군을 살려 주면 그가 내 가족과 친구를 죽인다. 약자일수록 보호받지 못한다. 전쟁은 그 안에 있는 모든 인간을 짐승보다 못한 존재로 만든다. 다행히 오늘날은 시민 의식이 점차 나아지고 있다. 인권에 대한 인식도 높아지고 생명과 생태를 지지하는 운동도 확산되고 있다. 여전히 전쟁을 하는 곳이 있고 전쟁을 조장하는 세력도 있지만, 인간의 의식이 점점 성숙해지고 있으니 평화와 화해를 원하는 사람도 늘어갈 것이다. 아니, 늘어 가길 바란다. 다음은 만해 한용운이 서대문 형무소에서 쓴 「조선독립의 서」(朝鮮獨立의 書)의 한 구절이다. "자유(自由)는 만물의 생명이요 평화(平和)는 인생의 행복이다. 그러므로 자유가 없는 사람은 죽은 시체와 같고 평화를 잃은 자는 가장 큰 고통을 겪는 사람이다. 압박을 당하는 사람의 주위는 무덤으로 바뀌는 것이며 쟁탈을 일삼는 자의 주위는 지옥이 되는 것이니, 세상의 가장 이상적인 행복의 바탕은 자유와 평화에 있는 것이다."

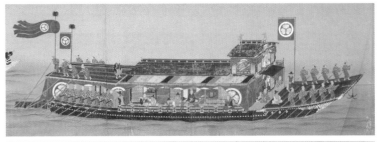

일본으로 사행을 간 조선통신사의 모습을 담은 그림(부분)과 필담을 나눈 담초(부분)

〔상〕 국서누선도(國書樓船圖), 조선, 종이, 58.5×1524cm, 국립중앙박물관 소장

조선통신사 일행이 조선 국왕의 국서를 받들고 오사카 요도가와(淀川)를 지나는 장면으로, 일본 막부의 화가가 그린 그림으로 추정된다. 정확한 제작 연대는 알 수 없다.

〔중·하〕 계미통신사시고, 조선, 종이, 28×550.5cm, 부산광역시립박물관 소장

1763년, 성대중 등이 일본에 사신으로 가서 일본인과 필담을 나눈 '계미통신사시고'의 일부다. 계미통신사는 조선 후기에 파견된 11번째의 통신사로, 이 사행에서는 조선과 일본 모두 최다종의 사행록과 최다종의 필담 창화집이 집필되어 조선과 일본의 문사들이 만나 활발한 교류를 가졌음을 알 수 있다.

필담의 메커니즘

연암이 심양을 방문한 때는 병자호란 이후 150년 가까이 지난 시점이다. 전쟁의 흔적은 사라졌고 동아시아는 평화의 시대를 누리고 있었다. 역사의식이 철저한 연암도 굳이 이곳에서 전쟁을 말하지 않았다. 심양이 본래 고구려 땅이었다는 사실 정도를 내비칠 뿐이다. 연암은 심양에서 청나라 상인들과 적극적으로 사귀고 이들을 통해 중국 문화를 읽어 내려 했다. 해묵은 과거에 연연하기보다는 현재에서 배울 점을 찾으려는 미래 지향적인 태도다.

심양에 도착한 연암은 이튿날 밤에 숙소에서 몰래 빠져나와 중국인 가게에서 젊은 상인들과 대화를 나눈다. 연암의 중국어 실력은 짤막한 인사 정도를 할 수 있을 뿐이었다. 중국어에 서툰데 어떻게 중국인과 오랫동안 이야기할 수 있었을까? 바로 필담(筆談) 덕분이다.

필담은 붓으로 쓰는 대화다. 한·중·일을 포함한 중세 동아시아는 문화와 말이 각기 달랐지만, 한자라는 공통 문자를 사용했다. 지식인들은 말 대신에 한자를 쓰는 필담으로 정보를 나누었다. 사신의 공식적인 대화는 역관이 통역했지만, 통역은 간접적으로 의견을 주고받는 것이어서 번거로웠고, 중국어는 방언이 다양해 역관도 가끔 알아듣지 못했다. 둘 사이의 은밀한 대화를 위해서는 필담이 효과적이었다. 게다가 필담은 논리적으로 생각을 정리하고 글로 보존할 수 있었다. 따라서 조선과 중국 문인 간의 개인적인 사귐은 대부분 필담으로 이루어졌다. 필담은 중세 동아시아 한자 문화권의 문명이 교류하는 시스템이었다.

필담을 쓴 종이를 담초(談草)라고 부른다. 오늘날의 녹음테이프에 해당한다. 열하일기의 3분의 1가량이 필담의 결과물이다. 우리나라 최초의 한중 지식인 교류 대화록인 홍대용의『간정동회우록』도 필담 덕분에 엮을 수 있었다. 필담은 중세 동아시아 한자 문화권에서 국경과 민족을 뛰어넘어 지식인들을 소통하게 하는 유일한 도구였다.

필담은 말이 아닌 문자로 대화한다는 점에서 오늘날 문자 메시지와 기능이 비슷하다.『성경잡지』의「속재필담」과「상루필담」도 필담을 엮은 것이다. 열하일기도 그러하거니와 연행록에는 필담을 수록한 글이 많다. 연행록의 필담은 조선인과 중국인의 대화록이다. 어찌 보면 필담으로 이루어진 작품은 한 사람의 저술이 아닌 공동의 창작물인 셈이다.

심양의 가게에서

연암은 예속재와 가상루라는 가게에 들어갔다. 예속재는 다섯 명의 젊은이가 동업해서 골동품을 파는 가게다. 가상루는 먼

지방에서 올라온 여섯 명의 선비가 새로 개업한 비단집이다. 연암은 낮에 이들과 만나 밤에 다시 모여 이야기를 나누기로 약속했다.

다음날 밤에 연암은 의원으로 사행에 따라온 변계함과 함께 가상루와 예속재를 찾아가려고 했다. 하지만 눈치 없는 변의원이 사행의 관리자인 수역(수석 역관 홍명복)에게 나가도 되냐고 물었다. 당연히 수역은 깜짝 놀라며 한밤중에 나돌아 다녀서는 안 된다고 면박을 주었다. 연암은 할 수 없이 혼자 슬며시 빠져나와 예속재로 갔다. 다음 날 밤에는 몰래 가상루를 방문했다. 연암이 예속재와 가상루에서 주고받은 이야기는 「속재필담」과 「상루필담」에 실려 있다. 골동품의 진짜와 가짜를 구분하는 방법, 장사의 아름다운 점 등 재미있는 내용이 많다.

그중에 동양 용(龍)과 서양 용의 차이는 제법 흥미롭다. 동양과 서양에는 모두 용이 있다. 일반적으로 서양 용은 입에서 불을 내뿜지만, 동양 용은 턱에 여의주가 있다. 서양 용은 날개가 있지만, 동양 용은 날개가 없다. 이러한 차이는 동서양의 사고방식의 차이에서 기인한다. 서양 사람은 날개가 있어야 날아간다는 비교적 합리적인 사고를 한다. 반면 신비주의 경향이 강한 동양 사람은 용이 날개가 없어도 날 수 있다고 믿는다. 비슷한 예로, 서양 천사는 반드시 날개가 있지만 동양 선녀는 날개옷을 입고 날아오르며, 홍길동과 손오공은 구름을 타고 날아다닌다. 또 용은 뱀과 외형이 비슷해서 기독교 세계관이 지배하는 서양은 용을 사악한 동물로 인식해 온 반면, 동양에서의 용은 신성한 존재로 제왕의 상징이라 생각했다. 하지만「상루필담」에 기록된 연암의 말에 따르면 동양에도 선한 용과 악한 용이 있다. 화룡은 입에서 불을 뿜는 악독한 용이고 강철은 가뭄이 들게 하는 용이다.

장사의 긍정적 역할을 이야기한 대목도 특별히 다룰 만하다. 연암이 대화를 나눈 중국인들은 모두 장사꾼이었다. 그런데 조선과 달리 이들의 학문 수준이 만만치 않았다. 연암은 이들의 모습을 기록함으로써 상인의 학문 수준을 은근히 높여 주고 장사의 아름다움을 이야기하여 상업의 세계를 긍정하려 한 것으로 보인다. 조선 선비는 물건을 사고파는 행위를 천하게 여겼다. 사농공상(士農工商)이라 해서, 상인은 직업군 중에서도 가장 낮았다. 그러나 연암은 상행위를 중요하게 여기고 양반도 일해야 한다고 생각한다.「허생전」(許生傳)에도 그러한 연암의 인식이 잘 나타난다. 연암 자신이 직접 말하면 비난이 따를 것이 분명하므로 중국 상인들의 입을 빌려 자기 생각을 대신 말했다고 본다.

무엇보다 연암을 대하는 중국 상인들의 태도가 인상 깊다. 밤이 깊어 숙소로 돌아가려는 연암을 중국인들은 한사코 붙잡는다. "우린 도무지 잠 생각이 없습니다. 고귀한 손님을 모시고 좋은 이야기로 하룻밤을 보내는 것은 정말 일생에 얻기 어려운 기회입니다. 이런 세상을 산다면 비록 백날이라도 촛불을 켜 놓은들 무슨 지겨운 생각이 들겠습니까?" 그러고는 모두 흥이 도도하게 일어 술을 다시 데우고 채소 요리와 과일을 새로 정돈한다.

이런 장면도 있다. 예속재에는 스물아홉 살 된 전사가라는 상인이 있었다. 전사가는 연암에게 북경의 유리창에는 가짜 골동품이 많으니 조심하라고 조언해 주고 진짜와 가짜를 구별하는 법을 알려 준다. 연암이 서화와 골동품의 명칭, 가짜와 진짜의 차이를 기록해 달라고 부탁하자 흔쾌히 적어 준다. 그리고 유리창의 지인에게 연암을 소개하는 편지를 써 주고 연암에게 송별 편지를 쓴다. 그 글 중에 다음의 구절이 있다.

"지금 그대를 북경으로 보내며 이를 잊지 못해 제 어리석은 정성이나마 곡진하게 말씀드리는 것은, 타국의 군자가 뒷날 고국으로 돌아가서 중국에는 제대로 된 인간이 도무지 없다고 왜곡하지 않기를 바라서 그러는 것입니다."

전사가의 태도가 뭉클하다. 머나먼 땅에서 다른 나라의 학자를 진심으로 좋아해 주고 귀하게 대접하고 있다. 이방인 연암을 극진히 대접하고 한마디라도 더 듣고 싶어 숙소로 돌아가려는 연암을 만류했다. 혹시나 연암이 유리창에서 가짜 물건을 구입해서 자기 나라에 실망할까 봐 성심성의껏 가짜를 감별하는 법까지 알려 주었다.

얼굴을 마주 대하고 술을 마시면서 어깨를 부여잡고 손을 맞잡는다고 해서 좋은 친구는 아니다. 박제가는 말하고 싶어도 말할 수 없는 친구와 말하지 않으려 해도 저절로 말하게 되는 친구의 차이에서 멀고 가까운 정도를 알 수 있다고 말한다. 중국인들은 처음 만나는 이방인에게서 한마디라도 더 듣고 싶어서 연암을 놔주지 않았다. 언어는 달랐지만, 마음은 하나로 통했다. 연암은 「홍대용에게 답한 글」(答洪德保書第二)에서 말한다.

"무슨 일에든지 바른길로 이끌어 준다면 돼지 키우는 하인도 나의 훌륭한 벗이고, 의로운 마음으로 타일러 준다면 나무하는 머슴도 내 좋은 친구입니다."

심양에서 연암과 중국 상인들의 우정 장면은 나이 차를 뛰어넘고, 지위를 뛰어넘고, 신분을 뛰어넘고, 국적을 뛰어넘어 국제간의 교류를 보여 주는 모범 사례로 기록될 만하다.

기상새설 해프닝

언어의 오해로 빚어진 에피소드도 있다. 연암은 심양의 시가지를 지날 때 가게의 문설주 위에 기상새설(欺霜賽雪)이란 글자가 걸려 있는 것을 보았다. 기상새설은 서리를 업신여기고 눈과 우열을 다툰다는 뜻이다. 연암은 장사꾼들이 자신들의 덕목인 정직함을 보여 주기 위해 마음씨가 서리만큼 깨끗하고 흰 눈빛보다 더 밝음을 나타낸 표현이라고 생각했다.

한 전당포에 들어가 물건을 구경하다 가게 주인의 요청으로 주련(기둥이나 벽에 세로로 써 놓는 글씨) 글씨를 써 주게 되었다. 글씨를 본 주변 사람들이 필법이 좋다고 아우성을 쳤다. 주인은 종이를 더 가져오더니 가게 위에 붙일 좋은 글귀를 써 달라고 부탁했다. 우쭐해진 연암은 앞서 자주 보았던 기상새설이란 글자를 써 주리라 마음먹었다. 처음에 한 글자를 썼을 때는 환하게 웃던 주인이 나머지 글자를 써 내려가자 얼굴빛이 일그러지기 시작했다. 네 글자를 다 쓰자 주인은 머리를 절레절레 흔들며 한마디 했다. "우리 가게와 무슨 상관이람?" 연암도 삐쳐 투덜거리며 가게를 나와 버렸다. '이런 조그만 곳에서 장사나 해 먹는 놈이 글자가 잘 되었는지 못 되었는지 어찌 알겠는가!'

다음 날 연암은 환한 달빛 아래 장식품 파는 가게에 들어갔다. 가게에서 사람들이 탁자에 빙 둘러앉아 글씨를 쓰고 있었다. 글씨 실력을 보니 서툴기 그지없었다. 오늘이야말로 내 실력을 마음껏 보여 주리라 생각한 연암은 직접 나서서 신추경상(新秋慶賞)이란 글씨를 큼직하게 썼다. 글씨를 본 중국인들은 고려의 명필이라며 탄성을 지르고 서둘러 차를 내오고 담배에 불을 붙여 서로 먼저 권했다. 그리고 다투어 먹을 갈며 종이를 가져와 글씨를 써 달라고 부탁했다. 으쓱해진 연암은 이번엔 기필코 전날의 수치를 씻으리라 마음먹었다. 해당 장면은 다음과 같다.

나는 마음속으로 어제 전당포에서 쓴 기상새설이란 네 글자를 점포 주인이 왜 그런지 기뻐하지 않았던 터라, 오늘은 마땅히 전날의 수치를 설욕해야겠다는 생각이 들었다. 그래서 주인에게 물었다. "주인집에는 점포 위에 걸만한 현판 글씨가 필요하지 않습니까?" 가게 주인들이 일제히 대답했다. "아주 아주 좋습니다." 드디어 기상새설 네 글자를 써서 내놓았다. 그러자 모두들 얼굴만 서로 쳐다보는 것이, 어제 전당포 주인의 기색과 마찬가지로 수상쩍었다. 나는 마음속으로 이것 참 괴상한 일이다 싶어 물었다. "관계가 없습니까?" 주인이 대답했다. "그렇습니다. 저희 점포는 오로지 부인네들의 머리 장식품을 취급하는 곳이지, 밀가루를 취급하는 가게는 아닙니다." 나는 그제야 왜 잘못되었는지를 깨닫고 전날의 일이 매우 부끄러웠다. "나도 알고 있지만 그저 시험 삼아 써 보았을 뿐이오."

—『성경잡지』 7월 14일

기상새설 네 글자는 밀가루 파는 가게에 다는 현판 글씨였다. 주인의 마음씨가 고결하고 깨끗함을 말하려는 것이 아니라 밀가루가 서리보다 가늘고 눈보다 깨끗하다는 뜻이었다. 머쓱해진 연암은 순간적인 기지를 발휘해 그냥 심심풀이로 써 봤을 뿐이라며 둘러댔다. 그리고 가게 상호에 맞는 다른 글씨를 근사하게 써 주는 것으로 기상새설의 소동이 끝났다.

연암은 그 나라의 언어를 자신의 선입견으로 받아들이는 바람에 크게 망신당할 뻔했다. 매사에 합리적인 연암도 자기 경험의 틀에 갇히고 말았다. 그 나라, 그 사회의 언어 관습을 이해할 준비가 되어 있지 않으면 사람과 사람 사이의 오해는 언제든 일어난다.

우리가 사는 세상에는 각 사회마다 고유한 언어 관습과 생활양식이 있다. 그 사회의 언어와 행동 방식은 오랫동안 축적된 문화 관습의 결과물로써 공동체마다 각기 다르다. 예를 들어 우리가 최고라는 뜻으로 쓰는 엄지 척 동작이 이란 등 중동 국가에서는 가운데 손가락을 올리는 것과 같은 뜻의 욕이다. 상대방의 의견에 동의할 때 고개를 끄덕이는 행동이 터키에서는 거절의 의미로 쓰인다. 손님으로 초대받았을 때 우리는 음식을 남기지 않아야 맛있게 잘 먹었다는 의미가 되지만 중국에선 '음식을 적게 준비했나 보다'라고 주인이 생각하기에 적당히 남겨야 한다.

언어도 사회마다 차이가 있다. 주점(酒店)이라는 간판이 우리나라에선 술집이지만, 중국에서는 호텔이나 레스토랑이다. 주로 이미 늦었다는 뜻으로 쓰는 사자성어인 망양보뢰(亡羊補牢)는 중국에서는 정반대인 아직 늦지 않았다는 뜻으로도 쓴다. 이러하므로 외국 여행할 때 그 사회의 언어나 문화를 충분히 이해하지 못하면 낭패를 당할 수 있다. 이해한다고 믿었던 건 사실 다 오해다.

　사람은 저마다 상대방도 자기 생각과 같을 것이라는 기대를 품고 나의 말을 전한다. 그러나 어떻게 내가 남을, 또 남이 나를 온전히 알 수 있을까? 나는 나의 경험에 기대어 내 생각을 전달하지만 반응은 언제나 기대와 어긋난다. 나의 경험과 남의 경험이 완전히 일치하는 일은 별로 없다. 우리와 저들의 문화가 똑같기란 거의 불가능하다. 그리하여 서로의 경험과 관습이 달라서 생기는 오해와 갈등은 얼마나 많은가?

호기심이 빚은 에피소드

연암은 탐구심과 호기심이 가득한 사람이었다. 수역이 저지해도 연암은 밤에 몰래 밖으로 나갔다. 관리하는 사람의 입장에서는 골칫거리다. 그러나 호기심이 왕성하고 탐구 정신에 목마른 연암은 새로운 것이 있으면 직접 부딪쳐야 직성이 풀리는 사람이었다. 그러다 종종 뜻밖의 상황을 겪곤 했다.

　7월 14일 기사에서는 상가 문상까지 하는 해프닝을 겪는다. 심양을 떠난 연암 일행은 십강자에서 잠시 휴식을 취했다. 한 패루를 살피던 연암은 시끄러운 악기 소리가 나는 상갓집을 보게 되었다. 호기심이 발동한 연암은 중국의 상가 제도를 구경하려고 소리가 울리는 집의 대문까지 들어가게 되는데,

예기치 않은 상황에 떠밀린다.

내가 상가의 제도를 구경하려고 발걸음을 옮겨 대문 앞으로 막 가자, 문 안에 있던 상주 하나가 뛰어나와 내 앞에서 곡을 하며 대나무 지팡이를 놓고 두 번 엎드렸다가 일어난다. 엎드리면 머리를 땅에 조아리고, 일어나면 발로 땅을 구르는데 눈물이 비 오듯 쏟아지고 수없이 울부짖는다. 창졸간에 일어난 변괴라서 나도 어찌할 줄을 몰랐다. 상주의 등 뒤로 대여섯 명이 흰 두건을 쓰고 따라 나와 내 양쪽 팔을 끼고 문 안으로 데리고 들어가니 상주도 곡을 그치고 따라 들어온다. 때마침 말의 양식을 담당하는 마두 이동(二同)이 안에서 막 나오다가 마주쳤다. 나는 하도 기뻐서 허겁지겁 물었다.

"이거 어찌해야 하는가?"

"소인은 망자와 동갑이고 평소 아주 친하게 지낸 터여서 좀 전에 들어가 아내에게 문상을 했습니다."

"문상은 어떻게 하는 것이냐?"

"상주의 손을 쥐고 '당신 아버님은 천당에 가셨을 것이오'라고 말하면 됩니다."

이동이 나를 따라 다시 들어오면서, "부의로 백지 권이나 주지 않을 수 없으니 소인이 맡아 주선해 보겠습니다” 한다.

— 『성경잡지』 7월 14일

상주가 대나무 지팡이를 짚은 건 아버지가 돌아가셨다는 의미다. 아버지가 대나무의 마디마디처럼 자손을 잇는 분임을 나타낸다. 어머니가 돌아가시면 오동나무 지팡이를 짚는다. 속이 빈 오동나무는 자신을 비워 헌신하신 어머니를 상징한다. 연암은 얼떨결에 상가로 끌려 들어가고 상주와 맞절까지 했다. 점입가경으로 부의금까지 냈다. 낯선 나라에서 생판 모르는 초상집에 들어가 상주와 맞절까지 하고 부의금을 내는 상황이 참으로 어이없다. 쓸데없는 호기심이 황당한 경험으로 이끌었다. 7월 12일자 기사에는 이런 일화도 있다.

이틀 밤을 연거푸 밤잠을 놓치고 보니 해가 나온 뒤에는 너무도 고단했다. 창대에게 말 재갈을 놓고 장복과 함께 양쪽에서 내 몸을 부축하고 가게 했다. 한숨을 푹 자고 나니 그제야 정신도 맑아지고 눈앞의 경치도 한결 새롭게 보였다. 장복이,
“아까 몽골 사람이 약대(낙타) 두 필을 끌고 지나가더이다.”
했다. 나는 야단을 쳤다.
“어째서 고하지 않았더냐?”

창대가 나섰다.

"그때 천둥처럼 코를 골고 주무시느라 아무리 불러도 대꾸를 안 하시니 어찌하란 말입니까? 소인들도 처음 보는 것이라 그게 무엇인지는 몰랐지만 속으로 약대려니 그저 짐작만 했습니다."

"그래 모습이 어떻게 생겼더냐?"

창대가 말했다.

"그 실상을 형용하기가 쉽지 않사옵니다. 말이라고 하고 보면 발굽이 두 쪽이고 꼬리는 소와 같으며, 소라고 하기에는 머리에 두 뿔이 없고 얼굴은 양처럼 생겼고, 양이라고 하기에는 털이 곱슬곱슬하고 등에 두 개의 봉우리가 있으며, 머리를 드는 모양은 거위 같고 눈을 뜬 모양은 장님 같았습니다."

"과연 약대가 틀림없다. 크기는 어느 정도이더냐?"

창대가 한 길 되는 무너진 담을 가리켰다.

"키가 저 정도쯤 됩니다."

이후론 처음 보는 사물이 있으면 비록 잠자거나 먹을 때라도 반드시 고하라고 단단히 일렀다.

—『성경잡지』 7월 12일

전날 가상루와 예속재에서 중국 상인들과 이야기꽃을 피우느라 밤잠을 못 잤던 연암은 창대와 장복의 부축을 받으며 자면서 길을 갔다. 푹 자고 났더니 장복이 낙타 두 필이 지나갔다고 보고했다. 연암은 왜 말하지 않았느냐며 야단을 쳤다. 어지간한 일에는 화를 내지 않는 연암이건만, 낙타를 보지 못하자 무척 속이 상해 버럭 화를 낸 것이다.

밤에 혼자 숙소에서 몰래 빠져나오고, 얼떨결에 남의 상가에 가서 문상을 하고, 낙타를 못 봤다고 화를 내는 연암의 모습에서 그가 얼마나 호기심으로 가득하며 새로운 경험에 목말라하는 사람인가를 발견한다. 연암은 새로운 것은 궁금해서 못 참는 사람이었다. 사람은 대체로 옳고 그름이 아닌, 좋고 싫음으로 세상을 판단한다. 싫은 건 애써 보지 않으려 하고, 보고 싶은 것만 보고 믿고 싶은 대로 믿는다. 하지만 연암은 이데올로기로 세상을 보지 않는다. 남에게 들은 말로 판단하지 않는다. 자신이 직접 보아야 직성이 풀리고 자신이 직접 경험한 깨달음으로 판단한다.

아인슈타인은 말한다. "나는 천재가 아니다. 다만 호기심이 많을 뿐이다." 호기심이야말로 새로운 진실을 찾게 하는 원동력이며, 배움을 얻게 하는 원천이다. 호기심 덕분에 인간은 금기를 깨뜨리고 새로운 세상으로 나아갈 수 있었다. 연암의 특별한 호기심 덕분에 열하일기는 새로운 견문과 신기한 세계를 가득 담은 근사한 여행기가 되었다.

참외 장수에게 사기를 당하다

여행길에서는 조금만 한눈팔거나 어리바리하는 순간 사기를 당한다. 나는 베트남 여행에서 속아 봤다. 저녁때 야시장에 들러 이것저것 구경하고 숙소로 가기 위해 택시를 잡았다. 숙소까지 거리는 차로 5분 남짓. 호텔 이름을 대자 택시들이 계속 거절했다. 너무 가까웠나 보다. 다행히 택시 한 대가 오더니 순순히 태워 주었다. 그런데 문제는 호텔에 도착하고 나서였다. 팁도 줄 겸 조금 넉넉하게 택시비를 주었지만, 택시 기사는 한사코 손을 저으며 큰소리로 뭐라 뭐라 소리를 쳤다. 베트남어를 할 줄 몰라 답답하긴 했지만, 거스름돈이 없으니 돈을 딱 맞게 달라는 뜻 같았다. 딱 맞게 줄 수 없어 덤으로 더 준다는 뜻을 보였으나 계속 손을 가로저으며 신경질적인 반응을 해 댔다. 순간 당황했다. 택시 기사는 지갑을 보여 달라는 몸짓을 했다. 자신이 거스름돈에 맞게 갖겠다는 뜻 같았다. 지갑에서 돈을 꺼내려는 순간 기사가 지갑을 쥐려고 했다. 이상한 느낌에 지갑을 뺏기지 않으려 꽉 잡았다. 기사가 더욱 큰 목소리로 화를 내는 와중에도, 지갑만은 사수하려고 했다. 마침내 택시 기사는 내 지갑 안에 있는 2달러를 꺼내 가졌다. 그걸로 되었다는 뜻을 보였다. 아무튼 다행이다 싶었을 때 택시는 그렇게 떠나갔다. 일이 잘못되었다는 것을 깨달은 건 호텔에서 지갑의 돈을 세어 본 순간이었다. 5만원 남짓 없어진 것이다. 택시 기사가 정신을 쏙 빼놓고는 실랑이하는 사이에 밑장 빼기를 한 것이었다. 기분이 나빴지만 수업료를 치른 셈 치기로 했다. 하지만, 그 택시 기사 때문에 베트남에 대한 이미지가 조금 나빠진 건 사실이었다.

연암도 사기를 당했다. 7월 13일에 일어난 일이다. 날이 저물 무렵, 멀리서 연기가 나는 가게가 보이기에 말을 급히 몰아 그곳으로 향했다. 그런데 갑자기 참외밭에서 한 노인이 뛰어나오더니 말 앞에 꿇어앉아 하소연했다. 혼자서 참외를 팔아 근근이 살아가는데 앞서 가던 조선인 40~50명이 참외를 훔쳐 달아났다는 것이다. 쫓아가 항의를 했지만 들은 체 만 체했고 그중 한 명은 노인의 얼굴에 참외를 던졌다고 한다. 그러더니 노인은 청심환을 하나 달라고 매달렸다. 없다고 하자 참외를 가져와 먹게 하고는 아홉 개 값으로 80푼을 요구했다. 50푼을 주자 노인은 버럭 화를 내며 받지 않으려 했다. 주머니를 탈탈 털어 71푼을 주고서야 노인은 못 이기는 척 받았다. 연암은 노인의 행위가 마뜩하지 않았으나 앞선 일행의 행동이 더 한탄할 만하다고 생각했다.

연암은 숙소에 도착하고 나서야 진실을 알게 되었다.

"애초에 그런 일은 없었습니다. 외딴집 참외 파는 늙은이가 간교한 자라서 어르신께서 혼자 뒤에 떨어져 오는 것을 보고는 있지도 않은 황당한 거짓말을 꾸며대고 일부러 가엾은 꼴을 해서는 청심환을 우려내려고 한 수작입니다."

천하에 똑똑한 연암도 노인의 거짓 눈물에 깜박 속고 말았다. 참외 사 달라 떼쓰는 노인의 청을 차마 거절하지 못해 몇 십 배에 해당하는 참외 가격을 준 것이다.

이렇듯 열하일기는 신문명에 대한 예찬이라든가 이용후생과 같은 큰 문제의식만을 다루지 않는다. 여행길에서 겪는 시시콜콜한 사연, 사기를 당한 경험, 황당한 해프닝까지 모두 담아냈다. 그래서 열하일기는 생동감이 넘친다.

작은 것이
아름답다

───── **5『일신수필』**

『일신수필』(馹汛隨筆)은 7월 15일 신광녕을 출발하여 7월 23일 산해관에 도착하기까지 8박 9일 간의 일정을 담았다. 그동안 학계에서는 '일신'(馹汛)을 역마처럼 빠르다는 뜻으로 해석하여, '일신수필'을 역마 타고 달리듯이 붓 가는 대로 빠르게 쓴 글이란 의미로 이해해 왔다. 하지만 고전문학 연구자인 김명호 선생은 '일신'을 청나라 병사들이 묵던 역참의 명칭이라고 주장한다. 심양부터 산해관에 이르는 지점은 예로부터 전쟁의 격전지였기에 특별히 역참이 많았다고 한다. 흥미롭게도 열하일기 전반부의 편명인 '도강록'(渡江錄) '성경잡지'(盛京雜識) '일신수필'(馹汛隨筆) '관내정사'(關內程史) '막북행정록'(漠北行程錄) '태학유관록'(太學留館錄) '환연도중록'(還燕道中錄)은 모두 공간의 명칭이 제목으로 들어가 있다. 역마처럼 빠르다는 뜻의 용례도 찾기 힘들거니와 일관성을 고려해 보아도 일신을 역참으로 보는 견해는 타당해 보인다.

『일신수필』의 서문인 「일신수필서」는 내가 참 좋아하는 글이다. 인생무상이 느껴지기도 하고 또 한편으로는 성찰의 마음을 갖게 한다. 철학적이면서도 문학적이다. 민감한 문제의식을 문학적 향기로 가린 글이다. 첫머리부터 찬찬히 살펴보자.

정량의 한계에 갇힌 사람들

> 한갓 입과 귀만 의지하는 자와는 배움을 이야기할 것이 못 된다. 하물며 평소 정량(情量: 생각의 범위)이 미치지 못하는 것에 대해서랴! 누군가 "공자께서 태산에 올라 천하를 작게 여겼다"고 말한다면 속으로는 그렇지 않다고 생각하면서도 입으로는 그렇다고 대답할 것이다. 그러나 "부처가 사방 세계를 다 보았다"고 하면 헛되고 황당하다며 물리칠 것이다. 서양 사람들이 큰 배를 타고 지구 밖을 돌아다녔다고 하면 허무맹랑한 말이라고 꾸짖을 것이다. 그렇다면 나는 누구와 함께 하늘과 땅 사이의 큰 장관을 이야기할까나?
>
> ─「일신수필서」

배움에 대한 생각을 풀어냈다. 입과 귀만 믿고 떠드는 사람과는 배움을 이야기할 수 없다고 말한다. 남에게 보고 들은 것을 자기 생각 없이 그대로 전하기만 할 뿐 조금도 제 것으로 만들지 못하는 배움을 구이지학(口耳之學)이라고 한다. 『순자』(荀子)「권학편」(勸學篇)에는 "(구이지학은) 소인의 학문이다. 귀로 들은 것이 입으로 나온다. 입과 귀 사이는 네 치일 뿐, 어찌 일곱 자의 몸에도 채우지 못하는가?"라는 말에서 나왔다. 평범한 사람은 남으로부터 주워들은 것을 그대로 옮기기만 한다. 남에게 들은 정보를 진실이라 우기며 경험 너머의 세계를 이해하지 못한다. 연암은 「능양시집서」에서 말하길, 평범한 사람〔俗人〕은 이상한 것이 많고 통달한 사람〔達士〕은 이상할 것이 없다고 했다. 백로의 세계만을 경험한 사람은 까마귀의 검은 색이 이상해 보이고 오리의 세계에서만 사는 사람은 학의 긴 다리가 위태로워 보인다. 저 사물은 이상할 게 없는데 나 혼자 거부하며 화를 낸다. 하물며 자기 정량(情量), 곧 생각할 수 있는 범위가 미치지 못하는 세상에 대해서는 얼마나 욕하며 밀어 내칠까 싶다.

연암은 윗글에서 정량의 한계에 갇힌 사람들의 어리석음에 대해 말한다. 먼저는 공동체의 사상에만 순응하는 태도다. 『맹자』「진심 상」(盡心上)에서는 "공자께서 동산에 올랐더니 노나라가 작아 보였고, 태산에 올랐더니 천하가 작아 보였다"라고 했다. 이 말을 두고 누군가 "공자께서 태산에 올랐더니 천하가 작아 보인다 하셨어"라고 한다면 속으론 설마 그랬을까 의심하면서도 입으로는 "그러셨겠지"라고 고개를 끄덕인다는 것이다. 태산이 아무리 높다 한들, 그보다 수백만 배 넓은 천하가 작게 보일 리 있겠는가? 하지만 입 밖으론 그랬겠지 하며 끄덕인다. 성인이자 지존인 공자께서 그렇다고 하셨으니 무조건 끄덕이고 보는 것이다.

두 번째는 다른 사상에 대한 거부감이다. 불경에서는 부처가 혜안으로 시방세계(十方世界)를 두루 보았다고 했다. 이에 누군가 부처가 천하 세계를 보았다고 한다면 사람들은 허무맹랑하다고 비난한다. 공자의 말이나 부처의 말은 온 천하를 다 보았다는 점에서는 같다. 그러나 유학의 나라인 조선에서 공자는 성인이고 부처는 이단이다. 조선 시대 선비들은 나서 죽을 때까지 성리학의 범위 안에서 맴돌았다. 그리하여 공자의 말이라면 무조건 옳다고 믿고, 성리학 이외의 사상은 배척했다. 참과 거짓의 구별 기준은 그 지식의 실체가 아니라 누가 말했느냐에 따른 것이었다.

세 번째는 지식 밖의 세계를 받아들이지 못하는 태도. 동양 사회는 전통적으로 하늘은 둥글고 땅은 네모나다는 천원지방(天圓地方)을 믿어 왔다. 그런데 17세기 이후 마젤란의 세계 일주라든가 서양인이 배를 타고 동양에 왔다는 정보가 『직방외기』(職方外紀) 등의 서학서(西學書)와 서양 선교사들을 통해 중국을 거쳐 조선까지 알려졌다. 하지만 대부분의 사람은 여전히 땅은 네모나서 바다 멀리 나가면 추락한다고 믿었다.

인간은 자신이 접하지 못한 낯선 지식은 위험하고 불온하다고 여기는 경향이 있다. 그러니 누군가 서양인이 배 타고 지구를 한 바퀴 돌아 나왔다고 말하면 터무니없이 괴상한 말이라고 꾸짖는다. 자기가 경험한 세계만을 옳다고 우기는 사람들에 대한 연암의 비판의식이 담겨 있다고 하겠다.

태산에 관해서는 반전의 진실이 있다. 흔히 세상에서 가장 높은 산을 말할 때 태산을 이야기하는데, 이 태산은 중국 산둥성에 있다. 중국의 5대 명산 중 하나로 그중에서도 으뜸으로 통한다. 중국인들이 평생에 꼭 한 번 오르고 싶은 산으로 꼽을 정도로 아름답기로 유명하다. 중국에 사대(事大) 정신을 갖고 있던 조선 선비들도 태산이야말로 세상에서 가장 높고 큰 산이라고 생각했다. 양사언이 지은 다음 시조도 이러한 배경에서 나왔다. "태산이 높다 하되 하늘 아래 뫼이로다. 오르고 또 오르면 못 오를 리 없건마는, 사람이 제 아니 오르고 뫼만 높다 하더라." 태산이 아무리 높아도 계속 오르다 보면 언젠가는 정상에 오를 수 있는데, 시도해 보지도 않고 산만 높다고 탓하는 사람들을 경계하고 있다. 그리하여 태산은 아주 크고 높은 것을 비유하는 관습적인 말이 되었다. '걱정이 태산같다'거나 '티끌 모아 태산' 등 관용어도 생겨났다.

그런데 태산의 실제 높이는 1,500미터 남짓이다. 태산이 있는 산둥성은 들판 위주의 지역이라 태산이 가장 높았는데, 실제 태산을 못 본 조선인들은 중국 학자들이 태산을 가장 높고 아름답다고 말하니 백두산보다 훨씬 높은, 하늘 끝까지 닿은 산이라 여긴 것이다. 백두산의 실제 높이는 2,744미터다. 곧 태산은 조선 사람들의 관념에서만 존재하는 상상 속의 산이었다. 실제로 본 사람이 아무도 없으니, 태산이 세상에서 가장 높고 아름다운 줄로만 철석같이 믿고 입에서 입으로 전해 온 것이다.

인간은 낯선 것, 자신이 경험하지 못한 것은 위험하다고 여기며 배척하는 경향이 있다. 자기 경험과 지식의 범주 안에 있는 내용만 옳다고 믿는다. 그러니 심리학에서는 개인이 옳다고 믿는 것은 객관적 진리가 아니라고 한다. 오랫동안 반복된 경험에 익숙해졌을 뿐이다. 그러니 내가 믿는 진리는 내 정량의 범위, 곧 내 공동체와 경험의 공간 안에서만 옳을지도 모른다.

연암은 사람들이 다양한 학문, 경험 너머의 세계를 인정하지 못하는 현실에 답답함을 느꼈던 듯하다. 조선 사회가 주자학만 절대 진리로 믿을 때 연암은 불교와 노장 사상, 서양 학문도 본질적으로 비슷한 진리를 담았다고 생각했다. 사람들이 청나라는 오랑캐라고 욕하며 손가락질할 때 연암은 중국의 뛰어난 문명을 직접 보고 저들의 기술을 배워 가난한 조선의 현실을 바꾸고 싶었다. 사람들이 지구는 네모나서 바다 멀리 나가면 떨어져 죽는다고 믿을 때 연암은 지구는 둥글며 돈다고 생각했다. 사람들이 동굴 속의 그림자를 진짜라고 믿으며 살아갈 때 연암은 동굴 밖으로 나와 새로운 세상을 눈으로 직접 보았다. 자신이 직접 보고 깨달은 진실을 들려주고 싶었으나 사람들은 자기 지식 안의 세계만 옳다고 고집하며 바깥 세계를 거부했다. "나는 누구와 함께 천지간의 대관(大觀)을 이야기할까?"라는 연암의 탄식에 경험의 세계만 인정하는 세상을 향한 답답함이 담겨 있다.

한(漢)나라 가의(賈誼)는 「복조부」(鵬鳥賦)에서 말한다. "작은 지식은 자신에게 사사로워서 남은 천하게 여기고 자신은 귀하게 여기지만, 통달한 사람은 크게 보므로〔大觀〕 남이라고 안 될 것이 없다." 이 말에 주석을 달아 보면 이렇다. "통달한 사람은 정량의 너머를 두루 보기에 안과 밖을 선 긋지 않으며 약자와 이방인이라고 차별하지 않는다."

눈 한 번 깜박일 때 시간은 가고

다음 문장을 계속 이어가겠다.

> 아! 공자가 240년 동안의 역사를 다듬고 고쳐 『춘추』라고 이름 붙였지만, 이 240년 동안 일어난 외교 군사에 관한 일들은 곧 하나의 꽃 피고 잎 지는 것과 같은 잠깐 사이의 일일 뿐이다.
>
> 아, 슬프다! 내가 지금 급히 글 쓰다 이런 생각이 든

다. 먹 한 점 찍는 사이는 눈 한 번 깜박하거나 숨 한 번 들이쉬는 순식간의 일이지만, 눈 한 번 깜박이고 숨 한 번 쉬는 사이에도 이미 작은 옛날과 작은 오늘이 만들어진다. 그렇다면 하나의 '옛날'이나 하나의 '현재' 역시 큰 눈 한 번 깜박이거나 큰 숨 한 번 들이쉬는 '사이'라고 말할 수 있다. 그 '사이'에서 명예를 세우고 일을 이루겠다니 어찌 슬프지 않겠는가!

―「일신수필서」

『춘추』는 공자가 엮은 책이다. 본래 『춘추』는 노(魯)나라 사관이 자기 나라 240년 역사를 기록한 궁정 연대기였다. 공자가 여기에 자신의 역사의식과 세계관을 담아 필삭(筆削)하여 『춘추』를 지었다. 공자는 『춘추』를 편찬할 때 명분에 따라 글자를 엄격하게 구별하여 썼다. 예를 들어 두 나라 군대가 싸울 때, 두 집단의 세력이 대등하면 칠 공(攻) 자를 쓰고, 강한 세력이 약한 세력을 칠 때는 칠 벌(伐) 자를 썼다. 상대방의 분명한 잘못을 응징할 때는 칠 토(討), 천자가 친히 전쟁에 나설 때는 칠 정(征) 자를 썼다. 요약하면 정벌(征伐)은 천자가 친히 나서 지방 세력을 친 것, 토벌(討伐)은 천자가 직접 반란 세력을 치는 일이다. 죽음의 경우에도 황제가 죽으면 붕(崩), 대부는 졸(卒)이었다. 일반인이 죽으면 사(死), 역적이 죽으면 폐(斃)라고 썼다. 이와 같이 명분에 따라 엄정하게 기록하는 것을 춘추

필법이라고 한다.

또 공자는 『춘추』에서 주나라를 높였는데, 이러한 존주(尊周)의 정신은 조선 사회에서 의리의 상징이 되었다. 공자의 나라인 노나라는 주나라의 제도와 전통을 가장 충실히 계승한 나라로 평가받고 있다. 더불어 송시열은 "공자가 『춘추』를 지음에 대의가 수십 가지가 되지만 그중에서 존주가 가장 크다"라고 하며 북벌론(北伐論)의 이론적 근거로 삼았다. 곧 조선 사회에서 『춘추』는 공자의 정신이 담긴 불변의 의리를 담은 책이었다.

그런데 연암은 생뚱맞게도 『춘추』의 긴 역사도 알고 보면 꽃피고 잎 지는 잠깐의 일에 불과하다고 말한다. 얼핏 역사의 유한성을 말한 듯하다. 하지만 이러한 발언은 은근히 『춘추』를 상대화하는 발언으로 들린다. 『춘추』는 선비에게 절대 의리의 표상이다. 그런데 연암은 『춘추』의 역사도 사실 아주 짧은 시간일 뿐이라며 시간의 유한성을 말한다. 나는 연암의 이 말 안에 의리를 상대화하려는 뜻이 있다고 생각한다. 절대불변의 의리를 담은 『춘추』의 역사도 알고 보면 잠깐 사이의 일에 불과하다는 것이다. 역사의 유한함을 내세워 의리의 영원성을 깨뜨리는 전략으로 보인다.

이어지는 문장에서도 시간의 유한성을 말한다. 아주 짧은 시간을 나타내는 표현 가운데 순식간(瞬息間)이 있다. 눈 한 번 깜빡이고 숨 한 번 들이쉬는 사이라는 뜻이다. 연암은 먹 한

점 찍는 사이가 순식간이지만, 그 사이에도 작은 옛날과 작은 오늘이 만들어진다고 말한다. 맞는 말이다. 한 글자 쓸 동안 작은 과거와 작은 현재가 만들어진다. 그러므로 우리가 옛날, 현재라고 부르는 건 크게 눈 한 번 깜박이거나 숨 한 번 들이쉬는 사이일 뿐이다. 그 사이에서 명예를 더 세우고 돈을 더 벌어 보겠다고 아등바등하니 어찌 슬프지 않겠는가?

천문학자 칼 세이건은 『창백한 푸른 점』에서 우주에서 찍은 지구 사진을 보며 말한다. "다시 이 빛나는 점을 보라. 그것은 바로 여기, 우리 집, 우리 자신이다. ……지구는 광대한 우주의 무대 속에서 하나의 극히 작은 무대에 지나지 않는다. 이 조그만 점의 한 구석의 일시적 지배자가 되려고 장군이나 황제들이 흐르게 했던 유혈의 강을 생각해 보라. 또 이 점의 어느 한 구석의 주민들이 거의 구별할 수 없는 다른 한 구석의 주민들에게 자행했던 무수한 잔인한 행위들, 그들은 얼마나 빈번하게 오해를 했고, 서로 죽이려고 얼마나 날뛰고, 얼마나 지독하게 서로를 미워했던가 생각해 보라. 우리의 거만함, 스스로의 중요성에 대한 과신, 우리가 우주에서 어떤 우월한 위치에 있다는 망상은 이 엷은 빛나는 점의 모습에서 도전을 받게 되었다. 우리 행성은 우주의 어둠에 크게 둘러싸인 외로운 티끌 하나에 불과하다."

「일신수필서」의 이 부분은 삶의 무상함이 강하게 느껴진다. 하지만 연암의 참뜻은 다른 곳에 있다. 이른바 동쪽에서 소리를 내고 서쪽을 치는 성동격서 전략이다. 연암은 시간이 상대적임을 말하려는 것이다. 시간의 상대성은 의리의 상대성과 연결된다. 사람들은 의리는 영원하며, 역사는 절대적이라고 말한다. 옛것을 숭상하는 상고주의(尙古主義)가 강한 고대 동아시아에서 중국의 요순시절과 춘추시대는 가장 이상적인 역사의 본보기였다. 조선 선비들은 요임금 순임금 때야말로 가장 태평한 시절이며, 공자가 살던 시대가 영원한 의리의 모범이라 생각했다. 그러나 연암은 그러한 역사도 다 순간일 뿐이며 영원한 것은 없다고 말한다. 현재라는 시간은 눈 한 번 깜박이는 사이에 지난 일이 될 뿐이다. 절대 본보기의 지위를 갖는『춘추』의 역사도 한때의 지나간 시간일 뿐이다. 절대적인『춘추』의 권위는 상대화된다. 인생의 무상함 뒤에는 시간의 상대성을 들어 영원한 의리도 고정된 기준도 없음을 말하려는 연암의 속내가 숨어 있다. 그 궁극은 의리의 상대화를 향한다.『춘추』만 절대적인 의리가 아니라 다양한 의리가 있음을 말하려는 것이다.『곡정필담』에서 말한 "천하에는 끝까지 서로 모순되는 것도 없으며, 의리도 시대의 변천에 따라 달라지게 마련이다"를 에둘러 말한 것이다. 이것도 우언의 방식이다.

구름 너머에서 달을 껴안고 잠들다

한동안 시간의 무상함에 젖어든 연암은 이번에는 묘향산에서의 경험을 이야기한다.

> 나는 예전에 묘향산에 올라 상원암에서 묵은 적이 있다. 밤새도록 달은 대낮처럼 밝았다. 창을 열어 동쪽을 바라보니 절 앞에는 흰 안개가 뭉게뭉게 깔렸고 달빛을 받아 수은 바다처럼 보였다. 수은 바다 밑에는 은은히 코 고는 소리 같은 것이 들렸다. 승려들이 서로 말을 주고받았다. "인간 세상에는 지금 큰 천둥과 소나기가 내리치는 중이겠어." 며칠 뒤에 산에서 내려와 안주(安州)에 이르렀다. 지난밤에 과연 폭우가 쏟아지고 천둥 번개가 내리쳐 평지에 빗물이 한 길이나 차올라 많은 집들이 떠내려갔다. 나는 말고삐를 잡은 채 탄식하며 중얼거렸다. "어젯밤에 나는 구름과 비 너머 세상에서 밝은 달을 껴안고 잠들었구나." 묘향산을 태산에 비교한다면 겨우 조그만 둔덕에 지나지 않는데도 그 높고 낮음에 따라 이같이 상황이 다른데 하물며 성인이 천하를 굽어보았을 땐 과연 어떠했을까?
> ─「일신수필서」

묘향산 정상에 달빛이 환할 때 산 아래에선 폭우가 쏟아졌다. 묘향산과 같이 작은 공간에서도 정반대의 날씨가 전개되는데 하물며 천하 세상엔 얼마나 다양한 상황이 벌어지겠느냐는 것이다. 한라산 아래에선 비가 쏟아지는데 구름을 뚫고 솟은 정상에는 햇볕이 내리쬔다. 강북은 푸른 하늘인데 강남에선 비가 내린다.

인간은 자신이 발 딛은 공간에서 일어난 일로 미루어 다른 곳도 사정이 비슷할 거라 짐작한다. 나는 어릴 때 다른 나라 사람들도 수저로 밥 먹고, 여름과 겨울을 난다고 생각했다. 과학기술이 발달한 오늘날엔 다양한 세계를 눈으로 확인하지만, 인터넷과 통신이 없던 옛날엔 자신이 경험한 공간이 유일한 진리의 세계였다. 연암은 묘향산의 경험을 바탕으로 자신이 경험한 공간만을 전부라 여기는 인식의 한계에 대해 문제 제기를 한다. 연암은 「북학의서」에서 "우리나라 선비들은 한쪽 모퉁이 땅에 편협한 기질을 타고나, 발은 중국 대륙을 못 밟아 보고 눈은 중국 사람을 못 본 채 태어나 늙고 병들어 죽기까지 국경 밖을 떠나 본 적이 없다"라고 하면서 "그래서 학은 다리가 길고 까마귀는 검은 것이 각자 자기의 천성을 지키는 것이고, 우물 안 개구리나 밭의 두더지는 오직 자기 땅만을 의지해야 한다고 생각하며 살아 왔다"라고 비판한다. 연암은 자기 정량에 갇혀 넓고 거대한 세계를 믿지도 받아들이지도 못하는 편협한 조선 선비들에 대해 무척 답답해했다.

지금까지 「일신수필서」 전반부를 살펴보았다. 「일신수필서」는 끝부분이 없다. 모든 이본이 다 똑같은 것으로 보아 연암 스스로가 끝맺지 못했을 가능성이 크다. 열하일기에서 마무리를 못 한 글은 「일신수필서」뿐이다. 나는 연암이 일부러 빠뜨렸다고 본다. 왜? 그만큼 민감하고 위험한 발언이지 않았을까 짐작할 따름이다. 「일신수필서」 전반부도 그 시절에서 비추어 보면 참 아슬아슬한 발언이다. 윗글을 직설적으로 풀어낸다면 이 정도가 아니었을까 싶다.

"사람들은 도대체 남에게 주워들은 지식으로 옳다고 우겨대니 한심하기 짝이 없다. 공자의 말이나 부처의 말이나 서학의 말이나 뭐가 그리 다른가? 알고 보면 서로 비슷한 측면이 있는데도 공자 말이라면 묻지도 따지지도 않고 무조건 수긍하면서 부처나 서학의 생각은 망언이니 괴상한 거짓말이니 하며 무턱대고 배척하니 나는 누구와 제대로 된 학문을 나눌 수가 있겠는가? 사람들이 영원한 절대 의리로 떠받드는 『춘추』의 역사도 사실 아주 짧은 지나간 시간에 불과하다. 사람들은 과거의 시간을 영원하다고 믿지만 과거니 현재니 하는 것은 그저 눈 깜짝할 사이에 흘러가는 과정일 뿐이다. 사람들은 자기가 경험한 공간이 유일한 진실이라 믿지만, 저 너머에도 다양한 진실의 세계가 있다. 그런데도 내가 보고 경험하는 세계만 진리라고 고집하니 참 답답하구나!"

「일신수필서」의 결론 부분이 전해졌다면 더욱 의미심장한 문제작이 되었을 텐데, 결락되어서 아쉽다.

일류 선비의 정색(正色)

연암은 「일신수필서」에서 "그렇다면 나는 누구와 함께 하늘과 땅 사이의 큰 장관을 이야기할까나?"라고 한탄했는데, 연암이 말한 '큰 장관'의 실체는 바로 뒤이은 7월 15일 기사에 나온다. 기사 앞부분이 퍽 흥미롭다. 이른바 일류 선비, 이류 선비, 삼류 선비를 이야기하고, 이용후생의 정수(精髓)라고 평가받는 '장관론'을 말한다.

> 우리나라 선비들은 북경에서 돌아온 사람들을 처음 만나면 으레 이렇게 묻는다.
> "자네 이번 걸음에 제일가는 장관이 무엇이지? 제일 멋진 장관을 골라 말해 주게."
> 그러면 사람들은 각자 자신이 본 것을 나름대로 말한다. 요동 천리의 넓은 들판이 장관이라느니, 구요동 백탑이 장관이라느니, 연도의 시장과 점포들이 장관이라느니, 계문연수가 장관이라느니, 혹은 노구교, 혹은 산해관, 혹은 각산사, 혹은 망해정, 혹은 조가패루, 유리창, 통주의 선박들, 금주위의 목축, 서산의 누대, 천

주당 네 곳, 호권, 상방, 남해자, 동악묘, 북진묘 등 장관이 갈피를 잡을 수 없을 정도로 너무 많아 손꼽을 수 없을 정도다.

이때 이른바 일류 선비는 정색을 하고 얼굴빛을 바꾸며 이렇게 말한다.

"도무지 볼 것이 없더군."

"도무지 볼 것이 없다는 게 무슨 뜻이오?"

"황제가 머리를 깎고 장군과 재상과 대신들과 백관이 머리를 깎고 모든 백성들이 머리를 깎고 보니 비록 나라의 업적과 덕이 은나라 주나라와 같고 부강한 면모가 진나라 한나라보다 앞섰다 치더라도 백성이 생겨난 이래 머리 깎은 천자는 아직까지 없었소. 비록 육농기, 이광지의 학문과 위희, 왕완, 왕사징의 문장과 고염무, 주이준의 박식함을 갖추고 있다 하더라도 한번 머리를 깎고 나면 오랑캐일 뿐이오. 오랑캐는 개나 돼지와 같소. 개나 돼지에게 무슨 볼만한 것이 있겠소?"

이것은 곧 으뜸가는 의리가 되어, 질문하던 자는 입을 다물고 사방에 듣던 사람들도 숙연해진다.

— 『일신수필』 7월 15일

여행을 다녀오면 어김없이 가장 볼만한 곳이 어디냐는 질문을 받는다. 파리를 다녀온 사람은 에펠탑을 꼽기도 하고, 뉴

욕을 다녀온 사람은 자유의 여신상을 말하고, 누군가는 이탈리아의 베네치아를 꼽는다. 북경 여행을 다녀온 사람이라면 만리장성과 자금성, 이화원 등을 말한다.

조선 후기에 중국을 다녀온 사람들은 요동 벌판이나 산해관, 유리창 등을 꼽았다. 좁은 땅에서 살아온 조선 사람들에게 중국의 거대한 건물과 이국적인 풍경들은 큰 볼거리였다. 그런데 이때 잠자코 듣던 상사(上士), 즉 일류 선비가 나서며 정색을 하고 말한다.

"중국엔 아무 것도 볼만한 것이 없네."

황제부터 모든 백성에 이르기까지 머리를 깎고 변발을 했으므로, 아무리 뛰어난 문장과 학문이 있더라도 오랑캐일 뿐이라는 것이다. 오랑캐는 개돼지와 같은 짐승일 뿐인데 개돼지에게선 볼만한 것이 아무것도 없다는 것이다. 근본주의 중화론자의 말 한마디는 최고의 의리가 되어 신나게 떠들던 사람들의 입을 틀어막는다.

태평성시도(太平城市圖) '상점'(부분)
조선 후기, 비단에 채색, 8폭 병풍, 각 113.6×49.1cm, 국립중앙박물관 소장
성(城)으로 둘러싸인 도시의 다양한 생활 모습이 그려져 있는 8폭의 대형 병풍. 중국 작품 〈청명상하도〉에서 많은 영향을 받아 중국적인 요소와 조선적인 것이 혼재해 있는 양상을 보이지만, 중국의 생활양식과 문물로는 설명할 수 없는 조선적인 특징이 많아서, 조선 시대의 회화임을 확인할 수 있다. 특히 중국으로 사행을 다녀온 사신들이 북경에서 본 다양한 풍경을 이 그림 속에 담아냈는데, 조선 후기 사람들이 꿈꾸던 태평성세의 이상사회는 이런 모습이었던 듯하다. 이와는 별도로 국왕 정조의 명으로 조선 후기 한양 모습을 그린 〈성시전도〉가 제작되었는데, 정조는 규장각 문신들에게 명하여 〈성시전도〉를 보고 장편 시를 쓰도록 했다. 현재 〈성시전도〉는 전하지 않지만, 박제가, 이덕무, 유득공 등이 쓴 장편 시가 문집에 수록되어 전한다.

조선 사회에서 피발좌임(被髮左衽)은 문명인과 오랑캐를 가르는 가장 상징적인 표식이었다. 피발좌임은 머리를 풀어헤치고 옷깃을 왼쪽으로 여민다는 뜻이다.『논어』「헌문」(憲問)에서 공자는 피발좌임이 오랑캐 풍습이라고 말한다. 이후로 머리를 묶고 옷깃을 오른쪽으로 여미는 복장은 동아시아 사회에서 문명인의 척도가 되었다. 그리하여 조선은 중국과의 일체화, 동일시를 지향하며 머리를 묶어 상투를 틀고 옷깃은 오른쪽으로 여몄다. 우리에게 익숙한 조선 선비의 옷차림은 주나라 때부터 이어온 중국의 전통적인 복식을 따른 것이다.

만주족이 세운 청나라가 한족이 세운 명나라를 무너뜨리고 중원의 지배자가 되었다. 청나라는 명나라의 제도와 전통을 이었지만 머리 모양과 복장만은 바꾸었다. 남자들은 모두 변발로 바꾸게 하고 말을 듣지 않으면 죽였다. 머리를 깎지 않고 저항하다가 죽은 한족 남자들이 수십만 명이라고 한다. 남자의 머리는 전부 변발로 바뀌었고 복장은 소매가 짧고 실용적인 청나라 옷으로 바뀌었다. 그러자 조선의 선비들은 자신들만이 중화 문명의 수호자라고 자부하게 되었고, 머리 모양은 명나라에 대한 의리와 중화를 상징하는 표상이 되었다.

일류 선비의 말은 그 시대 근본주의 중화사상을 갖고 있던 사람들의 생각을 대표한 것이다. 일단 변발을 하면 무조건 오랑캐가 된다. 청나라는 변발을 했으므로 오랑캐다. 오랑캐는 개돼지와 같다. 그러므로 개돼지인 청나라는 볼만한 게 전혀 없다. 이 생각은 당시 선비들에게 깊숙이 내면화된 이념이었다. 이런 생각이 답답한 건 소통하고 대화할 여지가 전혀 없다는 데 있다. 집권 세력은 오래도록 권력을 유지하고 통치를 효율적으로 하기 위해 백성들에게 특정 사상을 지속적, 반복적으로 주입했다. 어떤 지식과 정보를 지속해서 듣게 되면 그 지식은 내면화되고 굳어 버린다. 굳어진 생각은 바뀌기 어렵다. 그리하여 변화된 현실을 받아들이지 못하고 내면화된 생각을 무조건 묵수(墨守)한다. 현재 우리 사회의 반공 사상도 이와 다르지 않다.

그런데 연암은 다르게 생각한다. 한 나라의 지도자라면 그 제도가 오랑캐에서 나왔더라도 백성의 삶을 나아지게 하고 부국강병에 도움이 된다면 받아들여야 한다고 주장한다.

대개 천하를 위하는 자는 진실로 백성에게 이롭고 나라를 부강하게 하는 일이라면 비록 그 법이 오랑캐에게서 나온 것일지라도 이를 받아들여 이용한다. 하물며 삼대 이후 성스럽고 현명한 제왕들과 한·당·송·명 등 역대 왕조들이 본래부터 갖고 있던 고유한 원칙들이야 굳이 말할 것도 없다. 성인 공자가 『춘추』를 지을 적에, 물론 중화를 높이고 오랑캐를 물리치려 하셨으나, 그렇다고 오랑캐가 중국을 손아귀에 넣었다고 분개해 중국의 훌륭한 문물까지 물리치라는 말은 들은 적이 없다. 따라서 지금 사람들이 진심으로 오랑캐를 물리치려거든 중국의 전해 오는 법을 모두 배워야 할 것이다. 먼저 우리나라의 무딘 습속을 바꾸어 밭 갈고 누에 치고 질그릇 굽고 풀무질하는 일에서부터 공업을 보급하고 상업의 혜택을 넓히는 데 이르기까지 모조리 배워야 할 것이다. 남이 열을 배우면 우리는 백을 배워 먼저 백성을 이롭게 해야 한다. 우리 백성이 튼튼하게 준비해 저들의 굳센 갑옷과 날카로운 병기를 제압할 수 있게 된 다음에야 중국에는 볼만한 것이 없다고 장담할 수 있을 것이다.

— 『일신수필』 7월 15일

지도자의 중요한 자질은 백성의 삶을 보살피고 나라의 힘을 키우는 데 있다. 생활 도구를 이롭게 하지 못하면 백성이 고통을 받는다. 나라의 힘이 약해도 백성이 고통을 받는다. 지도자는 사사로운 이데올로기에 사로잡혀 백성을 고통 속에 방치해서는 안 된다. 백성의 삶을 도울 수 있다면 이념을 뛰어넘는 적극적인 사고의 전환을 보여 주어야 한다. 북벌 이념을 고집하며 저들의 발달한 제도와 문화를 외면한다면 부국강병의 길은 끝내 멀어질 것이다. 연암은 이렇게 말하고 싶었다고 본다. 정말로 오랑캐를 물리치고자 한다면 저들의 좋은 법을 배워 힘을 기르고 나서 물리쳐도 늦지 않다는 생각이다. 말로만 북벌에 집착하면서 현실에서는 아무런 능력도 갖추지 못한 일류 선비를 향한 꾸짖음이기도 하다.

똥이 장관이더라

연암은 스스로를 삼류 선비라고 말한다. 그리고 삼류 선비가 본 장관을 이야기하겠다고 말한다. 자신을 삼류로 깎아내리면서까지 말하고 싶었던 진실은 무엇일까?

> 나는 본래 삼류 선비다. 내가 본 장관을 이야기하겠다. 깨어진 기와 조각이 장관이고, 냄새 나는 똥거름이 장관이다. 왜냐? 깨어진 기와 조각은 세상 사람들이 버리는 물건이다. 그러나 민간에서 담을 쌓을 때 어깨 높이 위쪽으로는 깨어진 기와 조각을 두 장씩 마주 놓아 물결무늬를 만들거나 네 조각을 모아 동그라미 무늬를 만들거나 네 조각을 밖으로 등을 대어 붙여 옛날 동전 구멍 모양을 이룬다. 기와 조각들이 서로 맞물려 만들어진 구멍들이 영롱하고 안과 밖이 마주 비치게 된다. 깨어진 기와 조각을 내버리지 않자 천하의 무늬가 모두 여기에 있게 된 것이다. 동네 집들의 문 앞 뜰에 가난하여 벽돌을 깔 수 없으면 여러 빛

깔의 유리 기와 조각과 냇가의 둥근 조약돌을 주워 얼기설기 서로 맞추어 꽃, 나무, 새, 짐승 무늬를 새겨 깔아 놓는다. 그러면 비가 오더라도 땅이 진창이 될 걱정이 없다. 기와 조각과 조약돌을 내버리지 않자 천하의 훌륭한 그림이 모두 여기에 있게 되었다. 똥오줌은 세상에서 제일 더러운 물건이다. 그러나 이것이 밭에 거름으로 쓰일 때는 금싸라기같이 아끼게 된다. 길에는 버린 덩어리가 없고 말똥을 줍는 자는 오쟁이를 둘러메고 말꼬리를 따라다니기도 한다. 이렇게 모은 똥을 거름창고에다 쌓아 두는데 혹은 네모반듯하게 쌓거나 혹은 여덟 모로 혹은 여섯 모로 혹은 누각 모양으로 쌓아 올린다. 똥거름을 쌓아 올린 맵시를 보아도 천하의 문물 제도는 벌써 여기에 버젓이 있음을 볼 수 있다. 그래서 나는 말한다. 기와 조각과 조약돌, 똥거름이야말로 진정한 장관이다. 왜 하필 성곽과 연못, 궁실과 누각, 점포와 사찰, 목축과 광막한 벌판, 나무 숲의 기묘하고 환상적인 풍광만을 장관이라고 불러야 한단 말인가?

—『일신수필』 7월 15일

「일신수필서」에서 연암이 보고 싶어 했던 큰 장관의 정체는 바로 깨진 기와 조각과 똥거름이었다. 이 장관론은 열하일

128

기에서 특별한 빛깔을 나타내는 부분이며 연암의 이용후생 정신이 매우 선명하게 드러난 곳이다.

기와 조각은 담장에 배치하면 멋진 무늬를 만들고, 뜰에 깔면 비가 내렸을 때 진창이 되지 않게 한다. 똥오줌은 거름으로 쓰면 이보다 훌륭한 자원이 없다. 곧 사물을 잘 활용하여 삶에 도움을 주자는 실용 정신을 말한 것으로 볼 수 있는데, 이와 같은 관점에서 이 장관론은 연암의 이용후생 정신을 가장 집약적으로 보여 주는 글이다.

하지만 정말로 주목해야 하는 것은 사람들이 다 버리는 기와 조각과 똥거름에 주목하는 연암의 남다른 눈이다. 특히 연암은 다른 글에서도 똥을 화제로 삼는데 똥에 대한 시선이야말로 연암의 세계관과 미적 태도를 이해하는 핵심이다.

도대체 똥이란 무엇일까? 동물이 음식을 먹고 그것을 소화하여 항문으로 내보낸 찌꺼기가 똥이다. 한자로는 분(糞)이다. 쌀 미(米)와 다를 이(異)가 위아래로 붙어 있으니, 쌀의 다른 모습이란 뜻이다. 밥이 곧 똥이고 똥이 곧 밥이다. '재를 버리는 자는 곤장 30대, 똥을 버리는 자는 곤장 50대'라고 하여 옛사람들은 똥을 소중한 자원으로 생각하기도 했다. 그러나 미학적으로 보자면 똥은 가장 쓸모없는 존재를 상징한다. 똥은 가장 더럽고 냄새나는 사물이다. 누구도 똥을 가까이하려 하지 않는다. 코를 막고 피한다.

그런데 연암은 똥을 다르게 본다. 똥에서 생명의 가치를 찾고 문명의 정수를 발견한다. 똥거름이야말로 진짜 장관이라고 말한다. 연암은 중국인들이 똥을 활용하는 모습에서 중국 문명의 실체, '새로운 그 무엇'을 직접 확인했다. 연암이 왜 똥에서 문명의 징표를 찾았는가를 이해하려면 조선의 현실을 돌아보아야 한다.

조선 후기에 한양 인구가 급격히 늘어나면서 똥오줌 처리 문제가 큰 골칫거리가 되었다. 성 안에서는 농사를 짓지 못했기에 분뇨를 쓸 만한 곳이 없었다. 길에는 각종 똥이 즐비하여 악취가 넘쳤고 하천에 똥물이 마구 버려져 수질이 오염되었다. 그런데 중국에 가니 똥을 소중한 자원으로 활용하고 있었다. 이 장면은 박제가의 글에서도 확인한다.

> 중국은 똥거름을 황금처럼 아낀다. 길에는 버린 재가 없다. 말이 지나가면 삼태기를 들고 꽁무니를 쫓아가 말똥을 줍는다. 길가의 사람들은 날마다 광주리를 들고 가래를 끌고 다니면서 모래 속에서 말똥을 가려 줍는다. 똥더미는 네모 반듯하게 세모 모양이나 육각형 모양으로 쌓는다. ……우리나라는 마른 똥을 거름으로 사용하므로 힘이 분산되어 효과가 온전하지 못하다. 성안의 똥을 완전하게 치우지 않기 때문에 악취와 오물이 길에 가득하다. 하천의 다리와 돌로 쌓은 옹벽에는 사람의 똥이 군데군데 쌓여 있어서 장맛비

가 크게 내리지 않으면 씻기지 않는다. 개똥과 말똥이
사람 발에 항상 밟힌다.

— 『북학의』(北學議)

중국은 똥을 황금처럼 아꼈다. 실제로 중국은 일찍부터 분
뇨 처리 기술이 발달했다고 한다. 동아시아에서는 예로부터
배설물은 다시 자연으로 돌아가야 한다는 생태관을 갖고 있
었다. 그리하여 땅의 힘을 높일 수 있는 분뇨에 눈을 돌렸다.
이미 춘추전국시대부터 분뇨를 이용한 다양한 시비법이 나왔
다. 청나라 말기에 북경에는 똥 나르는 상인들이 상당한 규모
로 발전하여 분변을 수집하는 가게(도호상道戶商)와 똥 공장
(분창糞廠)을 열어, 분변을 대량으로 사고팔았던 장사치들이
활발하게 활동했다고 한다.

똥 때문에 골머리를 앓는 조선, 똥을 소중한 자원으로 이
용하는 중국. 연암은 여기에서 문명의 차이를 확인했다. 가장
쓸모없는 똥이 가장 쓸모 있는 것이 되는 역설, 이것은 니체의
'가장 높은 단계의 삶은 가장 낮은 단계의 삶에서 나와 그 절
정에 도달한다'는 말에 들어맞는다.

똥에 대한 연암의 철학은 문명론에만 머물지 않는다. 연암
은 똥의 인간학도 펼친다. 연암이 젊을 때 쓴 「예덕선생전」(穢
德先生傳)에 똥 푸는 엄행수(嚴行首)가 주인공으로 나온다. 똥
장수는 가장 천한 직업이지만 사대부 학자인 선귤자가 그를

예덕선생이라 부르며 가까이한다. 선귤자의 제자인 자목이 왜 천한 사람과 친구가 되느냐며 따진다. 고귀한 스승이 똥 푸는 사람과 어울리니 도저히 받아들일 수 없었던 것이다. 선귤자는 자목을 찬찬히 타이르며 누가 참된 친구인지를 들려준다. 엄행수가 똥으로 먹고사는 건 매우 더럽지만 먹고 사는 방법은 지극히 향기롭다고 두둔한다. 엄행수가 나르는 똥은 왕십리의 농작물이 잘 자라도록 돕는다. 엄행수는 좋은 음식이나 좋은 옷을 탐내지 않는다. 그저 성실하게 일하고 정당하게 돈을 번다. 선귤자는 엄행수야말로 자신의 덕을 더러움으로 감추고 숨어 사는 큰 은자라고 칭송한다. 선비들이 천하다고 무시하는 똥 장수를 스승의 지위로 끌어올리면서 비천함의 상징인 똥은 고귀함으로 바뀐다. 작품 제목인 예덕(穢德)은 덕(德)을 더러운 똥으로 감추었다는 뜻이다. 똥은 얼핏 참 더럽지만, 가장 고귀함을 감추고 있다. 연암은 똥 장수에게 '선생'이란 호칭을 붙임으로써 좋은 친구란 무엇인가, 참다운 인간이란 무엇인가를 이야기한다. 곧 「예덕선생전」은 똥을 통해 새로운 인간관을 조명하는 글이다.

똥으로 사회의 모순을 드러내거나 진리를 밝히는 도구로 쓴 사람은 연암만이 아니다. 위대한 사상가, 예술가들도 똥을 이야기한다. 장자(莊子)는 「지북유」(知北遊)에서 똥으로 진리의 자리를 이야기한다.

동곽자(東郭子)가 장자에게 물었다.

"이른바 도(道)란 어디에 있습니까?"

장자가 대답했다.

"없는 곳이 없소."

동곽자가 다시 물었다.

"분명히 가르쳐 주십시오."

장자가 대답했다,

"땅강아지나 개미에게 있소."

"어째서 그렇게 낮은 것에 있습니까?"

장자가 대답했다.

"돌피나 피에 있소."

"어째서 그렇게 점점 더 낮아집니까?"

"기와나 벽돌에도 있소."

"어째서 그렇게 차츰 더 심하게 내려갑니까?"

"똥이나 오줌에도 있소"

초월적이고 높은 곳에만 도가 존재하는 것이 아니라 어느 곳에나 두루 있다는 뜻을, 가장 낮은 똥을 끌어와 이야기한다. 연암은 이 글에 나오는 기와, 벽돌, 똥이라는 소재를 빌려와 자신의 글에 담아냈다.

이탈리아 화가 피에로 만초니(Piero Manzoni, 1933~1963)는 스물아홉 살 때 자신의 똥을 작은 깡통 90개에 담아 일련번호

세상에서 가장 비싼 똥 예술가의 똥(Merda d'artista), 피에로 만초니, 1961. 깡통의 크기는 6.5×4.8cm. 깡통에 부착된 라벨에는 다음 내용의 글귀가 각 깡통마다 영어, 이탈리아어, 프랑스어, 독일어로 번역되어 적혀 있다. Artist's Shit / Contents 30gr net / Freshly preserved / Produced and tinned / in May 1961

를 매긴 후 다음과 같이 적었다. "예술가의 똥. 정량 30그램. 원상태로 보존됨. 1961년 5월 생산되어 깡통에 넣어짐." 그는 금 30그램과 똑같은 값에 똥 통조림을 팔았다. 자본주의 사회의 예술품은 배설물일 뿐이라는 생각을 표현하고자 했던 것이다. 배설물에 불과했던 똥은 예술가의 '작품'이 되었고, 그 통조림 중 하나는 얼마 전 1억 7천만 원에 팔렸다.

똥은 단순히 냄새나는 물건이 아니다. 차등과 차별을 전복하는 도구이자 중심과 주변을 해체하는 기호다. 연암은 '장관론'(壯觀論)에서 단순히 실용성을 주장한 것이 아니다. 우리의 눈이 무엇을 어떻게 보아야 하는지를 말한다. 지극히 하찮은 존재를 자세히 살펴보고 숨은 진실을 발견하라고 한다.

그러므로 열하일기의 진면목을 느끼려면 작은 것을 다르게 보는 연암의 눈을 따라가야 한다. 연암은 거대한 중국에서 지극히 작은 것을 보았다. 세상 사람들이 버리는 '기와 조각'과 가장 냄새나는 '똥 거름'이 문명의 진수임을 발견했다. 사람들은 크고 거창한 것을 장관이라 여겼지만, 연암은 사람들이 버리는 물건이 장관이라고 생각했다.

열하에서 임무를 마치고 돌아오는 길에는 퇴락한 절에 들러 무심코 오미자 몇 알을 먹으려다 절의 승려와 주먹다짐까지 갈 뻔한 사건을 경험한다. 이를 통해 연암은 "천하의 지극히 미미하고 가벼운 물건이라고 해서 하찮게 취급해서는 안 된다"는 교훈을 얻는다. 「황교문답서」(黃敎問答序)에서는 "한 조각 돌멩이로도 천하의 대세를 엿볼 수 있다"고 말한다. 이같이 작은 것, 평범한 것, 쓸모없는 것을 버리지 않고 소중한 의미를 발견하는 연암의 새로운 눈은 열하일기 모든 편에 담겨 있다.

노자(老子)는 『도덕경』(道德經) 52장에서 말한다. "작음을 보는 것이 밝음이다."(見小曰明) 작은 것은 단순히 물리적인 크기만을 뜻하지 않는다. 사소하다고 생각해서 눈에 띄지 않는 것이고, 하찮다고 여겨서 안 보는 것이다. 그러나 작은 것을 잘 관찰하면 지극한 이치와 묘하고 무궁무진한 조화가 여기에 있다. 영국의 경제학자 에른스트 슈마허(E. F. Schumacher,

1911~1977)는 말한다. "작은 것은 자유롭고 창조적이고 효과적이며 편하고 즐겁고 영원하다." 지혜로운 눈을 지닌 밝은 자는 작은 것을 본다.

인간의 의리와 문명을
비웃다

───── **6 『관내정사』**

『관내정사』(關內程史)는 산해관부터 북경에 도착해서 며칠간 묵기까지의 일정을 담고 있다. 7월 24일부터 8월 4일까지의 기사다. 관내(關內)의 관은 산해관이다. 산해관은 만리장성의 가장 동쪽에 있는 성문으로 성이 바다까지 이어져 있다. 「장대기」(將臺記)에서는 "만리장성을 보지 않고서는 중국의 크기를 모르고, 산해관을 보지 않고서는 중국의 제도를 모를 것이다"라고 말한다. 산해관의 규모와 위용이 대단하다는 뜻이다. 산해관은 조선의 사신들이 중국으로 진입하는 관문이다. 여기서 말하는 중국은 중화(中華)다. 중국인들은 만리장성을 기준으로 안쪽은 중화, 바깥쪽은 오랑캐라고 구별 지었다. 관내가 산해관 안쪽이므로 관내로 들어서는 건 중화의 세계, 곧 문명의 세계로 들어간다는 의미다.

『관내정사』에는 중요한 글이 두 편 있다. 하나는 백이 관련

산해관 산해관의 관문인 천하제일관(위)과 만리장성의 동쪽 시작점인 노룡두(아래)
노룡두는 발해만의 바다와 만리장성이 만나는 곳인데, 용의 머리가 바다로 들어가는 모습이라 하
여 노룡두라 부른다. 노룡두 사진 ⓒ유석화

기사고, 다른 하나는 「호질」(虎叱)이다. 백이는 동양 사회가 가장 중요한 가치로 여긴 의리 문제를 다루고 있어서 흥미롭다. 「호질」은 우리 고전문학사에서 사상의 깊이와 문학적 성취 면에서 최고 수준을 이룬 작품이다. 나는 「허생전」보다 「호질」이 더 근원적인 문제의식을 지녔다고 생각한다.

백이, 의리의 표상이 되다

7월 26일 아침에 영평부를 출발한 연암 일행은 배를 타고 난하(灤河)를 건너 이제묘(夷齊廟)에 들렀다. 이제묘는 백이, 숙제를 모신 사당이다. 이곳에서 점심으로 고사리국과 닭고기를 먹었다. 이제묘에서 고사리를 끓여 먹는 건 고사리를 캐 먹다 죽은 백이와 숙제의 의리를 기리는 조선 사신들의 관례였다. 그런데 도착하기 직전에 갑자기 비바람을 만나 고생한 탓에 먹은 음식이 소화가 안 되고 체하여 가슴이 답답했다. 생강차를 마셔도 속이 여전히 편치 않자 연암은 원망스런 말투로 묻는다. "지금은 가을인데 시절에 맞지 않게 주방은 어디에서 고사리를 구했답니까?" 이에 누군가 말한다.

> "백이 숙제 사당에서 점심을 먹는 것이 내려오는 관례이며 사시사철 어느 때나 반드시 고사리 음식을 낸답

니다. 주방에서는 우리나라에서 마른 고사리를 미리 가져와 국을 끓여 일행에게 제공하는 것이 하나의 전통입니다. 십수 년 전에 건량청에서 잊어버리고 고사리를 안 가져와 여기에 도착해서 고사리 음식을 내놓지 못한 적이 있었습니다. 당시 건량관이 서장관에게 곤장을 맞고 냇가에 가서 통곡하며 '백이 숙제야 백이 숙제야, 나하고 무슨 원수가 졌느냐? 나하고 무슨 원수가 졌느냐?' 했답니다. 소인 생각으로는 고사리 요리는 생선이나 고기 요리보다 못하고, 듣자 하니 백이와 숙제도 고사리 캐어 먹다 굶어 죽었답니다. 고사리란 정말 사람을 죽이는 독한 음식입니다."

모두 크게 웃었다.

태휘란 자는 노 참봉(노이점)의 말을 부리는 사람이다. 연행이 초행인 데다가 사람됨이 경망하기 짝이 없는 인물이다. 일행이 조장을 지날 때 대추나무가 비바람에 꺾여 담 밖에 거꾸로 드리워져 있었는데, 태휘란 자가 풋대추를 따서 먹다가 복통을 만나 급한 설사가 그치지 않았다. 바야흐로 뱃속은 비고 목이 타서 애를 먹고 있다가 고사리 독이 사람을 죽인다는 말을 듣고는 갑자기 대성통곡을 하며 소리를 질렀다.

"백이 숙채가 사람 잡네. 백이 숙채가 사람 죽이네."

숙제와 숙채가 서로 발음이 비슷하기 때문이었으니

한집에 있던 사람들이 떠들썩하게 웃었다.

─『관내정사』 7월 27일

콩트 같은 상황이 두 번 나온다. 하나는, 고사리를 가져오지 않아 곤장을 맞은 건량관의 사연과 고사리를 먹다 죽은 백이 숙제의 고사를 엮어, 고사리는 사람을 죽이는 독한 음식이라고 흰소리를 한다. 또 하나는 태휘라는 마두가 풋대추를 먹고 배탈이 났는데도 앞서 먹은 고사리 독 때문이라고 생각하며 "백이 숙채가 사람 잡네"라고 통곡하는 일화다. 숙채(熟菜)는 삶은 고사리나물을 뜻하는데, 숙제와 발음이 비슷하다는 점을 이용한 언어유희. 고사리와 백이 숙제를 소재로 활용한 두 일화는 가벼운 해프닝처럼 보이지만 고사리와 백이가 그 시대에 지닌 상징성을 생각하면 위험한 글이다. 대명의리(對明義理)를 신봉한 조선 사회에서 백이 숙제는 의리를 상징하는 인물이고 고사리는 신성한 음식이다.

백이는 동양 사회가 매우 중요하게 여기는 의리를 대표하는 인물이다. 백이에 관한 구체적인 행적은 사마천의 「백이 열전」에 나온다. 백이와 숙제는 고죽국 군주의 두 아들이다. 백이와 숙제는 본명이 아니라 형제의 서열과 시호를 합친 것이다. 백(伯)은 맏이라는 뜻이고 이(夷)는 시호다. 백이의 실제 성은 묵(墨)이고 이름은 윤(允)이다. 숙제는 그의 동생으로, 숙(叔)은 아우라는 뜻이다. 실제 이름은 지(智)고, 시호는 제(齊)

다. 그런데 고죽국의 군주가 백이 대신에 셋째인 숙제에게 왕위를 물려주고 싶어 했다. 고죽국 군주가 죽자 신하들은 숙제를 왕위로 세우고자 했다. 숙제는 형인 백이에게 양보했지만 백이는 아버지의 명령이므로 받을 수 없다며 숨어 버렸다. 숙제도 형님이 계승해야 한다면서 숨어 버렸다. 신하들은 부득불 둘째를 군주로 세웠다. 백이와 숙제는 새 군주에게 부담을 주지 않기 위해 다른 곳으로 떠났다. 서백(西伯)의 희창(주 문왕)이 노인을 공경한다는 소문을 듣고 그곳으로 갔다. 도착했을 땐 희창은 죽었고 둘째 아들인 희발(주 무왕)이 선친의 신주를 실은 채 폭군인 주(紂)를 치기 위해 막 출정하려던 참이었다. 백이 숙제는 무왕의 말고삐를 잡고 말렸다. "아버지의 장례를 치르지도 않고 군사를 일으키는 것은 효가 아닙니다. 신하가 임금을 시해하는 것은 인(仁)이 아닙니다." 좌우에 있던 병사가 백이 숙제를 죽이려 했다. 그때 무왕의 참모였던 태공망(강태공)이 막았다. "이들은 의인이다." 태공망은 백이 숙제를 살려 보냈다. 마침내 무왕은 주왕(紂王)을 정벌하고 주(周)나라를 세웠다. 백이 숙제는 주나라의 곡식을 먹지 않겠다며

사로삼기첩(槎路三奇帖) 중 계문연수(薊門煙樹)[위]와 고죽성(孤竹城)[아래]
이휘지(李徽之), 강세황(姜世晃), 이태영(李泰永) 필(筆), 조선, 23.3×13.4cm, 국립중앙박물관 소장. 1784년 10월부터 1785년 2월까지 정사 이휘지, 부사 강세황, 서장관 이태영으로 꾸려진 사행단이 중국을 다녀왔다. 이때 강세황은 사행 여정 중에 만난 풍경을 그림으로 그리고 함께 갔던 정사 이휘지와 서장관 이태영이 시를 함께 읊어 서화첩인 《사로삼기첩》과 《영대기관첩》을 남겼다. '사로삼기첩'은 '사행길의 기이한 세 가지 경치'라는 의미인데, 산해관을 지나 북경으로 가는 도중에 본 계주의 '계문연수', 백이 숙제의 묘가 있는 '고죽성', 북경 이화원, 그리고 정절을 상징하는 강녀묘를 추가하여 총 6첩의 그림과 글로 구성하였다.

수양산에 들어가 고사리를 캐 먹다가 마침내 굶어 죽었다.

　백이 숙제가 현자요 성인으로 추대를 받게 된 것은 공자와 맹자 덕분이다. 유학의 나라인 동양 사회에서는 모든 것이 공자님 말씀으로 통한다. 공자가 한번 칭찬해 주면 무명씨도 일약 반짝이는 별이 된다. 백이 숙제는『논어』와『맹자』에 여러 번 나온다. 공자는 백이 숙제를 옛 현인으로 높인다. 어짊을 구했으며 남을 원망하지 않은 분이라고 칭찬한다. '자신의 의지를 굽히지 않고 그 몸을 욕되게 하지 않은 사람은 백이와 숙제'라고도 말한다. 맹자는 백이에 대해 성인 중에서도 청렴한 분이라고 말한다. 백이는 섬길 만한 군주가 아니면 섬기지 않았고 부릴 만한 백성이 아니면 부리지 않았으며 다스려지면 나아가고 어지러워지면 물러난 사람이라고 평한다. 공자와 맹자 덕분에 백이와 숙제는 현자이자 성인의 지위를 갖게 되었다. 백이와 숙제가 같은 발자취로 살다 갔음에도 백이만 호명할 때가 많은 이유는 백이가 맏이다 보니 대표해서 거론하는 것일 뿐, 백이와 숙제가 다른 위상을 지녀서는 아니다.

　성인인 백이가 문학의 주요한 소재로 등장하고 다양한 시선이 쏟아진 것은 사마천의「백이 열전」부터다. 사마천의 기록 덕분에 백이의 행적이 구체적으로 알려졌고 백이는 효의 상징이자 의리의 본보기가 되어 후대 지식인들에게 호명되었다. 후대 사람들은 자신의 정치적 입장이나 처지를 백이에 빗대어 의리나 지조를 밝히는 근거로 삼곤 했다. 예를 들면 사육

신 중 한 사람인 성삼문은 "수양산 바라보며 이제(夷齊: 백이 숙제)를 한하노라. 주려 죽을진들 채미(采薇: 고사리 캐기)도 하난 것가. 비록 푸성귀인들 그 누구 땅에 났나니"라는 시조를 지어 백이보다 더한 절의를 지키겠다고 다짐했다.

특히 조선 후기에 이르면 은나라를 끝까지 섬기다 죽은 백이의 의리는 명나라에 대한 의리와 겹쳐졌다. 그리하여 백이는 대명의리와 북벌론을 뒷받침하는 의리의 표상이 되었다. 중국에 사신을 가는 선비들은 이제묘에 꼭 들러 고사리를 삶아 먹으며 명나라에 대한 의리와 북벌을 다짐하곤 했다. 청나라 땅을 밟는 것조차 수치스럽게 여겼던 선비들도 이제묘는 꼭 들러 백이와 숙제를 기렸다. 이제묘는 신성한 제의의 공간이 되었다.

백이를 바라보는 다양한 시선

백이는 그 행적의 진위(眞僞) 여부부터 의리 문제에 이르기까지 다양한 논란이 있다. 공자와 맹자는 서로 다른 입장에 섰던 백이와 무왕을 둘 다 성인의 반열로 칭찬하고 있다.

무왕과 태공망의 주왕 정벌과 백이의 아사(餓死: 굶어죽음)는 서로 다른 의리를 향해 있다. 백이의 의리가 옳으면 무왕과 태공망의 행위는 잘못이 되어야 한다. 그런데 유학에서는 백이와 무왕을 둘 다 훌륭한 분이라고 칭찬했으니 이치상 서로 어굿난다. 그리하여 서로 충돌하는 두 의리를 어떻게 이해해야 할지 논란이 분분했다. 공자님의 말씀이 잘못되었다고 부정할 수는 없으니 서로 다른 입장에 섰던 두 사람의 행적에 대해 논리적 정합성이 이루어지도록 사람들을 설득해야 했다.

어떻게 바라보아야 백이와 무왕의 의리가 서로 어긋나지 않을까? 상도(常道)와 권도(權道)로 이해하는 것이다. 상도란 언제나 지켜야 하는 변하지 않는 기준이다. 반면 권도는 특별한 사정을 헤아려 융통성 있게 대응하는 것이다. 세상일이 모두 원칙에 맞는 것은 아니므로 어떤 특별한 상황에 대해서는 거기에 맞게 유연하게 적용하는 태도다. 백이의 행위가 상도라면 무왕의 도는 권도가 된다. 백이가 상도가 되는 이유는 유학에서는 불사이군(不事二君), 즉 신하는 두 임금을 섬기지 않는다는 것을 반드시 지켜야 할 원칙으로 여기는 데 있다. 이와 같은 이유로 송나라 소식(蘇軾)은 「무왕론」에서 무왕은 성인이 아니라고 말한다. 탕왕과 무왕을 성인으로 생각하는 자는 모두 공자의 죄인이라고 꾸짖는다. 신하된 자가 임금을 죽여 불사이군의 상도를 어겼기 때문이다. 하지만 특별한 상황, 즉 주왕이 폭군이었기에 무왕이 주왕을 몰아낸 것은 부득불 옳은 행위였다는 주장이 나왔다. 상도와 권도는 끊임없이 논쟁을 일으켰다. 그러나 후대 사람들은 그 둘을 서로 대립되는 생각이 아닌 상호 보완의 관계로 받아들여 더 깊고 풍성한 지혜로 확장해 갔다.

또 하나는 「백이 열전」의 허구성을 지적하는 것이다. 예를 들어 왕안석(王安石)은 「백이」에서 백이가 말고삐를 잡고 간청한 건 사실이 아니라고 주장한다. 백이가 말고삐를 잡고 간 한 행위를 간벌론(諫伐論)이라고 부른다. 백이가 무왕을 찾아갔을 때의 나이는 80여 세로 추정된다. 이 점을 들어 당시 백이가 살던 곳과 무왕이 있던 곳은 거리가 매우 멀었으므로 팔순 노인이 찾아갈 수 있는 거리가 아니었다고 주장한다. 이렇게 되면 백이가 수양산에서 고사리를 캐어 먹다 죽었다는 기록도 허구가 된다. 사마천의 「백이 열전」으로 인해 알려진 간벌론을 부정하여 궁극적으로는 무왕과 백이가 같은 입장이었고, 백이도 사실은 주왕이 아닌 무왕을 지지했다고 말하고 싶은 것이다. 이 주장에 따르면 무왕이 주왕을 쫓아낸 역성혁명(易姓革命)도 정당성을 갖는다.

세 번째는 무왕과 태공망, 백이가 서로 다른 행동을 했지만 처지를 바꾸면 같은 행동을 했을 거라는 주장이다. 지향이 같아도 처한 상황이 갈라지면 다른 명분으로 부딪히는 일이 현실에서도 종종 있다. 백이와 무왕은 각자의 처지에서 자신의 의리에 부합하는 행동을 했다는 것이다. 연암의 입장도 이와 유사하다. 연암은 「백이론」에서 백이와 무왕은 천하와 후세를 염려해서 부득불 각자 다른 행동을 했다고 말한다. 무왕이 백이의 봉분을 만들어 주지 않은 것은 그를 잊어서가 아니라 그의 의리를 드러내 주기 위해서였으며, 백이가 무왕을 비난한 것은 그의 행위를 비난한 것이 아니라 자신의 의리를 밝혔을 따름이라고 한다. 또 태공망은 자신을 은나라 유민으로 생각하면서, 은나라가 결국 망할 텐데 내가 은나라 백성을 구제하지 않으면 장차 천하는 어찌 될 것인가 하고서 주(紂)를 치고서 백이가 의리를 밝혀 줄 것을 기다렸다고 한다. 백이도 속으로 자신을 은나라 유민으로 생각하면서, 은나라가 결국 망할 텐데 내가 그 의리를 밝혀 놓지 않는다면 장차 후세는 어떻게 될 것인가 하고서 주(周)나라를 거부했다는 것이다. 이같이 후대 학자들은 자신의 정치적 입장과 처한 조건에 따라 백이와 무왕의 서로 다른 처신을 다양한 시선으로 바라보았다.

한 가지 더 짚고 가겠다. 맹자는 신하가 임금을 내쫓은 행위를 어떻게 바라볼까? 무왕을 두둔하면 불사이군의 정신에 벗어나는 딜레마가 생긴다. 이와 관련해 『맹자』「양혜왕」에는 다음의 내용이 있다.

제나라 선왕이 맹자에게 물었다. "탕임금이 걸을 쫓아내고 무왕이 주를 정벌했다는데 그런 일이 있습니까?" 맹자가 그렇다고 하자 다시 물었다. "신하된 자가 임금을 죽여도 괜찮은가요?" 이에 맹자는 다음과 같이 대답했다. "인(仁)을 해치는 자를 흉포하다고 하고 의(義)를 해치는 자를 잔학하다고 합니다. 흉포하고 잔학한 인간은 한 평민에 지나지 않습니다. 나는 평민인 주(紂)를 죽였다는 말은 들었어도 임금을 시해했다는 말은 듣지 못했습니다."

인의를 해치는 임금은 통치의 정당성과 권위를 잃은 평범한 개인일 뿐이니, 무왕은 한 평범한 사람을 쫓아낸 것이지 임금을 몰아낸 것이 아니라는 논리다. 시민의 저항권을 인정한 현대 민주주의와 통한다고 하겠다. 이를 맹자의 역성혁명 정신이라 한다. 역성혁명이란 왕이 부패하여 민심을 잃으면 다른 덕을 갖춘 이가 천명을 받아 부패한 왕조를 넘어뜨리고 새로운 왕조를 세워도 좋다는 사상이다. 다만 혁명의 주체는 도덕적으로 흠결이 없어야 한다는 전제가 있다.

동양 사회에서는 의리라는 개념이 무척 중요하다. 그 의리를 대표하는 인물이 백이였기에 동아시아에서 백이의 행적과 그 반대편에 있던 무왕에 대한 이해는 꼭 필요하다.

백이 숙채가 사람잡네

다시 돌아와 연암이 7월 27일 기사에서 백이를 어떻게 그려 내는지 살펴보자. 고사리는 사람을 죽이는 음식이라며 깔깔대고 웃거나 "백이 숙채가 사람잡네"라는 언어유희로 웃음을 유발하는 장면은 의리를 절대적인 가치로 여기는 이들에겐 상당히 불쾌한 일이다. 신성한 음식인 고사리와 위대한 인물이 우스운 꼴이 되었다. 한 공동체에서 절대적인 존경을 받는 인물을 떠올려 보라. 누군가 그 이름으로 장난치거나 신성한 물건을 조롱하면 크게 해를 당한다. 2015년 프랑스에서는 주간지 『샤를리 에브도』가 이슬람 예언자 무함마드를 풍자하는 만화를 실었다가 테러를 당해 12명이 사망한 사건이 있었다. 백이와 무함마드를 같은 선상에 놓을 수는 없지만, 조선 시대에 백이의 위상은 결코 가볍지 않았다.

그런 면에서 백이 숙제에 대한 언어유희는 절대적인 이미지를 상대화하고 가볍게 조롱하는 느낌을 준다. 이보다 앞서 연암이 30대에 쓴 「백이론」에서는 백이와 무왕과 태공망의 행위가 같은 도를 추구한 것이라고 하여 의리가 다양함을 주장했다. 연암은 백이의 의리가 잘못되었다고 말하지 않는다. 연암은 백이를 높이지만, 그를 절대적인 인물로 떠받드는 건 만들어진 이미지라고 생각한다. 백이뿐만 아니라 무왕과 태공망의 행위도 하나의 의리라고 하여 상황에 따라 다양한 의리가 있다고 말한다. 하나의 가치만을 절대적으로 떠받들면 차별과 배제의 폭력이 생긴다. 연암이 의리의 다양함을 말하려는 건 모든 가치를 동일성으로 가두는 폐쇄적인 집단의식에 대한 거부의 몸짓일 것이다.

덧붙여, 사신 일행이 들른 영평부의 이제묘가 실제의 백이 숙제 사당이 아니라는 주장이 있다. 연행록을 살피면 일부 사신들은 이제묘 근처 수양산을 가짜로 의심했다. 홍대용은 「이제묘」(夷齊廟)에서 "사당 앞에 두어 길 높이의 조그만 언덕이 있는데 우리나라 사람들은 망령되이 그걸 수양산(首陽山)이라 불렀고, 일 벌이기 좋아하는 사람들은 마른 고사리를 가지고 그리로 가서 삶아 내어 일행에게 바치는 것이 전례로 되어 있다"라고 기록했다. 한필교(韓弼敎, 1807~1878)는 『수사록』에서 이제묘에 대해 말하면서 "지금의 수양산은 옛날에 '동산'(銅山)이라고 하던 곳이니, 아마도 호사가들이 억지로 끌어다가 이름 붙인 것이 아니겠는가?"라고 썼다. 조선 학자들은 중국에 수양산이 대여섯 군데 있다는 정보를 알고 있었다. 열하일기 「이제묘기」에 나타나 있듯이 연암도 중국에 수양산이라 불리는 산이 다섯 개라는 사실을 잘 알고 있었다. 진짜는 하나일 터인데 각각 자기 고장의 산이 진짜 수양산이라고 주장하는 데는 백이를 자기 고장을 빛낸 인물로 자랑하고 싶은 심리가 있다. 하지만 그것에 그치지 않는다. 우리나라도 홍길동의 생가와 심청이의 고향, 콩쥐 팥쥐 고향을 두고 몇 지자체가 자기 고장이라 주장하며 논란을 벌였다. 늘 그렇지만 땅 논란에는 돈 문제, 역사 왜곡 문제가 깊이 개입되어 있다. 재미있게도 연암은 우리나라 해주에도 수양산이 있어서 백이 숙제의 제사를 지내고 있다고 하면서, 백이 숙제가 기자를 따라와서 기자는 평양에 도읍하고 백이는 해주에 들어와 살았을지 모른다는 생각을 얼핏 내비친다.

목숨과도 맞바꿀 만큼 숭고한 가치였던 의리는 오늘날 그 위상이 많이 떨어졌다. 한 배우가 과장된 몸짓으로 말끝마다 '의리'를 외치는 촌스러운 광고가 폭발적인 인기를 끌더니 전국적으로 의리 열풍이 불었다. '마무으리', '벚꽃 나드으리' 등 사람들은 말끝마다 '의리'를 갖다 붙이며 말장난을 했다. 이제 의리는 더 이상 엄숙한 상황에서만 등장하지 않는다. 웃음의 소재를 넘어 조롱의 대상이 되기도 한다. 자기 집단만 편들고 '우리가 남이가'를 외치는 집단이기주의를 의리라고 착각하기도 한다. 개인 간 의리는 소중한 믿음의 기반이 되지만 집단에서는 배타적 이기주의로 변질되기도 하니 의리의 양면성을 돌아보지 않을 수 없다.

범, 인간의 잔인함을 꾸짖다

이제묘에 들러 백이 숙제를 기린 사신단은 7월 28일에 옥전현에 도착했다. 옥전현은 과거엔 유주(幽州)로 불렸으며 주나라 소공(召公)이 봉해진 땅이다. 오늘날엔 허베이성(河北省) 탕산시(唐山市)의 서북부에 있는 현이다. 이 공간은 연암이 「호질」을 발견한 곳이기에 의미가 깊다.

　　석양이 질 무렵 옥전현에 도착한 연암은 마을을 한가히 둘러보다가 피리 소리와 노랫소리가 들려오는 가게로 들어갔다. 가게 주인은 심유붕으로, 소주 출신에 나이는 마흔여섯이었다. 가게 벽에는 신기한 글 한 편이 걸려 있었는데, 호기심에 다가가 읽어 보니 세상에 둘도 없는 기이한 글이었다. 가게 주인에게 누가 썼느냐 물으니 계주 장날에 산 것이라 누가 썼는지 모르겠다고 한다. 베껴 쓸 도구를 가져오지 않아 저녁 식사 후에 정 진사와 함께 다시 와서 정 진사는 중간부터 베끼게 하고 연암은 처음부터 베꼈다. 가게 주인이 글을 베껴 무엇에 쓰려는지 물으니 연암은 다음과 같이 대답했다.

"귀국해서 우리나라 사람들에게 한번 읽히려고 합니다. 응당 배를 잡고 웃다가 웃음을 참지 못해 뒤집어질 겁니다. 웃느라 입안에 있던 밥알이 벌처럼 뿜어 나오고 갓끈이 썩은 새끼줄처럼 끊어질 겁니다."

숙소로 돌아와 살피니 정 진사가 베낀 곳은 오자와 탈자가 너무 많았다. 연암은 자기 생각에 맞게 다듬어서 「호질」을 만들었다.

이러한 사연 때문에 「호질」의 작가에 대한 논란이 분분해졌다. 기록을 그대로 믿으면 「호질」의 원작자는 중국의 무명씨가 맞다. 한편으로는 중국인이 썼더라도 연암이 고치고 다듬었으니 연암의 작품으로 보아도 무방하다고 주장하기도 한다. 나는, 「호질」 앞부분은 연암이 자신이 쓰지 않은 척하기 위해 장치해 놓은 허구일 뿐이며 「호질」은 연암의 순수 창작이라고 생각한다.

「호질」은 「허생전」과 더불어 연암의 대표작이다. 주인공은 범과 북곽선생이다. 범은 천하에 적수가 없는 동물의 왕으로 굴각, 이올, 육혼이라는 창귀(倀鬼)를 데리고 다닌다. 저물녘에

옛 그림 속 호랑이

❶ 맹호도(猛虎圖), 조선, 96×55.1cm, 국립중앙박물관 소장 ❷ 작호도(鵲虎圖), 20세기, 98.3×37cm, 가회민화
박물관 소장 ❸ 송호도(松虎圖), 미상, 86.5×86cm, 국립중앙박물관 소장 ❹ 작호도(鵲虎圖), 19세기 조선, 65×
45cm, 개인 소장

범이 먹을 것을 구하자 이올이 의원과 무당을 추천한다. 하지만 범은 의원의 의(醫)는 의심할 의(疑) 자고 무당의 무(巫)는 속일 무(誣) 자라, 이들에게 속아 죽은 수많은 사람의 분노가 뼈에 사무치고 변해서 무서운 독이 되었으니, 그 독을 먹을 수 없다며 고개를 젓는다. 일종의 언어유희로 의원과 무당을 혹세무민(惑世誣民)하는 존재로 표현했다. 의원은 오늘날의 의사, 무당은 종교 지도자에 해당한다. 사회적인 지위는 많이 달라졌지만 하는 역할은 비슷하다. 연암은 수많은 직업군 중에서도 이 둘이 끼치는 해악이 매우 심하다고 생각한 듯하다.

이번엔 육혼이 나서서 선비를 추천한다. 범은 음양론과 오행상생설을 믿는 선비를 비난하면서 음양이란 기 하나가 왔다 갔다 변하는 것일 뿐인데 둘로 나누었으니 선비의 고기는 잡스러우며, 오행이란 제각기 정해진 자리가 있어 상생의 관계가 아닌데 억지로 서로 낳고 낳게 하는 관계로 만들었으니 그 맛이 순수하지 못하다고 거부한다. 연암의 평소 지론이 잘 나타난 대목이다.

뒤이어 북곽선생과 동리자 삽화가 나온다. 북곽선생은 정나라 고을에 사는 선비로 벼슬하기를 달갑게 여기지 않았다. 나이 마흔에 이미 자신의 손으로 교정한 책이 만 권이고 경전을 부연하여 지은 책이 1만 5천 권이었다. 선비는 독서 군자다. 책 많이 읽은 사람은 선비들의 세계에서 으뜸가는 존경을 받는다. 동리자는 일찍 과부가 된 미인이다. 정절을 잘 지켜 그녀가 사는 마을에 정려문을 세워 주었다. 그런데 반전이 있다. 그녀에겐 다섯 명의 자식이 있었는데 각기 성씨가 달랐다. 남편이 다섯이었던 것이다. 그러한 동리자와 북곽선생이 밤에 밀회를 즐겼다. 그 광경을 엿본 다섯 아들은 천년 묵은 여우가 북곽선생으로 둔갑했다고 생각하고, 포위해서 잡기 위해 방 안으로 들이닥쳤다. 넋이 나간 북곽선생은 남들이 알아볼까봐한 다리를 목에 걸고 귀신 춤을 추고 귀신 웃음소리를 내며 달아나다 똥구덩이에 빠졌다.

일반적으로는 북곽선생과 동리자가 등장하는 부분을 주로 다루면서 「호질」의 주제를 양반의 허위의식을 풍자한 작품으로 이야기한다. 하지만 이 대목엔 범이 없다. '범의 꾸짖음'이라는 작품 제목을 고려한다면 범이 북곽선생을 야단치는 장면에 주목해야 한다.

똥구덩이에 빠진 북곽선생이 간신히 기어 올라오니 범이 눈앞에 떡 버티고 있었다. 범은 북곽선생에게 역겹다며 고개를 젓고는 선비 유(儒)는 아첨할 유(諛)라며 혼을 냈다. 북곽선생은 머리를 조아리며 아부하지만, 범은 들은 체도 않고 크게 꾸짖었다. 그중 한 대목이다.

> 대개 자기 소유가 아닌데도 이를 취하는 것을 도(盜)라 하고, 생명을 해치고 물건을 빼앗는 것을 적(賊)이라 한다. 너희들은 밤낮없이 돌아다니면서 팔을 걷어

붙이고 눈을 부라리며 남의 것을 빼앗고 훔치면서도 부끄러운 줄을 모른다. 심지어는 돈을 형님이라 부르고 장수가 되려고 아내를 죽이기도 하니, 인륜의 도리를 다시 논할 수 없을 정도다. 그런데다 다시 메뚜기에게서 밥을 가로채고 누에한테는 옷을 빼앗으며 벌을 쫓아내어 꿀을 훔친다. 더 심한 놈은 개미 새끼로 젓을 담가 조상에게 제사를 지내기도 한다. 그 잔인하고 야비한 행위가 네놈들보다 심한 이가 누가 있겠느냐? 네놈들이 이(理)를 말하고 성(性)을 논할 때 툭하면 하늘을 들먹이지만, 하늘이 명령한 것으로 본다면 범이든 사람이든 만물의 하나일 뿐이다. 하늘과 땅이 만물을 기르는 어짊으로 논하자면, 범과 메뚜기, 누에와 벌, 개미는 사람과 함께 길러지는 것이니 서로 어그러져서는 안 된다. 그 선악으로 판별한다면, 벌과 개미의 집을 공공연히 빼앗아 가는 놈이야말로 천지의 큰 도둑이 아니겠느냐? 메뚜기와 누에의 살림을 제 마음대로 훔쳐 가는 놈이야말로 인의(仁義)를 해치는 큰 도적이 아니겠느냐?

—「호질」

범은 인간의 잔인함, 폭력성, 비윤리성을 매섭게 꾸짖는다. 인간은 다른 동물과 달리 언어를 사용하고 윤리를 갖춘 존재라고 이야기한다. 범의 꾸짖음은 인간 입장에서는 기분이 썩 좋지는 않다. 그러나 다른 생명의 관점으로 인간을 보면 인간 만큼 잔인하고 폭력적인 존재가 없다. 인간은 다른 생명체를 함부로 해치고 남의 것을 빼앗는다. 돈을 떠받들고 윤리를 빙자해 자기 이익을 챙기면서 부끄러운 줄을 모른다. 돈을 형님이라 부른다는 대목이 재미있는데, 예전에 돈을 공방형(孔方兄)이라 부른 데서 아이디어를 얻어 돈에 대한 욕망을 비꼰 것이다. 자본주의 시대인 오늘날은 돈이 신이 된 세상이다. 돈의 위상이 형님에서 신으로 올라간 셈이니, 인간의 욕망이 끝없이 치닫고 있다는 생각이 든다.

인간은 만물의 영장이며 가장 도덕적인 집단이라고 자부하지만, 생각이 다르거나 사는 환경이 다르면 배척한다. 내 편이 아니면 적으로 생각하고 서로 자기가 잘났다며 물어뜯기 일쑤다. 힘없고 가난한 사람은 무시하고 돈과 권력을 가진 사람에게 아부한다. 책을 수만, 수십만 권 쓰면서 도덕과 윤리를 내세우지만, 자신의 잘못은 손쉽게 합리화하고 조금이라도 손해를 보면 못 참고 공격한다. 사실 북곽선생이 동리자에게 사랑을 고백하는 말은 『시경』 구절을 활용한 것이고, 범에게 아부하는 말도 전부 경전의 말을 가져와 썼다. 지식인이 배운 지식을 자기 합리화와 변명의 수단으로 이용하는 위선을 풍자하려는 의도로 읽힌다. 「허생전」에서는 글 아는 사람을 재앙의 뿌리라고 말한다. 도덕과 위선의 탈을 벗기면 가장 욕심 많고 이기적인 존재가 인간일지도 모른다.

연암은 범의 입을 빌려 인간의 위선과 잔인성을 노골적으로 묘사하는데, 인간이 무시하는 다른 생명체도 똑같이 존중받아야 할 대상이며 자연과 인간은 상생(相生)하면서 어울려 살아야 하는 존재임을 말하려는 것이다. 하늘의 입장에서 보면 범, 메뚜기, 누에, 벌, 개미는 인간과 함께 어울려 살아야지, 서로 죽여서는 안 된다. 그러나 굳이 선악을 가려야 한다면 벌에게서 꿀을 빼앗고 메뚜기의 식량을 마음대로 훔치는 인간이야말로 인(仁)과 의(義)를 해치는 큰 도적이 아니겠냐는 것이다.

인간과 자연이 공존해야 한다는 선언에도 불구하고 연암은 인간 사회에 별 기대를 갖고 있지 않은 듯하다. 인간에 대한 범의 시선은 일관되게 싸늘하다. 결론 부분에서 범은 북곽 선생을 한껏 야단치고 감쪽같이 사라진다. 문명과 자연의 화해는 그만큼 힘겹다. 「호질」은 인간 중심주의에서 벗어나 자연 사물의 시선으로 인간을 바라보며 인간의 위선과 잔인함을 돌아보고 반성하게 한다.

「호질」은 단순히 유학자에 대한 비판을 넘어 인간과 자연의 바람직한 관계를 묻고 있기에 생태주의 관점에서도 시사점이 크다. 인간과 자연이 공존 공생해야 한다고 주장하는 것이 생태 정신이다. 고전 시대에 문명의 잔혹함과 약탈적 면모를 예리하게 건드리고 인간과 자연의 관계를 성찰하는 작품은 유례가 없다. 그런 점에서 「호질」은 내용적으로는 고전 시대 풍자문학의 최대치를, 형식적으로는 연암의 글쓰기가 도달한 최고 수준의 성취를 보여 준다.

인간과 자연은 다투거나 죽이지 말고 공생해야 한다는 범의 꾸짖음은 지금도 여전히 의미 있는 생각거리를 던져 준다. 오늘날 우리 문명은 어디를 향해 가는 걸까? 21세기 지구는 온갖 오염과 이상 현상으로 중병에 걸려 있다. 땅은 악취와 오염으로 가득하고 인간의 마음도 깊이 병들어 간다. 사람들은 자연을 함부로 훼손하고 다른 생명을 손쉽게 해친다. 더 많이 가지려는 욕망에 길들여져 안식처가 되어야 할 집조차 투기의 대상이 되고, 자연은 파괴의 대상이 된다. 어릴 적 고향의 푸른 하늘과 맑은 바람, 논두렁의 개구리와 메뚜기 떼, 개울가 송사리와 남한강 모래무지는 다 사라지고 있다. 그 빈자리에 시멘트 바닥으로 다져진 도로가 나고 그 위로 자동차가 매연을 뿜으며 내달린다. 모든 생명체의 공유지를 인간만의 사유지로 만들고, 그 속에서 다시 땅을 투기하고 높은 빌딩을 세우느라 여념이 없다.

이제는 끝없는 욕망과 폭력성에 대해 돌아보고 다른 생명도 소중한 존재임을 깨달아, 함께 어울려 살아가는 법을 배워야 한다. '사람이 꽃보다 아름다워'를 '사람이 꽃만큼 아름다워'라는 패러다임으로 바꿔야 한다.「호질」이 지금의 우리에게 들려주는 메시지다.

유리창에서 고독을 외치다

건륭제의 고희 생일을 축하하기 위해 5월 25일에 한양을 떠난 사행은 마침내 8월 1일 북경에 도착했다. 건륭제의 생일이 8월 13일이니 열이틀 일찍 도착한 셈이다. 조선 사신이 북경으로 들어가는 문은 조양문이다. 사신들은 성문으로 들어가기에 앞서 1리 남짓 거리에 있는 동악묘에서 잠시 쉬며 의관을 갈아입고 대열을 정비한다. 동악묘는 중국의 5대 명산 중 하나인 태산의 신을 모신 사당이다.

연암 일행이 묵은 관사는 서관이다. 본래 조선 사신이 묵는 곳은 옥하관이었다. 옥하관이라는 명칭은 관저 옆으로 옥하(玉河)가 흘렀기 때문에 붙은 이름이다. 그런데 러시아가 들어와 그 자리를 차지해 버리자, 조선 사신단을 비롯한 외국 사신들은 회동관으로 들었다. 하지만 회동관마저도 연암이 북경에 도착하기 1년 전에 화재로 타 버리고 아직 새로 짓지 않은 상황이라, 서관에서 지내게 된 것이다.

북경에 도착한 연암은 8월 3일과 4일 이틀 연속으로 유리창(琉璃廠)에 들렀다. 유리창! 이곳이야말로 사신들이 북경에 도착하면 짐을 풀자마자 달려가는 공간이었다. 유리창은 북경 정양문 바깥 서남쪽으로 약 5리에 걸쳐 있다. 유리창의 '유리'는 유리기와, '창'은 공장을 뜻한다. 명칭에서 알 수 있듯 유리창은 본래 각종 유리와 벽돌을 굽는 가마공장이 있던 곳이다.

동악묘 중국 베이징 시내 동쪽 조양문의 동쪽에 자리한 동악묘 정문과 내부 모습. 현재는 베이징 민속 박물관으로 쓰이고 있다.

청나라 때 물건을 사고파는 상인이 모여드는 시가지가 형성되면서 각종 문방구와 골동품, 서화(書畵)와 서적을 판매하는 공간으로 거듭났다.

유리창은 북경에서 가장 번화한 시장으로 중국을 대표하는 문화 중심지이자 서적 출판과 유통의 중심지였다. 유리창엔 조선 사신들이 열망하던 모든 책이 있었으며, 각종 문방사우, 진귀한 골동품, 서화 등이 갖춰져 있었다. 조선 사신들은 북경에 도착하면 반드시 유리창으로 달려갔다.

조선 선비들은 유리창을 페르시아 시장 같은 곳으로 생각했다. 유리창 거리는 수많은 인파가 붐벼 어깨가 서로 부딪힐 정도였다. 가게마다 서적과 그림, 골동품, 문방사우 등이 즐비했다. 그들은 유리창에 들러 각종 서적이나 서화, 문방구를 구입했으며 한인(漢人)들과 필담을 주고받았다. 조선 선비들이 바라본 유리창은 서적의 메카, 물품을 사고파는 시장, 지식 교류의 장, 연희의 공간이었다. 공연을 관람하고 마음껏 쇼핑을 즐기는 소비 공간이기도 했다. 한편으로 청나라를 오랑캐라 여기며 검소함을 미덕으로 여긴 조선 선비들에게 유리창의 화려하고 값비싼 물건은 너무 사치스러웠다. 지나치게 향락적이니 중국이 곧 망할 징조라고 생각하기도 했다.

그런데 유리창을 들른 연암은 뜻밖의 말을 한다. 8월 4일 기사를 보면 연암은 홀로 한 누각에 올라 난간에 기대어 한숨을 쉬었다. 그리고 뜬금없이 "천하에 한 사람의 지기를 얻을 수

유리창 베이징 유리창 거리와 유리창에 있는 서점의 내부

만 있다면 여한이 없을 텐데"라고 읊조렸다. 연암은 이처럼 어떤 장소에 가면 맥락 없는 생각을 하고 뜬금없는 말을 내뱉는다. 남들은 모두 유리창의 화려한 광경에 압도되어 눈을 어디에 둘지 모르는데, 연암은 홀로 고독을 느낀다. 이것이 연암의 독특한 매력이다.

그러면서 연암은 이른바 고독론(孤獨論)이라 할 감상에 젖어든다. 뒷내용을 요약하면 이렇다. 사람들은 자신의 진짜 자아가 무엇인지 알고 싶어 한다. 하지만 어릴 때부터 익숙해진 눈치 보기, 남들로부터 인정받고 싶은 욕망에 휘둘려 가짜 나로 살아간다. 그럴 때 큰 바보나 미치광이가 되면 집착과 예법에서 벗어나 자유롭게 살 수 있다. 성인들이 이러한 방법을 썼기에 관계가 단절되어도 근심이 없고 고독의 자리를 즐길 수가 있었다. 공자와 노자도 그러했다. 그러나 이어서 연암은 아무리 고독을 두려워하지 않았던 성인일지라도 단 한 사람 정도는 자신을 알아주기를 기대했을 거라 말한다. 지금 우리도 그렇다. 삶에 지칠 때면 집과 직장에서 벗어나 아무도 없는 곳에서 쉬고 싶지만, 고민을 나눌 친구 한 사람 정도는 곁에 있었으면 한다. 연암은 이렇게 말한다.

> 지금 나는 유리창 안에 홀로 외롭게 서 있다. 내가 입은 옷과 쓰고 있는 갓은 천하(중국) 사람들이 알지 못하는 것이다. 나의 용모는 천하 사람들이 처음 보는

모습이다. 성씨인 반남 박씨는 천하 사람들이 들어 보지 못한 성씨일 것이다. 이렇게 천하 사람들이 나를 몰라보게 되었으니 나는 성인도 되고 부처도 되고 현인과 호걸도 된 셈이다. 거짓 미친 체했던 은나라 기자나 초나라 접여처럼 미쳐 날뛰어도 되겠지만 장차 누구와 함께 이 지극한 즐거움을 논할 수 있겠는가?

— 『관내정사』 8월 4일

연암이 유리창 한복판에서 느낀 감정은 이른바 '군중 속의 고독'이다. 그 당시 북경은 전세계 도시 가운데서도 최고 수준의 문화 공간이었으며, 북경에서도 유리창은 가장 화려한 공간이었다. 그 공간에서 연암은 근대 도시의 특성 중 하나인 '익명성'을 체험한다. 이방인들 속에서 조선인은 연암 한 사람이고 반남 박씨도 연암뿐이다. 연암을 아는 사람은 아무도 없으니 눈치 보지 않고 마음대로 행동해도 따질 사람이 없다. 그러나 자신과 함께할 이가 단 한 명도 없다는 자각에 이르니 외로움이 확 밀려온 것이다.

북경 유리창에서 군중 속의 고독을 느낀 이는 연암이 유일해 보인다. 북적대는 인파로 가득한 유리창에서 조선 선비들은 그 화려함에 놀라 입을 다물지 못하거나 물건을 사느라 정신없었지만, 연암은 정반대로 사무치는 외로움이 밀려왔다. 무수한 사람들이 오가는 곳에 자신을 아는 사람이 하나도 없다는 데 이르러 고독론에 젖어들었다. 그는 몰랐겠지만 이른바 '근대 도시의 감수성'을 느끼고 있었다.

그리하여 유리창은 고독이란 이미지와 맞물려 새로운 장소로 거듭났다. 조선 선비들에게 서점이자 시장이었던 유리창은 연암으로 인해 도시적 감수성을 품은 공간이 되었다.

눈과 귀를 믿지 말고
명심하라

───── **7** 『막북행정록』

『막북행정록』(漠北行程錄)은 8월 5일부터 9일까지 5일간의 여정을 담았다. '막북'(漠北)은 사막 북쪽이란 뜻으로, 만리장성 북쪽 변방을 말한다. '행정'(行程)은 여정이란 의미다. 곧 '막북행정록'은 만리장성 북쪽의 열하로 가는 여정이라는 의미다.

연암 일행이 열하로 가게 된 사연은 이러하다. 1780년 5월 25일에 한양을 떠난 연암 일행은 두 달 넘는 고된 여정 끝에 8월 초하룻날 마침내 북경에 도착했다. 오늘날엔 비행기로 두 시간이면 도착하는 거리다. 건륭 황제의 고희연이 8월 13일이니 여유 있게 도착한 셈이다. 여행의 피로를 풀면서 쉬던 연암은 4일에 유리창을 다녀온 뒤 곯아떨어졌다. 그런데 한밤중에 관사에 큰 소동이 벌어졌다. 숙소 전체가 왁자지껄하게 떠들썩했고, 청나라 예부에서 어쩔 줄 몰라 하며 분주하게 움직였다. 열하에 머물던 건륭 황제가 예부에서 올린 표자문을 받고는, 조선 사신단이 북경에 그대로 머문다는 사실에 크게 화를 내며 책임자들에게 감봉 처분의 지시를 내린 것이다. 두려움에 넋이 나간 예부 관원들은 최소한으로 짐을 꾸려 열하로 빨리 떠나라고 조선 사신들을 다그쳤다. 오늘날 시각에서 본다면 청나라 관원들의 일 처리는 엄청난 외교적 결례다. 하지만 당시 조선은 청나라의 제후국이었다. 우왕좌왕하며 당황한 쪽은 조선 사신들이었다. 약소국의 처지는 예나 지금이나 늘 서럽다.

황제의 고희연 전에 열하에 도착해야 하는 상황이었다. 사신단 전체가 가기엔 시간이 촉박했다. 논의 끝에 일부만 가기로 결정했다. 연암은 여독이 채 풀리지 않은 데다 혹여 황제가 특별 은혜를 내린답시고 열하에서 곧바로 조선으로 귀국하라고 명령하는 날에는 북경 구경도 못 하고 돌아가겠기에 가기를 망설였다. 그러나 정사인 박명원이, 북경을 구경하는 것도 좋겠지만 열하 여행은 조선 사람 중에 아무도 가 보지 못한 천재일우의 좋은 기회라고 설득했다. 결국 연암도 형님인 박명원과 함께 열하행을 결심했다. 어찌 보면 정사도 말벗이 필요했을 것이다. 그리하여 74명으로 추려진 사신단은 55필의 말을 몰고 열하를 향해 떠났다. 연암은 장복과 창대를 모두 데리고 갈 수가 없어서 장복은 남겨 두고 견마잡이인 창대만 데려갔다. 양반들은 말을 탈 때 반드시 견마잡이가 있어야 했다.

이별하기 좋은 장소, 물가

떠나는 사람과 남는 사람은 서로를 부여잡고 눈물을 떨구며 작별을 아쉬워했다. 북경에 남는 장복은 10리 이상을 배웅 나가며, 떠나는 창대의 손을 잡고 서로 구슬피 울었다. 이렇게까지 펑펑 울 일인가 싶기도 한데, 그럴만한 사정은 있었다. 떠나는 사람들이 모두 발이 부르터 앓고 있었고 말은 말대로 모두 병든 상태라서 기한에 맞춰 갈 희망이 적어 보였다. 게다가 열하 여정이 초유의 일인지라 가서도 무슨 일이 생길지 모르는 일이었다. 남의 나라에 함께 갔다가 또 남의 나라에서 서로 이별을 하는 상황이고 보니 두렵고 안타깝고 속상한 마음이 뒤엉켰을 것이다.

연암은 떠나는 말 위에서 이별에 대해 깊은 상념에 잠겼다. 연암은 가장 괴로운 일이 이별이고 이별 가운데서도 생이별이 가장 괴롭다고 생각한다.

> 괴롭기로 말한다면 하나는 떠나고 하나는 남는 생이별보다 더 괴로운 건 없다. 이별할 때 그 장소가 어디냐에 따라서 괴로움은 더욱 커진다. 그 장소란 정자도 아니요, 누각도 아니며, 산도 아니고 들도 아니다. 물이 있는 곳이 바로 그러한 장소다. 큰 물인 강과 바다, 작은 물인 도랑과 시냇물만을 물이라 말하는 것은 아

170

니다. 되돌아오지 않고 흘러가는 곳이야말로 모두 물이 있는 이별의 장소다. 그러므로 천고에 이별한 자를 어찌 다 셀 수 있을까마는 오직 하량(河梁)에서의 이별을 가장 괴로운 이별로 꼽는 까닭은 무엇인가? 소무와 이릉만이 천하에서 유별나게 정이 많은 사람이어서가 아니라 다만 하량이라는 곳이 이별하기에 아주 적합한 장소였기 때문이다. 이별의 장소로 최적지를 얻었기 때문에 가장 괴로운 감정이 된 것이다.

— 「막북행정록」 8월 5일

이릉이 소무에게 준 시인 「여소무시」(與蘇武詩)는 이별의 절창으로 알려져 있다. 전한 때의 장군인 소무는 한 무제의 사신이 되어 흉노에 갔다가 포로가 되어 흉노 땅에서 19년을 살았다. 이릉은 전한 때의 장군으로 흉노와 싸우다 항복을 하고 흉노 땅에서 살게 되었다. 이때 사마천이 이릉을 변호해 주다가 궁형의 벌을 받게 되었고 그 치욕을 참고 견디며 불후의 명저인 『사기』를 완성한 것이다. 소무와 이릉은 함께 흉노 땅에 억류되어 있었는데, 마침내 소무가 먼저 고국으로 돌아가게 되었다. 남아 있던 이릉은 하량 강가에서 소무에게 이별시를 지어 주었다.

「여소무시」 셋째 수 가운데 1, 2구의 "손을 잡고 하량에 오르니, 그대는 저물녘에 어디로 가려는가?"(携手上河梁, 遊子暮何

之)라는 구절은 이별의 진수를 보여 준 시구로 꼽힌다. 연암은 이 시가 강물인 하량을 배경으로 했기에 이별의 감정을 간곡하게 드러낼 수 있었다고 말한다.

연암은 이별할 때 물가를 배경으로 하면 그 정서가 극대화된다고 생각한다. 이른바 '장소성'에 대한 자각이라고 할 터인데, 공간을 추상적인 배경으로 생각하지 않고 인간의 정서와 긴밀하게 연결된 체험의 장소로 바라보는 것이다. 이것을 공간의 장소화라고 부른다. 이-푸 투안(段義孚)과 에드워드 렐프(Edward Relph)의 인본주의 지리학에 따르면, '공간'(space)이 물리적이고 보편적인 곳이라면 '장소'(place)는 한 개인의 체험과 실존이 구체적으로 깃든 곳이다. 사람들은 이미 배운 지식으로 공간을 경험한다. 남들과 똑같은 시선으로 보고 비슷한 감상에 젖는다. 그러나 렐프에 따르면 장소는 인간과 정서적인 끈을 만들며 가치를 만들어 낸다. 장소의 의미는 장소를 경험하는 사람마다 달라질 수 있으며 특정 장소는 다른 곳과 구별되게 만드는 특성을 갖는다. 이것을 장소성이라고 부른다. 지금 연암은 물가라는 공간을 개인의 특별한 체험의 장소로 생각하고 있다. 이른바 장소성에 대한 자각이라 이를 만하다. 이런 생각을 바탕으로 연암은 체험하는 공간마다 자신만의 특별하고도 진정한 장소 체험을 한다. 다음 글은 특별히 글쓰기에 관심 많은 이가 더욱 좋아할 대목이다.

남조의 시인 강엄(江淹)은 「별부」(別賦)에서 이렇게 읊었다.

"슬픈 이별에 혼이 녹은 자가/오직 헤어질 뿐이다."

어쩌면 이렇게도 멋대가리 없는 표현이란 말인가? 세상에 이별하는 자로서 누군들 슬프지 않겠으며 누군들 혼이 녹지 않으랴. 이는 한낱 이별이란 글자에 대해 해설을 붙인 것에 지나지 않으니, 이쯤으로는 괴롭다고 할 것이 못 된다.

이별한 일도 없는데 이별의 마음을 안 사람은 천고에 오직 시남료(市南僚) 한 사람뿐이다. 그는 이렇게 썼다.

"임을 송별하던 사람 강둑에서 돌아설 제/그대 모습 이로부터 멀어지네."

이야말로 천고에 다시없을 남의 애를 끊는 소리다. 무슨 까닭인가? 이는 다름 아니라 물가에 이르러 이별을 하게 된 까닭이니, 이별이 최고의 장소를 얻었기 때문이다.

— 『막북행정록』 8월 5일

강엄의 「별부」는 제법 알려진 시다. 그런데 연암은 "슬픈 이별에 혼이 녹은 자가/오직 헤어질 뿐이다"라는 구절에 대해 멋대가리 없는 표현이라고 일갈한다. 이유인즉슨 이별하는 자는 당연히 슬프고 혼이 녹는 법인데 너무 뻔한 표현을 썼다는 것이다. 이별이라는 글자에 글자 수만 더 늘리고 붙인 사족일 뿐이란다. 그러면서 『장자』 외편 「산목」 조에 나오는 시남료의 말인 "임을 송별하던 사람 강둑에서 돌아설 제/그대 모습 이로부터 멀어지네"가 남의 애를 끊은 소리라고 주장한다. 이별하기에 최적의 장소인 물가를 배경으로 묘사했기 때문이다. 이른바 말하지 않고 말하기! 슬프다는 말은 어디에도 없지만, 물가를 배경으로 상황만을 묘사하면서도 이별의 슬픔이 절절하게 다가온다.

이는 이른바 말하기와 보여 주기의 차이라고도 하겠다. 작가가 인물의 정서나 심리를 구구절절 다 말해 버리면 독자는 작품에 개입할 여지가 없다. 그저 방관자의 입장이 되어서 읽어 가기만 하면 그뿐이다. 하지만 배경과 정황을 묘사하기로 표현하여 인물의 심리를 대신 보여 주면 독자가 작품에 직접 개입하여 감정을 이입하게 된다. 예를 들어, 영화 〈8월의 크리스마스〉는 죽음을 앞둔 주인공, 서로 좋아하는 두 남녀의 감정을 구구절절 말하지 않고 행위와 몸짓 위주로 보여 준다. 여기엔 눈물도 없고 자극적인 감정 표출도 없다. 그런데도 절절히 슬프고 깊은 여운을 남긴다. 거기에 삶과 죽음, 사랑과 이별의 경계를 엮는 사진관이 배경이 되어 준다. 사진을 찍는 것은 흔적을 남기는 행위다. 아름다운 삶의 흔적을 남기기도 하면서 죽음의 흔적인 영정 사진을 남기기도 한다. 〈8월의 크리스마스〉는 사진관을 배경 삼아 죽음이라는 소재를 다루면서도 감정을 겉으로 드러내지 않고 담담하게 보여 주는 미덕을 갖추고 있다.

장소의 발견은 가장 본질적인 여행이다. 여행기는 새로운 장소 체험이다. 연암은 공간을 습관적으로 경험하지 않고 주체적이고 능동적인 눈으로 바라본다. 특히 보편의 공간을 개인의 장소로 체험한 후 현실과 연결하는 점이 새롭다. 연암은 공간을 현실과 관련이 없는, 또는 화석화된 곳으로 바라보지 않는다. 그에게 공간은 인간 및 사회와 상호작용하며 새로운 의식을 가져다주는 곳이다.

고전 시대에 많은 사람들이 중국을 오갔다. 어찌 보면 중국은 조선의 지식인이 새로운 문명을 체험하는 거의 유일한 곳이었다. 그러나 한편으로 중국 땅은 혐오의 땅이었다. 조선인들은, 오랑캐 땅은 군자가 밟을 곳이 못 되며 오랑캐 복장을 한 중국 사람들과는 말을 붙여서는 안 된다고 생각했다. 사람들은 중국이라는 땅을 '경험'하기보다는 '외면'하려고 했다. 대명의리에 기반을 둔 북벌 이데올로기는 사행 공간에서의 진정한 장소 체험을 막았다. 사신들이 거쳐 간 많은 여행 공간은 지식의 재고(在庫)에 기여했을 뿐이다. 그러나 연암은 실지(實地)로서 공간을 체험하고 새로운 장소 체험을 한다. 앞 장에서 다루었지만 드넓은 요동 벌판에서는 통곡하고 싶다고 뚱딴지같은 말을 하는가 하면 화려한 유리창 한복판에서는 군중 속의 고독을 경험했다. 연암의 여행 체험에는 관습의 공간을 특별한

경험의 장소로 만드는 그만의 주체적인 장소 체험과 진정성이
있다.

열하 여정에서 생긴 일들

열하일기의 형식적인 구성을 보면, 맨 처음엔 날짜를 적고 다
음에는 날씨를 쓰고 다음에는 들르는 공간과 거리를 일일이
기록한다. 한양부터 북경까지는 여행자들이 정보를 계속 축
적한 덕분에 각 공간과 공간 사이의 거리가 얼마나 되는지 알
수 있었고 각 공간 사이의 거리를 기록한 책자도 있었다. 하지
만 북경에서 열하까지는 아무런 정보가 없어, 8월 5일자 기사
부터는 들르는 지역에 대한 정보가 없다. 북경부터 열하까지의
거리는 공식적으로 400여 리고 비공식적으로는 700여 리다.
연암 일행은 최소한 280킬로미터가 넘는 거리를 일주일 안에
도착해야 했다. 하루하루 피를 말리며 밤을 낮 삼아 달려야 하
는 고된 여정이었다. 때는 늦여름이라 홍수로 물이 불어, 강물
을 만나면 건너기도 쉽지 않았다. 덕분에 『막북행정록』은 아
슬아슬하고 흥미로운 사연이 많아 읽는 재미가 있다.
　밀운성에서 소씨 성을 가진 중국인 집에 무작정 들이닥쳤
을 때 열여덟 살 남짓인 젊은이가 나와서 놀라고 두려워하는
장면이 있다. 그 젊은이의 입장에서 당황해하는 중국인의 심

리를 묘사한 대목은 꼭 읽어 보기 바란다. 역시 연암은 천생 글쟁이구나 하게 되리라.

또 출발한 지 얼마 되지 않아 마부 창대가 백하를 건너다가 말발굽에 밟혀 편자가 살 깊이 박히는 바람에 발이 퉁퉁 붓는 아찔한 사태가 일어난다. 연암은 말을 함께 타고 갈 수도 없고 또 다른 수레엔 짐이 잔뜩 실려 있어서 어쩔 수 없이 창대 혼자 뒤따라오게 했다. 굶주린 데다 추위에 벌벌 떨며 아픈 몸으로 냇물을 건널 창대를 걱정하는 연암의 마음이 글 여러 곳에서 보인다. 『막북행정록』에는 창대의 사연이 많다. 신분이 낮은 하인을 화제의 중심으로 다루고 하인의 건강을 염려하는 양반의 작품을 다른 글에선 본 적이 없다.

창대는 어찌 되었을까? 열하에 거의 도착했을 무렵에 창대가 연암의 말 앞으로 와서 절을 했다. 연암은 이때의 마음을, "얼마나 기특하고 다행인지 말로 다할 수 없다"라고 표현했다. 사연인즉 창대가 뒤에 쳐져 고갯마루에서 통곡할 때조차 조선 사신들은 태울 수레가 없어서 그냥 지나갔다. 그때 중국 제독이 그 광경을 보았다. 제독은 말에서 내려 창대를 위로하고 함께 지키고 앉았다가 지나가는 수레를 세내어 창대를 싣고 온 것이다. 제독은 손수 음식을 권해 창대를 먹이고, 자신이 타던 노새를 창대에게 주어 타고 쫓아오게 했다고 한다. 연암은 이 일에 대해 "남의 나라 일개 천한 하인을 위해서 마음 씀씀이를 이같이 빈틈없고 완전하게 한다"라고 적었다. 자국민은 도와주지 못했는데 낯선 이방인이 이토록 따뜻한 도움의 손길을 건넸다.

인간은 낯선 존재에 대해서 무의식적으로 나를 해칠지도 모른다는 경계심리가 발동한다. 하지만 나를 힘들게 하고 상처를 주는 존재는 언제나 가까이에 있다. 가장 가까운 사람이 가장 큰 상처를 준다고 하지 않던가. 낯선 존재는 모르는 존재일 뿐, 무서운 존재가 아니다. 연암은 이방인 제독의 마음 씀씀이를 통해 누가 진정한 친구인가에 대해 은근히 들려주고 싶었을 것이다.

연암이 가장 사랑한 곳, 고북구

때는 바야흐로 가을로 접어드는 날 밤에 연암 일행은 고북구(古北口) 마을에 도착했다. 고북구는 만리장성의 한 관문으로, 한족이 북방 유목 민족의 침입을 막기 위해 세운 성곽의 하나다. 고북구에서 만리장성을 끼고 동쪽으로 700리를 가면 산해관에 이르고 서쪽으로 200리를 가면 거용관에 이른다. 평화 시기에는 내몽골과 북경을 잇는 정치 외교의 통로지만 갈등의 시기에는 전쟁터였다. 연암이 쓴 「야출고북구기」(夜出古北口記)에 의하면 고북구는 만리장성의 요충지로, 예로부터 수많은 전쟁이 벌어졌다. 고북구는 연암 이전에 조선 사람 누구도 가

고북구 관문 만리장성 고북구의 한 관문. 본래 옛 흔적이 남아 있었으나 근래에 새롭게 보수했다.

본 적이 없다. 오직 연암 일행이 밟았고 연암 한 사람의 기록 덕분에 세상에 드러난 공간이다. 나는 열하일기의 수많은 공간 가운데 연암이 가장 감격했던 곳을 들라면 단연 '고북구'를 꼽겠다. 고북구는 연암의 '장소애'가 잘 드러난 곳이다.

연암은 밤중에 술을 사서 조금 마시고는 장성의 관문으로 나갔다. 순간 어떤 감격이 몰려왔다. 연암은 장성 벽에 흔적을 남기고 싶었다. 글씨를 쓰기 위해 작은 칼을 꺼내 벽돌 위의 이끼를 깎아냈다. 그리고 붓과 벼루를 꺼내 장성 아래 펼쳐 놓았다. 먹을 갈려니 '아차차!' 벼룻물이 없었다. 그때 마침 밤에 마시려고 남겨 둔 술을 안장에 매달아 놓은 것이 있어, 그걸 벼루에 모두 쏟아부었다. 글 쓸 때의 상황은 다음과 같다.

별빛 아래에서 먹을 갈아 서늘한 이슬이 내리는 가운
데 붓을 적셔 큰 글자로 수십 자를 썼다. 봄도 아니고
여름도 아니며 겨울도 아닌 계절, 아침도 아니고 대낮
도 아니며 저녁도 아닌 시각, 가을을 주관하는 금신
(金神)이 때를 만난 계절이요, 관문의 닭이 울려는 시
각, 이것이 어찌 우연이겠는가?

—『막북행정록』8월 7일

초가을 새벽녘이라는 간단한 표현을 두고 연암은 이처럼
장황하게 썼다. 고요한 새벽에 살짝 서늘한 기운이 감돌 때 연
암은 홀로 고북구 석벽에 섰다. 가을날 새벽이라는 시간과 고
북구라는 초유의 공간, 석벽에 글을 쓰는 인간, 셋이 한자리에
서 만나 절묘한 조화를 이루며 환상적인 상황을 연출했다.

연암은 어떤 글을 남겼을까? 연암은 석벽을 쓰다듬고서 이
렇게 썼다.

"건륭 45년 경자년 8월 7일 밤 삼경에 조선의 박지원 이곳
을 지나다."

그러고 나서 한바탕 크게 웃었다.

"나는 글 읽는 선비일 뿐이라 머리가 하얗게 되고서야 만
리장성 밖을 한번 나가 보는구나."

고북구 장성 개발되지 않아 옛 모습이 고스란히 남아 있다.

아마도 조선 사람 최초로 역사적 현장에 선 자부심을 표현한 발언이리라. 한갓 글줄이나 읽던 백면서생이 조선 사람 누구도 가 보지 못한 만리장성 밖을 나가 본다. 엄청난 감동의 표현인 동시에 한편으로는 머리가 하얗게 세고서야 이곳을 나가 본다는 탄식으로도 읽을 수 있겠다.

사실 연암은 돌이나 벽에 글씨를 남기는 행위를 좋지 않게 생각한 사람이다. 젊은 시절 연암은 여행을 좋아해서 산에 자주 올랐는데, 사람들이 돌멩이나 바위에 기념으로 쓴 글씨에 대해 눈살을 찌푸렸다. 천년만년 살 것도 아니면서 이름 석 자 남기려고 자연을 훼손한다고 생각했다. 그런 그가 이곳 고북구 장성에서는 술을 부어서라도 글씨를 남겼다. 연암이 고북구에서 얼마나 감격했는지 알 수 있다. 연암은 이곳 고북구를 둘러본 감회를 「야출고북구기」라는 산문으로 남겼다. 『산장잡기』에 실려 있다. 창강 김택영은 『여한십가문초』(麗韓十家文抄)에 「야출고북구기」를 포함시키면서, 조선 5천 년 이래 최고의 명문이라고 칭찬했다. 또한 중국의 문인 투지(屠寄, 1856~1921)는 이 작품을 보고 '천하의 기문(奇文)'이라고 탄복했다. 「야출고북구기」의 절묘한 지점은 마지막 단락에 있다.

> 때마침 달은 상현(上弦)인지라, 고개에 걸려 떨어지려 했다. 그 빛이 싸늘하고 예리하기가 칼을 숫돌에 갈아 놓은 것 같았다. 잠시 후 달이 더욱 고개 아래로 떨어

졌으나 뾰족한 두 끝은 여전히 드러나 있더니 갑자기 시뻘건 불처럼 변해서 두 횃불이 산에서 나오는 듯했다. 북두칠성이 관문 안으로 반쯤 꽂히자 벌레 소리가 사방에서 일어나고 긴 바람이 으스스 불자 숲과 골짜기가 함께 운다. 그 짐승 같은 가파른 산과 귀신 같은 봉우리들은 창을 늘어놓고 방패를 한데 모아 서 있는 듯하며, 강물이 두 산 사이에서 쏟아져 사납게 울부짖는 것은 철갑 입은 기병들이 징과 북을 울리는 듯하다. 하늘 너머에서 학의 울음소리가 대여섯 차례 들린다. 맑고 곱기가 피리 소리가 길게 퍼지는 듯하다. 누군가 말했다. "이것은 천아(天鵝)야."

— 「야출고북구기」

연암의 눈에 들어온 바로 그 시각 고북구 장성 주변의 자연 풍경만을 묘사했다. 어디에도 작가의 감정을 표현하지 않으면서 으스스하다는 느낌을 오롯하게 전달한다. 산과 골짜기, 달, 고개, 북두성, 관문, 벌레, 바람, 숲, 가파른 산, 봉우리, 강물, 학 등의 고즈넉한 사물들을 숫돌에 간 칼, 불, 횃불, 짐승, 귀신, 창, 방패, 철갑 입은 기병, 징과 북, 피리 소리 등 전쟁과 관련한 용어로 비유하여 을씨년스러운 풍경을 자아낸다. 더불어 붉은색의 시각과 싸늘한 촉각과 시끄러운 청각을 골고루 섞어 전쟁터의 치열한 분위기를 효과적으로 표현한다. 천아, 즉 고니의 울음은 살벌한 전쟁터의 분위기에 반전을 준다. 고니의 맑고 아련한 울음은 두려운 심리를 돌연 맑고 청아한 느낌으로 바꾸면서 환상적인 분위기를 자아낸다.

연암은 왜 고북구 장성의 주변 풍경이 전쟁터와 같이 오싹했다고 직접 말하는 대신 자연 사물을 묘사하여 상상력을 동원한 비유의 표현을 썼을까? 앞서 '이별론'에서 다루었지만, 연암은 이별의 슬픔을 표현할 때 "슬픈 이별에 혼이 녹은 자가 오직 헤어질 뿐이다"라는 표현은 이별이라는 글자에 주석을 단 멋대가리 없는 표현이라고 말한다. 이별할 때 물가의 주변 정경만을 보여 줌으로써 절절한 마음을 효과적으로 드러낼 수 있다고 생각했다. 연암은 지금 눈 앞에 펼쳐진 경치를 비유적으로 묘사함으로써 작가의 마음을 대신 전달해 주고 있다. 그리하여 고북구라는 초유의 물리적 공간은 연암의 특별한 장소 체험이 더해져 조선인의 뇌리에 비로소 각인되고, 기이함을 간직한 환상적인 장소로 거듭나게 되었다. 고북구는 오직 연암에 의해 조선 사람들에게 알려졌고 의미 있는 장소가 되었다. 그것은 단 한 번의 경험이 빚어낸 일종의 사건이었다.

견마잡이와 습속의 위험함

연암 일행은 고북구를 나서자마자 다시 물가를 만났다. 때는 장마철이라 물이 깊고 물살이 빨랐다. 하지만 열하에 가려면 반드시 건너야만 했다. 이때는 창대가 발을 다쳐 혼자 울면서 뒤따라오는 상황이었다. 연암은 손수 말고삐를 잡고 건너야 했다. 한 손으로는 고삐를 잡고 한 손으로는 안장을 부여잡으며 위태롭게 건너갔다. 그때 문득 연암은 말을 다루는 데도 기술이 필요하며 조선의 말 다루는 방법이 지극히 위험하다는 사실을 깨달았다. 그리하여 말을 다루는 법, 곧 어마법(馭馬法)의 여덟 가지 위험을 나열했다. 조선의 어마법이 위험한 까닭은 넓은 소매와 긴 한삼, 그리고 견마잡이 습속에 있었다.

　도대체 견마잡이가 어떠하기에 위험하다는 것일까? 우리 속담에, '말 타면 경마 잡히고 싶다'는 말이 있다. 인간의 욕심은 끝이 없다는 뜻이다. 경마는 사람이 탄 말을 몰기 위해 잡는 고삐인데 예전엔 견마(牽馬)라 불렀다. 고전 시대 양반은 나귀나 말을 타고 나들이를 즐겼다. 양반 체면에 본인이 직접 고삐를 잡을 수 없어 하인에게 고삐를 잡고 앞장서서 걷도록 했다. 사실 소매가 넓고 한삼이 길다 보니 남에게 말고삐를 맡겨야 편히 갈 수 있는 사정도 있었다. 고삐를 잡고 앞장서 가는 이를 견마잡이라고 했으며 고삐는 '거덜'이라고도 불렀다. 견마잡이는 주인을 모시고 길을 나설 때 질 좋은 가죽으로 만든 고삐에 광을 내고 자신이 큰 힘을 가진 듯 우쭐거리며 다녔다. 조선 후기에는 양반은 물론 돈 많은 서민도 말을 탈 때 체면상 견마잡이를 하는 풍조가 유행했다고 한다. 문관이나 무관을

막론하고 고위 공직자는 견마잡이를 둘까지 둘 수 있었다. 주인과 견마잡이는 좋은 고삐로 으스대고 싶은 욕심에 비싼 가죽으로 화려하게 치장한 고삐를 만들었다. 견마를 치장하는 데 많은 돈을 쓰다 살림이 기울어지는 일이 생기자 '거덜 나다'라는 관용어까지 생겨났다.

연암은 이 같은 견마잡이 습속이 문제가 많다고 생각했다. 견마잡이가 말의 한쪽 눈을 가려서 말이 제 마음대로 걷지 못하기도 하고, 옷소매가 넓고 긴 한삼까지 덧대는 바람에 고삐를 잡고 채찍질하는 데 방해가 된다는 것이다. 말 부리는 법의 여덟 가지 위험을 지적한 연암은 다음과 같이 말한다.

> 휴, 안타깝다! 비록 말에 대해 일가견이 있는 백락(伯樂)에게 오른쪽에서 말고삐를 잡게 하고 팔준마를 잘 길들인 조보(造父)에게 왼쪽에서 말을 끌게 하더라도 만약 이런 여덟 가지 위험을 가진 채로 말을 몬다면 설령 팔준마라도 필경 죽게 만들 것이다.
>
> 임진왜란 때 이일(李鎰) 장군이 상주에 진을 쳤는데 멀리 숲 덤불 속에서 연기가 나는 것이 보여 군관 한

말 타면 경마 잡히고 싶다 조선 시대와 근대 시기 견마하고 말 탄 모습
(위) 작자 미상, 풍속도, 조선, 종이, 31×31cm, 묵산미술박물관 소장
(아래) 작자 미상, 사진(최석로, 『민족의 사진첩』, 서문당, 1994.) '말을 타면 종을 앞세우고 싶다'는 속담처럼, 한 선비가 말을 탔는데, 고리짝을 말 등에 싣고, 하인이 오른쪽에서 견마하고 왼쪽에는 구한말의 군복을 입은 종자가 따르고 있다.

사람을 보내 살펴보게 했다. 군관은 좌우에 견마를
잡히고 거들먹거리며 갔는데, 생각지도 않게 다리 아
래에 숨었던 왜놈 둘이 갑자기 튀어나와 칼로 말의 배
를 찌르니 군관의 머리는 이미 잘려나갔다. 서애(西
厓) 유성룡(柳成龍)은 현명한 재상으로, 『징비록』(懲
毖錄)을 지어 이 일을 기록해서 잘못됨을 지적하여 비
웃은 적이 있다. 그런데도 잘못된 습속은 그런 난리와
어려움을 겪고도 좀처럼 고칠 수가 없다. 심하도다, 한
번 박힌 습속은 참으로 바꾸기가 어렵구나.

— 『막북행정록』 8월 7일

연암은 「자소집서」(自笑集序)에서 "습관이 오래되면 천성이
된다"고 말한다. '세 살 버릇 여든까지 간다'는 속담과 비슷한
맥락이다. 습관의 사전적 의미는 '같은 상황에서 반복된 행동
의 일상화'다. 그러고 보면 내 성격은 오래된 습관이 쌓인 결과
물이다. 문제는, 한번 굳어진 습관은 좀체 바꾸기 어렵다는 것
이다. 이런 실험 결과도 있다. 차가운 그릇에 물을 담고 개구리
를 넣은 다음 천천히 가열한다. 개구리가 온도의 변화를 느끼
지 못할 만큼 아주 조금씩 열을 올린다. 그릇이 달궈져 물 온
도가 높아졌을 때 어떤 일이 일어날까? 개구리는 꼼짝도 하지
않은 채 그 자리에서 열에 익어 죽는다고 한다. 뜨거운 물에
바로 넣었다면 개구리는 깜짝 놀라 펄쩍 뛰쳐나왔을 텐데, 눈

치채지 못할 만큼 서서히 온도를 높이자 그 변화를 감지하지 못한 채 비극적인 죽음을 맞이했다. 야생 호랑이를 3년 동안 굴에 가두었다가 풀어놓으면 다시 굴속으로 들어간다는 실험 결과도 있다.

개인뿐만 아니라 집단에도 습관이 있다. 한 사회와 민족에도 습관이 있다. 우리는 그것을 습속 또는 관습이라 부른다. 우리가 당연하다고 여기는 습속이나 관습도 따지고 보면 반복된 행동의 결과물일 것이다. 익숙해지니 편안해지고 편안해지니 당연하게 여긴다.

연암은 견마잡이 풍속을 통해 잘못된 습속인줄 알면서도 고치지 못하는 조선 사회의 어리석음을 이야기했다. 습속의 위험함을 말한 연암은 그 자신이 손수 말의 고삐를 푼다. 연암은 「일야구도하기」에서 이 상황에 대해 이렇게 썼다.

"나는 지금 한밤중에 이 강물을 건너가니 이는 세상에서 제일 위험한 일이다. 그러나 나는 내가 탄 말을 믿고 말은 자기의 발굽을 믿으며, 말발굽은 땅을 믿고서 건넜으니 그제야 견마를 잡히지 않고 건너는데도 그 효과가 이렇게 나타났다."

앞서 견마잡이는 잘못된 습속이라 했으니, 견마를 잡히지 않고 고삐를 푼 행동은 과거의 잘못된 습속에서 벗어나려는 의지의 행동이자 새로운 깨달음의 세계로 나아가려는 적극적인 실천 행위라 하겠다.

「일야구도하기」는 교과서에 꾸준히 실릴 정도로 높은 문학성과 참신한 주제를 인정받고 있다. 연암의 산문 가운데 최고라 불릴 만하다. 개인의 경험과 관찰을 바탕으로 눈과 귀, 즉 외물(外物)에 현혹되지 않는 삶의 자세를 다룬 작품으로 알려져 있다. 이 작품을 앞서 이야기한 습속의 위험함과 연결하면 흥미롭고 새로운 주제의식을 발견할 수 있다.

눈과 귀를 믿지 말고 명심하라

「일야구도하기」는 하룻밤에 아홉 번 강을 건넌 이야기란 뜻이다. 황제의 고희연 전에 열하에 도착해야 하는 긴박한 상황에서 하룻밤에 강을 아홉 번 건너는 사연이 생겼다. 연암 일행이 열하를 향해 달리던 때는 장마가 채 끝나지 않아서, 빗물 섞인 강물은 뿌연 빛이었고 강물 소리는 성난 듯 울부짖었다. 낮에 건널 때는 시뻘건 흙탕물이 산더미같이 밀려오는 광경에 압도되어 일행 모두 겁먹은 채 고개를 쳐들고 하늘을 우러러보며 건넜다. 밤에 건널 때는 거센 물결이 보이지 않는 대신 무시무시한 강물 소리가 공포감을 주었다. 건너는 사람들은 하나같이 바들바들 떨었다. 연암은 이 상황을 "마치 물 밑에 있던 물귀신들이 앞다퉈 나와 사람을 놀리려는 것 같고 양옆에서는 용과 이무기가 낚아채 붙들려는 것 같다"라고 표현했다. 강을 건너다가 휩쓸려 죽을 것만 같다는 생각이 든 순간, 연암은 진리를 깨닫는다.

> 나는 이제야 도(道)를 알았다. 명심(冥心)하는 사람,
> 즉 마음을 잠잠하게 하는 자는 귀와 눈이 해로움이
> 되지 않고, 귀와 눈만을 믿는 자는 보고 듣는 것이 더
> 욱 밝아져서 병통이 되는 것이다.
>
> —「일야구도하기」

명심의 '명'(冥)은 '어둡다'는 의미로, 명심은 마음을 고요하게 한다는 뜻이다. 본래는 선불교에서 명상할 때, 나와 사물의 구별이 사라지고 절대적인 정신의 자유를 누리는 마음 상태를 뜻한다. 연암은 이를 자신만의 의미로 바꾸어 '보고 들으면서 생긴 편견과 선입견을 없애고 사심 없이 사물을 보는 마음'이란 의미로 사용했다.

명심하는 사람과 정반대가 귀와 눈만을 믿는 사람이다. 인간의 감각기관은 세계를 얼마나 객관적으로 인식할까? 인간의 눈은 앞을 보면서 자신의 뒤통수는 보지 못한다. 우리는 개가 멍멍 짖는다고 가르치지만, 다른 언어를 쓰는 사람은 '바우와우'라고 말하기도 하고 '왕왕'이라고 표현하기도 한다. 나라마다 동물의 소리가 각기 다르게 들린다. 재래식 화장실에 들어가면 처음엔 역한 냄새가 코를 찌르지만 시간이 지나면 아무 냄새가 나지 않는다. 냄새가 안 나는 게 아니라 냄새가 없

는 것처럼 코가 착각하는 것이다. 인간의 감각기관은 많은 한계를 갖고 있다.

이 세상은 내 눈이 미칠 수 없는 현상이 너무 많으며 왜곡된 소리로 가득하다. 내가 눈으로 바라보는 세계가 이미 특정한 의도 속에 만들어져 있기도 하다. 상식으로 알던 지식이 반드시 진실인 것도 아니다. '개미와 베짱이' 우화를 통해 개미는 부지런한 동물이라고 믿지만 모든 개미 가운데 일개미는 고작 20% 남짓이라고 한다. '토끼와 거북이' 이야기처럼 느림의 대명사 거북이도 자신이 사는 바다에서는 인간보다 훨씬 빠르다. 일상의 지식도 왜곡된 진실을 담은 경우가 많으므로 따져 살피지 않을 수 없다. 눈과 귀를 통해 들어온 정보를 주체적으로 판단할 때 실체에 가깝게 다가설 수 있다. 연암은 이를 '명심'이라는 말로 표현했다.

감각기관의 한계는 참과 거짓의 경계가 갈수록 모호해지는 포스트모던 시대를 살아가는 현대인에게 많은 생각거리를 던져 준다. 21세기는 미디어가 조작한 가짜 정보와 이미지가 더욱 넘쳐날 것이다. 현실과 가상의 경계는 갈수록 모호해지고 욕망을 좇는 이들의 눈속임도 더 심해지리라 추측된다. 명심하라는 연암의 말이 평범하게 들리지 않는다.

조작된 효자,
만들어진 열녀

───── **8 『태학유관록』**

『태학유관록』(太學留館錄)은 연암이 열하의 숙소인 태학관에 머물면서 중국인 학자들과 나눈 이야기를 담고 있다. 8월 9일부터 14일까지, 엿새 동안 일어난 일이다. 열하에서 묵은 기간은 일주일이 채 안 되지만 열하에서 겪은 일은 열하일기 전체의 절반 가까이 된다. 책 제목이 열하일기인 이유이기도 하다. 연암은 태학관에 머물면서 중국인 학자 곡정 왕민호와 장장열여섯 시간에 걸쳐 이야기를 나눈다. 심오한 이야기도 있고심각한 이야기도 있다. 이 대화는 『곡정필담』(鵠汀筆談)에 담겨 있다. 중국 황제의 정원인 피서산장 주변에서 보고 들은 이야기는 『피서록』(避暑錄)에 있다.

가장 중요한 사건은 건륭제가 정치외교적 목적으로 초빙한판첸라마를 만난 해프닝이다. 판첸라마를 만나는 일이 뭐 대순가 싶겠지만, 유교를 신봉하는 유학자들이 불교의 우두머리를 만나는 일은 중차대한 사건이었다. 건륭제가 조선 사신들에게 판첸라마를 만나라고 명령했을 때 조선 사신 숙소는 발칵 뒤집혔다. 만날 수도 안 만날 수도 없는 진퇴양난의 상황이 벌어진 것이다. 판첸라마 체험기는 다음 장에서 다룬다.

조선의 아름다운 점 네 가지

조선 사신들이 묵은 태학관은 열하의 문묘(文廟) 옆에 있다. 문묘는 공자 사당으로, 열하의 문묘는 중국의 3대 공자 사당 중 하나다. 공자가 문선왕(文宣王)이라는 시호를 받았기에 문묘라고 부른다. 북경에서는 문묘를 공묘(孔廟)라고 부른다. 태학관에는 연암이 묵은 숙소 외에도 명륜당, 시습재, 진덕재 등이 있다. 건륭제의 고희연 축하 행사에 참석하기 위해 지방에서 올라온 중국인 학자들도 태학관에서 묵었다. 연암은 이들과 같은 건물에서 생활하면서 많은 대화를 나눌 수 있었다. 중국인 학자들과 주로 대화한 공간은 명륜당이었다.

중국인 학자 가운데 산동 출신의 왕민호라는 거인(擧人)이 있다. 거인은 지방에서 치른 1차 시험인 향시에 합격하고 북경에 올라와 2차 과거 시험을 준비하는 사람이다. 나이는 54세고 호가 곡정이다. 곡정은 학식이 풍부한 사람이었다. 연암은 곡정과 함께 지구와 우주, 조선과 중국의 학문에 대해 허심탄

회하게 이야기했다. 이 대화록은『곡정필담』에 따로 전한다. 음악에 대한 깊은 이야기도 나누었는데『망양록』(忘羊錄)에 실려 있다. '망양'(忘羊)은 양을 잊었다는 뜻이다. 음악 이야기에 정신이 팔려 차려 놓은 양고기를 먹는 것조차 잊었다는 뜻이다.

『태학유관록』에는 효(孝)와 열(烈)에 관한 대화가 나온다. 효와 열은 충(忠)과 더불어 조선 시대의 가장 중요한 윤리 덕목이다. 이 글 속에 연암이 충효열의 윤리를 어떻게 생각하는지 기록되어 있다.

> 곡정이 물었다.
> "귀국의 아름다운 점 몇 가지를 일러 주시기 바랍니다."
> 나는 말했다.
> "우리나라가 비록 바다 한구석에 치우쳐 있으나, 또한 네 가지 아름다운 점이 있습니다. 유교를 숭상하는 풍속이 그 첫 번째 아름다움이고, 황하같이 홍수 날 염려 없는 지리가 두 번째 아름다움입니다. 소금과 생선을 남의 나라에서 빌리지 않고 자급자족하는 것이 세 번째 아름다움이고, 여자가 두 남자를 섬기지 않는 것이 네 번째 아름다움입니다."
> 지정이 곡정을 둘러보며 서로 뭐라고 한참 수군거렸다. 곡정이 말했다.

태학관과 문묘 연암 일행이 열하에서 숙소로 사용한 태학관의 명륜당(위)과 태학관 옆 공자의 위패를 모신 문묘의 대성전(아래). 명륜당은 연암이 중국인 학자들과 필담을 나누었던 공간이다. ⓒ유석화

"참으로 살기 좋은 나라입니다."

지정이 물었다.

"여자가 두 남자를 섬기지 않는다고 했는데 어떻게 온 나라 사람들이 그렇게 할 수 있습니까?"

나는 말했다.

"천민인 노비에 이르기까지 나라의 모든 사람이 그렇게 한다고 말한 것은 아닙니다. 명색이 선비의 집안이라면 비록 아무리 가난하더라도 삼종지도가 끊어지면 평생 혼자 지냅니다. 이것이 노비나 종 같은 천한 사람에게 영향을 주어서 저절로 풍속을 이룬 지 근 400년이 됩니다."

지정이 물었다.

"국가에서 법으로 금하나요?"

나는 말했다.

"정해진 법령은 없습니다."

곡정이 나섰다.

"중국에도 이런 풍속이 있어 아주 고질적인 폐단이 되었습니다. 혼인하려고 예물만 보내고 아직 초례를 안 했거나 혼례식은 올렸지만 첫날밤을 치르지 않았는데 불행하게 무슨 일이라도 생기면 여자는 평생 혼자 살아야 합니다. 이건 그래도 오히려 나은 편입니다. 심지어는 대대로 사이가 좋은 집안끼리는 뱃속 아기를 두

고 혼인을 정하고 또는 남녀가 모두 다박머리를 하거
나 치아를 갈 어린아이 무렵에 부모끼리 혼담을 주고
받았다가 남자에게 불행한 일이 생기면 여자가 독약
을 먹거나 목을 매달아 한곳에 묻히기를 바라니, 참
으로 예법에 크게 어긋나는 일입니다. 점잖은 군자들
은 이를 두고 시신과 함부로 혼인을 했다고 나무라기
도 하고, 절개를 지키기 위한 화냥질이라는 뜻으로 절
음(節淫)이라고도 합니다. 나라에서 법으로 엄중하게
단속하고 그 부모를 처벌하기도 하지만 그래도 결국
에는 풍속을 이루었으며 특히 동남 지방이 더욱 심합
니다. 그러므로 학식이 있는 집안에서는 딸이 비녀를
꽂을 성인이 되어야 비로소 혼인 이야기를 꺼낸답니
다. 이런 일들이야 모두 말세의 일이지요.”

─『태학유관록』 8월 10일

연암이 언급한 조선의 아름다운 점 네 가지는 연암 자신의
생각이 아니라 당시 조선 사회의 일반적인 생각을 들려준 것
이다. 연암은 평소 위의 네 가지 사안을 좋게 보지 않았다. 연
암은 조선 사회가 유교만을 진리 체계로 삼는 것에 비판적인
시각을 갖고 있었다. 연암은 유학 이외의 사상에도 진리가 있
다고 생각했으며 공허한 이론으로 흘러 버린 유학의 현실적인
한계를 극복하고 개혁하기를 바랐다. 그는 유학의 틀에서 벗어

나려고 노력한 사람이다. 또 연암은 조선의 땅이 좁다는 점을 근심했다. 「북학의서」에서는 조선의 선비들이 한쪽 구석진 땅에서 편협한 기질을 타고 태어나 제 땅을 떠나 본 적이 없어서 우물 안 개구리처럼 제가 사는 곳을 제일로 믿고 살아왔다고 지적한다. 세 번째도 연암은 조선의 자급자족 경제 구조를 부정적으로 바라보았다. 「허생전」에서 허생은 독과점을 이용하여 떼돈을 벌어들임으로써 우리 사회의 허약한 경제, 곧 자급자족의 폐쇄적인 사회 구조를 비판했다.

정절 윤리의 허위성

네 번째는 정절의 윤리인데, 이 문제를 깊이 따져 보려 한다. 조선 사회의 가장 이상적인 인물형은 충신, 효자, 열녀로 수렴된다. 이는 조선조 유교 사회에서 윤리 규범의 원리가 되었던 삼강오륜에서 나왔다. 삼강(三綱)은 군위신강(君爲臣綱), 부위자강(父爲子綱), 부위부강(夫爲婦綱)이다. 강(綱)은 벼릿줄이란 뜻으로, 고기 잡는 그물의 코를 꿰어 그물을 잡아당길 수 있게 한 동아줄이다. 벼릿줄이 없으면 그물을 하나로 모을 수 없다. 인간 사회에 비교하자면 인간이 반드시 지켜야 하는 기본적인 규범이다. 그물이 벼리를 벗어날 수 없듯이, 인간은 사회 질서를 유지하기 위한 기본적인 도덕과 규범에서 벗어날 수 없다는 뜻이다. 그 세 개의 벼릿줄, 곧 모든 인간이 마땅히 지켜야 할 도리 세 개가 삼강의 윤리다. 군위신강은, 임금은 그 신하의 벼리가 된다는 뜻인데 이 도리가 충(忠)이다. 부위자강은, 아버지는 자식의 벼리가 된다는 뜻으로 이 도리가 효(孝)다. 부위부강은, 남편은 아내의 벼리가 된다는 뜻이며 이 도리가 열(烈)이다. 충효열 세 개의 벼리가 조선 사회를 지배하는 가장 강력한 윤리 규범이었다. 나라에 충성하고 부모에게 효도하며 부녀자는 지조를 지켜야 한다는 충효열의 윤리는 유교 이념의 기본 덕목이 되어 조선 사회뿐만 아니라 동아시아 문화권을 지배하는 강력한 국가 이데올로기로 작용했다.

그중에서 연암이 중국인 학자와 대화를 나누는 대목은 열녀(烈女) 담론이다. 열녀란 남편이 죽으면 아내가 정조를 지키기 위해 재혼하지 않고 홀로 살거나 죽은 남편을 따라 죽는 것을 말한다. 열녀라는 말은 중국 전국시대에 제나라 왕촉(王燭)이 "충신은 두 임금을 섬기지 않고 열녀는 두 남편을 섬기지 않는다"고 말한 데서 유래했다. 조선 시대에는 국가 차원에서 『열녀전』(烈女傳), 『여훈』(女訓) 등을 전국에 보급하여 여자의 재혼을 금지하고 수절을 지키도록 장려했다.『경국대전』에 따르면 재혼한 여자의 자식은 관직에 오를 수 없었다. 가문의 명예를 위해서 여자는 남편이 죽으면 끝까지 홀로 살아야 했다. 나라에서는 수절한 여자를 표창하고 그 가문에도 특혜를 베풀었다. 처음에 재혼 금지는 양반 가문 여자만 적용되었지만,

국가 차원에서 장려하다 보니 하층민에게까지 퍼져 나갔다. 남편을 잃은 여성은 양반 집안이든 서민 집안이든 평생을 홀로 살았다. 국가 차원의 열녀 이데올로기 확산 노력은 평민과 천민층에까지 뿌리내리게 되었다.

임진왜란과 병자호란 이후 국가는 전쟁의 패배와 사회 혼란을 감추기 위해 도덕규범을 강화하고 충효열을 더욱 강조했다. 이와 맞물려 남자들이 전쟁에서 많이 죽자, 따라 죽는 여성들이 늘어났다. 그러자 이제는 열녀로 선정되기 위해서는 수절만으로는 부족하고 남편을 따라 죽거나 남편을 구하기 위해 스스로 목숨을 버리는 극단적 행동을 했다. 개인보다 가문의 명예를 중요하게 여겼던 조선조 사회에서 여인들은 남편이 죽으면 따라 죽는 풍조가 퍼지게 되었다. 이에 대해 연암은 「열녀함양박씨전」(烈女咸陽朴氏傳)에서 "남편을 따라 죽기를 빌며 물에 빠져 죽거나 불에 뛰어들어 죽거나 약을 먹고 죽거나 목매달아 죽기를 마치 낙토(樂土) 밟듯이 한다. 열녀는 열녀지만 어찌 지나치지 않은가?"라고 말한다. 지나치다는 말의 원문은 과(過)다. '과'에는 '잘못되다'라는 뜻도 있다. 연암은 남편을 따라 죽는 것이 지나치거나 잘못된 일이라고 생각한다. 그의 말은 예시문에서 곡정이 말한, "남자에게 불행한 일이 생기면 여자가 독약을 먹거나 목을 매달아 한곳에 묻히기를 바라니 참으로 예법에 크게 어긋나는 일이다"라는 말과 똑같은 표현이다. 어쩌면 연암은 중국인의 입을 빌려 자신이 하고 싶은 말을

고열녀전 권4(초간본) 16세기 중반 조선, 목판본, 32.5×21.4cm, 국립한글박물관 소장
『고열녀전』(古列女傳) 언해본8권 중 권4「정순전」(貞順傳). 유향(劉向) 편찬, 신정(申珽), 유항(柳
沆) 언해. 간행 시기는 1543년~1544년으로 추정된다. 부녀자의 정절을 중시한 조선 사회는 임진
왜란 이전부터 이미 한글로 번역한 언해본 열녀전을 간행했다.

하는 것일 수도 있겠다.

조선 시대에 열녀 풍속을 비판한 지식인은 연암 외에 다산
(茶山) 정약용이 있다. 다산은 「열부론」(烈婦論)에서 말한다.

"아버지가 병들어 죽거나 임금이 죽었을 때 아들이나 신하
가 따라 죽는다고 해서 이를 효자나 충신이라고 말하는 법은
없다. 그런데 왜 유독 남편이 죽었을 때 아내가 따라 죽으면 열
부(烈婦)라 하여 정표를 세워 주고 호역을 면제해 주는가? 남
편이 죽었다고 따라 죽는 아내는 소견이 좁은 여자일 뿐 열부

일 수는 없다."

그러면서 남편이 편안히 천수를 다 누리고 생을 마쳤는데
도 아내가 따라 죽는 것은 제 몸을 죽인 것일 뿐이라고 나무란
다. "나는 정말 제 몸을 죽이는 것은 천하의 가장 흉측한 일이
라고 생각한다"라고 단언한다.

다산과 연암의 발언은 오늘날의 관점에서는 지극히 당연
하지만, 정절 윤리를 강조한 당시에는 위험한 발언이었다.

여성의 순종을 강조하고 정절을 중요하게 여기는 도덕 관
념은 근대까지 이어졌다. 그러면서 남성은 일부다처제를 시행
하고 기생을 두어 자신의 성적 욕망을 채웠다. 열녀 관념의 배
후에는 도덕을 앞세워 자신의 무능과 부패를 덮으려는 통치
세력의 의도된 정책과 남성 중심의 가부장적 이데올로기가 숨
어 있다. 한 사람의 희생을 볼모로 한 가문과 마을, 나아가 국
가 전체의 이익을 도모하는 보이지 않는 폭력이었다.

동서양을 막론하고 성인과 현자는 도덕을 넘어 사랑과 자
비를 이야기한다. 자신에겐 도덕률을 엄격히 하지만 남에게는
강제로 요구하지 않는다. 반면 위선자는 자신에게 관대하고
남에겐 엄격한 도덕률을 강요한다.

조작된 이데올로기, 충효열의 윤리

열녀 대화에 이어 연암은 중국인 학자와 효를 이야기한다.

> 나는 말했다.
>
> "『유계외전』(留溪外傳)이란 책에 실린 효자들의 이야기를 보면 심지어 자기의 간을 잘라서 어버이를 먹여 병을 치료한 사람도 있었습니다. 조희건은 가슴을 가르고 심장을 꺼내다가 잘못하여 자신의 창자에 한 자 남짓 상처를 냈는데, 이를 삶아 어머니에게 먹여서 병을 낫게 했고, 그 상처가 절로 붙어 탈이 없었답니다. 이걸 본다면 어버이를 치료하기 위해 손가락을 베서 피를 약에 섞어 먹인다든지 병의 상태를 알기 위해 부모의 똥을 맛본다든지 하는 것은 모두 상대가 안 되는 대수롭지 않은 행동이고, 부모를 대접하기 위해 엄동설한에 죽순을 캤다든지 얼음을 깨고 잉어를 잡았다든지 하는 일은 아주 굼뜬 행동에 지나지 않습니다."
>
> 곡정이 말했다.
>
> "그런 일들이 많이 있었지요."
>
> 지정이 말했다.
>
> "근자에 산서 지방에서 효자에게 정려를 내린 일은 정말 특이합니다."

곡정이 말했다.

"엄동설한에 죽순이 나오고 얼음 구덩이에서 잉어가 잡혔다니, 이는 천지의 기운이 경박하게 바뀐 것이지요."

서로 크게 웃었다.

─『태학유관록』 8월 10일

효는 열과 더불어 성리학을 국가 이념으로 삼은 조선 사회에서 가장 중요한 도덕 원리다. 중국과 조선은 효와 열의 윤리를 확산하기 위해 '효자전', '열녀전' 등의 책을 전국에 보급하여 효자와 열녀 미담을 널리 퍼뜨렸다. 한 집안에 효자나 열녀가 생기면 그 가문에는 효자비나 열녀문을 세우고 큰 혜택을 주었다. 부역이나 세금을 면제했으며 그 집안은 고장의 자랑이 되었다. 그뿐만이 아니다. 효자나 열녀가 생긴 마을에도 포상을 내렸다. 나아가 고을 수령도 선정을 베푼 관리로 인정해 고과 성적을 올려 주었다. 통치자는 국가 이념을 널리 퍼뜨리고 교화가 잘 이루어지는 것을 자랑할 수 있었다. 그리하여 문중마다 고을마다 효자, 열녀를 만들기 위해 갖은 애를 썼고 전국에는 효자와 열녀 미담이 넘쳐났다.

나라에서 선정하는 효자나 열녀가 되려면 평범한 행위로는 부족했고 더 자극적이고 엽기적인 사례가 필요했다. 그리하여 효자가 되기 위한 기본적인 세 가지 조건이 만들어졌으니 단지(斷指)와 상분(嘗糞)과 할고(割股)다. 단지는 손가락을 베어 피를 약에 섞어 먹이는 것이다. 상분은 부모님의 똥을 맛보아 병세를 헤아리는 것이고, 할고는 가난해서 고기를 먹지 못하는 병든 부모님을 위해 자신의 허벅지살을 베어 고깃국을 끓여 바치는 것이다.

『유계외전』은 청나라의 진정(陳鼎)이란 사람이 쓴 책으로 충과 효 이야기를 담고 있다. 그 가운데 간을 잘라 부모님께 먹였다든가 심장을 삶아 먹여 어머니 병을 낫게 했다는 엽기적인 일화도 있다. 그러니 손가락을 베어 그 피를 부모에게 먹인다거나 부모의 똥을 맛보는 행위는 대수롭지 않은 일이다.

과연 이러한 행위가 정상적이라고 할 수 있을까? 흥미롭게도 다산 정약용은 「효자론」을 지어 가짜 효자가 만연한 세태를 꾸짖었다.

> 어떤 사람이 관청에 와서 신고하기를 "우리 조부(祖父)는 효자입니다" 하므로, 그 이유를 물었더니 이렇게 대답했다. "조부의 아버님이 병을 앓아 위급할 적에 손가락을 잘라 피를 내어 입에 흘려 넣었는데, 며칠을 더 연명하였습니다." 뒤이어 와서 신고하는 자가 있기에 그 이유를 물었더니 이렇게 대답했다. "우리 조부는 그 어머님이 병을 앓아 위급하게 되자 넓적다리의 살을 베어 구워서 드렸는데, 며칠을 더 연명하였습

니다." 또 뒤이어 와서 신고하는 자가 있기에 그 이유를 물었더니 이렇게 대답했다. "우리 아버지는 효자입니다. 할아버지가 병을 앓으실 적에는 똥을 맛보아 병세를 점쳤으며, 목욕재계하고 90일 동안 북두칠성에 정성을 다하여 기도드린 결과 몇 년을 더 연명하였습니다." 또 뒤이어 와서 신고하는 자가 있기에 그 이유를 물었더니 이렇게 대답했다. "우리 아버지는 할머니가 병들어 앓으시면서 한겨울인데도 죽순이 잡숫고 싶다고 하시자, 눈물을 흘리면서 대밭을 헤매다가 새로 돋아난 죽순 몇 개를 뜯어다 드렸습니다." 또 어떤 사람은, "환자가 꿩고기가 먹고 싶다고 하자, 꿩이 처마 안으로 날아 들어왔으므로 잡아 드렸습니다" 했다. 어떤 사람은, "얼음이 꽁꽁 언 연못 속에서 잉어가 뛰어올라 왔으므로 이를 꿰미에 꿰어 가지고 와서 요리를 만들어 드렸습니다" 했다.

— 정약용, 「효자론」

앞서 말한 효자의 조건인 단지와 할고, 상분이 나타난다. 거기에 공통적인 요소가 더 있으니 부모님이 편찮은 시기는 하나같이 겨울이다. 겨울철에는 먹을거리를 얻기가 힘들다. 부모님이 좋아하는 음식의 종류도 어느 효자 사연이든 거의 똑같다. 죽순이나 꿩, 잉어다. 겨울철에 구하기 힘든 재료들이다.

윗글에는 자세히 적지 않았지만, 문제를 해결하는 방식도 똑같다. 가난한 부모님이 한겨울에 잉어가 먹고 싶다고 한다. 효자는 군말 없이 근처 연못이나 강가로 달려간다. 한겨울이라 물이 꽁꽁 얼어 물고기를 잡을 수 없다. 효자는 하늘에 간절히 기도한다. 그러면 못의 얼음을 뚫고 잉어가 튀어 오른다. 효자는 잉어를 가져다 요리해 드린다. 또 부모가 죽순이 먹고 싶다고 하면 효자는 당장 대밭으로 달려간다. 한겨울 대밭에 죽순이 솟을 리가 없다. 효자는 하늘에 간절히 기도한다. 그러면 어느새 죽순이 쑥 올라온다. 효자는 죽순을 캐어 부모님께 요리를 만들어 드린다. 다른 재료를 구하는 방식도 다 이와 같다. 하늘이 효심에 감응해서 도움을 준다. 이런 일이 가능한가? 그러나 고을을 다스리는 수령은 다르게 반응한다.

> 그러면 고을의 수령은 들을 적마다 감탄을 금치 못했고 이 사실을 감사(監司)에게 보고했다. 감사는 다시 예조(禮曹)에 보고했고 예조는 임금께 아뢰었다. 그리하여 그 집의 호역(戶役)을 면제해 주고 그 아들이나 손자에게도 요역(繇役)을 감면하여 침해(侵害)하지 못하게 했다. 또 그들이 사는 마을 문(門)에 정표(旌表)하여 주어 사람들을 권면시켰다. ……저 효자라는 사람들은 부모의 죽음을 이용해 세상을 진동시킬 명예를 도둑질하니, 이 무슨 꼴이란 말인가. 그리고 사람

의 기호는 각기 다르다. 대추를 좋아하는 사람도 있고 창포 김치를 좋아하는 사람도 있다. 마름 열매를 즐기는 이도 있고 꿀을 좋아하는 사람도 있으며 토란을 즐겨 먹는 이도 있다. 사람의 기호는 같지 않건만 어째서 효자의 부모들은 반드시 꿩과 잉어, 노루와 자라, 또는 눈 속의 죽순만을 즐겨 찾는단 말인가? 또 호승(胡僧: 인도나 서역의 승려)이나 우객(羽客: 날개 달린 신선)도 아니면서 반드시 용이 내려오고 범이 그 앞에 엎드린 뒤라야 바야흐로 효자라고 말할 수 있단 말인가? 이는 그 부모를 빙자하여 이름을 훔치고 부역을 피하면서 간사한 말로 꾸며 임금을 속이는 자니 살피지 않을 수 없다.

— 정약용, 「효자론」

마을 사람이나 고을의 수령, 감사와 예조가 이들 말이 거짓말임을 모르지는 않는다. 그러나 그 명분이 효다 보니 겁이 나서 감히 말하지 못한다. 남의 효행을 듣고 지적하다가는 큰 악행이라는 비난을 뒤집어쓸 수 있다. 그래서 속으로는 욕하면서도 입으로는 치켜세우며 문서에 서명한다. 그리하여 다산은, 오늘날 효자로 일컬음을 받는 사람들은 부모를 빙자하여 부역을 회피하면서 임금을 속이는 자들이라고 힐난한다.

조선 후기엔 조작된 효자, 열녀가 넘쳐났다. 거짓임을 알아

삼강행실도 1434년 세종조, 규장각한국학연구원 소장. 『삼강행실도』는 중앙에서 제작하여 각 지방에 나누어주면, 각 지방에서 다시 이를 번각하여 일반 백성에게 배포하였다. 1434년 세종 시대의 판본을 시작으로, 성종판(1490), 선조판(1579), 영조판(1726) 등 여러 차례 복각되었다.
❶ '김씨박호'(金氏撲虎) 안동 여인 김씨가 호랑이에게 물려간 남편을 구한 것을 그린 열녀도
❷ '임씨단족'(林氏斷足) 완산부 여인 임씨가 왜적에게 항거하다 팔다리가 잘려 죽은 것을 그린 열녀도
❸ '원계함진'(原桂陷陳) 임진왜란 때 김원계가 적진에서 죽은 것을 그린 충신도
❹ '석진단지'(石珍斷指) 고산현 아전 유석진이 손가락을 잘라 아버지 병구완을 한 것을 그린 효자도

도 모두가 묵인한 까닭은 이익이 자신에게도 돌아가기 때문이었다. 특히 열녀는 한 여자의 죽음을 전제로 한다는 점에서 더욱 잔인하다. 개인의 희생에 침묵하며 집단의 이익을 도모하는 이러한 전체주의적인 발상이 오늘을 살아가는 우리에게도 남아 있는 것은 아닌지 돌아보게 한다.

중국인 학자의 입을 빌려 열녀와 효자가 만들어지는 세태를 비판하고 있지만, 연암은 이를 통해 자신이 하고 싶은 말을 털어놓는 듯하다. 효와 열의 그릇된 세태를 연암 본인이 직접 말했다가는 큰 화를 당할 일이다. 도덕과 윤리 의제는 사회 정치적 이슈보다도 훨씬 영향력과 파급력이 크고 개인 신상에도 큰 영향을 끼친다. 그걸 모를 리 없는 연암이 이이제이(以夷制夷)의 방식으로 열녀와 효자 담론을 건드리는 것이다.

전족의 유래와 사연

이어지는 중국인 학자와의 전족 관련 대화도 퍽 흥미롭다. 전족 풍습은 중국에서 10세기 초부터 20세기까지 거의 1천 년간 지속된 악습이었다. 전족은 여성의 발을 인위적으로 꽁꽁 동여매 성장을 멈추게 하는 것으로, 전족의 이상적인 발 길이는 10cm였다고 한다. 오늘날 성인 여성의 일반적인 발 사이즈가 24cm 정도인 걸 감안하면 황당한 발 크기다. 전족을 하면 발의 뼈가 정상적으로 자라지 못해서 뼈가 굽거나 근육이 오그라들어 흉측한 모양의 발이 된다. 그럼에도 불구하고 전족은 중국 여성들 사이에서 오랫동안 아름다움의 상징이 되었다.

전족의 유래에는 여러 설이 있다. 여성이 멀리 도망가지 못하게 하기 위해서라는 설이 있고 여성을 안방에 가두어 놓고 남성의 성 욕구를 채우기 위한 목적이라는 설도 있다. 하지만 더 합리적인 유래는 다른 데 있다. 송나라 때 기생들 사이에서 작은 발이 유행했다고 한다. 이것이 상류층 귀부인으로 번졌고, 작은 발이 아름다움의 중요한 기준이 되기 시작했다. 발을 작게 만들기 위해 인위적으로 전족을 하기 시작했는데, 여자아이가 네다섯 살이 되면 닭을 잡아 끓인 뒤 닭의 뜨거운 몸통 안에 아이의 발을 집어넣어 부드럽게 만든 다음 네 발가락을 꺾어 발바닥에 밀착시켰다. 전족을 하지 않는 여성은 천민 취급을 받았고, 발을 구부려 기형이 될수록 더 아름다운 여성이 되는 기이한 현상이 벌어졌다.

전족을 하면 발이 너무 작아 상체가 앞으로 구부려져 걸을 때 심하게 뒤뚱거린다고 한다. 청나라 때는 이를 악습으로 규정하여 없애려 했지만 사라지지 않았다. 열하일기에서는 한족 여성들이 만주족 여성들과 구별되는 징표로 삼았기 때문이라고 말한다. 그리하여 세상 사람들은, 한족 남자들은 지조를 굽혔지만 한족 여자들은 끝까지 지켜냈다고 말했다. 한족 남자들은 청나라의 변발을 따랐으나 한족 여자들은 전족을 끝까

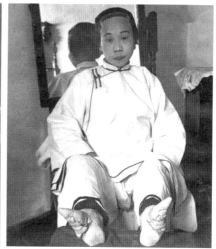

코르셋과 전족
고전 시대 서양 미인은 13인치(약 33cm)의 허리를 유지해야 했고, 중국 미인은 삼촌금련(三寸金蓮)이라 해서 3촌(약 9cm)이 넘지 않는 작은 발을 유지하기 위해 전족을 했다. 잔인한 전족 풍습은 10세기 초부터 20세기까지 거의 천 년 가까이 지속되었다.

지 지켜냈다는 자긍심을 나타낸 말이다.

오늘날 입장에서는 황당한 일이기도 하거니와 진정한 아름다움이 무엇인지 생각하게 한다. 중세 시대 유럽 여성들은 가는 허리가 아름다움의 기준이었다. 여성들은 잘록한 허리를 만들기 위해 코르셋을 입고 허리 크기를 인위적으로 줄였다. 이로 인해 내장이 뒤틀리거나 갈비뼈가 부러지는 등의 부작용을 낳아서 척추 기형인 여성이 부지기수였다고 한다. 지금도 어떤 아프리카 부족은 목이 긴 여성을 미인으로 취급해 목에 링을 여러 겹 두른다. 어떤 부족 여성은 입술에 넓은 널빤지를 넣는다. 나라마다 시대마다 아름다움의 기준이 다 달라서 자기 기준에서 보면 헛웃음이 나오는 관습도 많다. 아름다움은 정해진 것이 아니다. 나에게는, 보기에 좋은 것이 아름다운 것이다.

술을 좋아한 연암

8월 11일에 연암은 열하를 구경 다니다가 한 술집에 들어갔다. 이층으로 올라가니 몽골과 회(回: 돌궐)의 사람 수십 명이 술을 마시고 있었다. 하나같이 사납고 추하게 생겼다. 연암은 이층으로 올라온 것을 후회했지만 이미 술을 시킨 터라 자리를 잡고 앉았다. 잠시 후에 종업원이 술을 데우려 하자 연암은 데우지 말고 생술을 가져오라고 소리쳤다. 종업원이 빙긋 웃으며 작은 잔 두 개를 가져오자 연암은 다음과 같이 반응한다.

> 나는 담뱃대로 작은 잔을 쓸어서 뒤집고는 큰 사발을 가지고 오라고 냅다 소리를 질렀다. 그러고는 한꺼번에 술을 모두 따라서 단숨에 들이켰다. 뭇 오랑캐들이 서로 얼굴을 빤히 쳐다보며 경이롭게 여기지 않는 이가 없다. 아마도 내가 호쾌하게 마시는 것을 씩씩하게 보는 모양이다. 대체로 중국의 술 마시는 법은 대단히

얌전해서 비록 한여름이라도 술은 반드시 데워서 마시고 비록 소주라도 데워서 마신다. 술잔은 은행 알만큼 작은데 그것도 이빨에 걸쳐 홀짝홀짝 빨다가 그나마 남은 것은 탁자 위에 놓았다가 조금 뒤에 다시 홀짝거리지, 결코 잔을 뒤집어 털어 넣는 법이 없다. 여러 오랑캐들의 마시는 법도 중국과 대동소이해서 우리 풍속의 이른바 사발째 마시기처럼 큰 술잔이나 사발로 마시는 법이 결코 없다.

내가 술을 데우지 말고 찬술을 그대로 가져오라고 하고, 또 단번에 넉 냥어치의 술을 들이마신 까닭은 저들을 겁주기 위해 대담한 척한 것이었다. 실상은 겁이 나서 그런 것이지 진정한 용기는 아니었다. 내가 찬술을 시킬 때 저들 오랑캐들은 이미 열에 셋쯤 놀랐을 터이고, 대번에 들이마시는 것을 보고는 크게 놀라 도리어 내게 겁을 먹었을 것이다.

—『태학유관록』 8월 11일

연암은 술을 무척 좋아한 사람이다. 말술을 마시는 데다 어느 자리에서건 술을 즐겼다. 아들 박종채의 증언에 따르면, 연암은 젊은 시절에는 마시지 않았는데 과거 시험을 단념한 이후로 마시기 시작했다고 한다. 한자리에서 50여 잔을 마신 일화가 전설처럼 전해지고 있다고 한다. 연암은 자신이 술을 좋아하는 건 유령(劉伶)을 닮았다고 말한다. 유령은 진(晉)나라 죽림칠현(竹林七賢) 중 한 사람인데, 키가 140cm밖에 안 되는 작은 시인이다. 술을 워낙 좋아해 항상 술 한 단지를 들고 괭이를 멘 머슴을 데리고 다니며 "내가 죽거든 죽은 그 자리에 묻어 달라"고 했다고 한다. 별명은 유령호주(劉伶好酒)고, 「주덕송」(酒德頌)이란 작품이 유명하다.

열하일기 곳곳에는 술과 관련한 일화가 종종 있다. 열하일기에서 내세우는 중요한 사상이 이용후생인데, 이 이용후생을 깨닫는 장면도 술과 관련된다. 연암이 책문에서 한 술집에 들어가 술잔의 크기가 술의 무게에 따라 각기 다양한 것을 보고서 도구를 이롭게 쓸 줄 알아야 백성의 삶이 풍요로워진다는 깨달음에 이른다. 또 고북구 장성에서는 생전 처음 와 본 감격을 기념하려고 할 때 먹을 갈 벼룻물이 없자 먹다 남은 술을 붓고 먹을 갈아 글씨를 썼다. 뭔가 역사적인 장면에선 술이 따라다녔다.

이 일화에서는 연암의 행동이 우습다. 하필 무심코 들어간 술집엔 험상궂게 생긴 이방인뿐이었다. 연암은 무척이나 무서웠을 것이다. 무서운 티를 내지 않으려고 일부러 호기롭게 찬술 그대로 가져오라 소리치고, 큰 사발에 술을 다 따라서 단숨에 들이켰다. 계산하고 일어서려 하자 주변 사람들이 머리를 조아리며 앉으라고 권했다. 이들은 연암이 호쾌하게 마시는 모습에 매료되어 붙들려 했겠으나 연암은 겁이 나서 호기를 부린 것이다.

> 오랑캐 하나가 일어나 술 석 잔을 따르고 탁자를 두
> 드리며 내게 마시길 권한다. 나는 일어나서 사발 안
> 에 있던 찻잎 찌꺼기를 난간 밖으로 던져 버리고 석
> 잔 술을 그 사발에 모두 부어 단번에 기울여 호쾌하게
> 마셨다. 그러고는 몸을 돌려 크게 읍을 하고는 터벅터
> 벅 큰 걸음으로 계단을 내려오는데 그들이 뒤에서 쫓
> 아오는 것 같아 모발이 쭈뼛하고 서걱거렸다. 한길에
> 나와 서서 누각 위를 올려다보니 아직도 시끌벅적 웃
> 음소리가 나는데, 아마도 내 이야기를 하는 모양이다.
> —『태학유관록』 8월 11일

연암은 풍채가 커서 주변 사람들을 압도했다. 박종채의 증
언에 따르면, 연암이 한번 말을 하면 주변이 조용해졌다고 한
다. 하지만 연암 자신은 무척 겁이 많은 사람이었다. 「야출고
북구기」 후지에 따르면, 연암은 어릴 때부터 담이 작고 겁이
많아서 대낮에 빈방에 들어가도 머리카락이 곤두서고 가슴이
두근두근했다. 남들이 보는 연암은 위풍당당이지만 연암 자신
은 간이 콩알만 한 사람이었다. 말술을 벌컥벌컥 들이키는 연
암을 보며 이방인들은 영웅호걸의 기상을 느꼈겠지만, 막상 연
암은 이방인들이 자신에게 시비를 걸면 어쩌나 겁을 먹고 등

에서는 식은땀을 흘리면서 쩔쩔맸던 것이다.

중국의 술 마시는 법은 두 가지 점에서 조선과 달랐다. 중국은 술을 반드시 데워서 마셨으며, 결코 잔을 비우는 법이 없었다. 실제로 우리나라에서는 술잔을 다 비워야 술을 따라 주지만 중국 사람들은 어느 정도 술잔이 채워져 있을 때 술을 따라 준다. 술잔을 다 비우고 그 표시로 머리 위에서 잔을 뒤집어 터는 습속은 우리만의 관습일지도 모르겠다. 건배(乾杯)의 뜻은 술잔을 마르게 하다, 곧 술잔을 비우라는 뜻이다. 예전에는 강압적인 분위기에서 건배를 외치는 문화가 자연스레 퍼졌지만, 이제는 축배(祝杯)를 외치는 사회가 되어야 하지 않을까 싶다.

연암은 조선의 술 마시는 법도 말한다. 『환연도중록』 8월 20일 기사에 있다. 조선 사람들은 한번 마셨다 하면 반드시 취할 때까지 마시고, 취하면 반드시 주정을 하고, 주정을 하면 반드시 치고받고 싸워서 술집 항아리, 잔, 사발을 다 깨뜨려 버린다고 한다. 지금 우리의 술 마시는 모습과 크게 다르지 않다. 연암은 우리나라 사람들이 술을 마시는 풍습은 천하에서 가장 험악하다고 말한다. 유럽의 술 문화는 혼자서도 반주(飯酒)로 마시는 자작(自酌) 문화고, 중국은 둘이서 마주 대하고 마시는 대작(對酌) 문화다. 반면 우리나라는 술잔을 주거니 받거니 하는 수작(酬酌) 문화다. 수작이란 술잔을 주고받는다는 뜻이다. 술잔을 주고받으면서 서로 말을 주고받다가 농을 하기도 한다. '수작 부리다'라는 말은 이런 관습에서 나왔다.

판첸라마
소동기

9 『태학유관록』, 『황교문답』, 『반선시말』,
　　『찰십륜포』, 『심세편』

열하일기에는 이용후생과 북학 정신이 담겨 있을 뿐 아니라,
국제 정세를 바라보는 연암의 안목이 담겨 있다. 특히 판첸라
마(반선班禪: 티베트어로 판첸. 라마교의 우두머리)를 만난 이야
기를 다룬 부분에서 당시 국제 정세에 대한 연암의 생각을 읽
을 수 있다.

　　연암은 열하에서 코끼리를 구경하고, 마술을 관람하고, 중
국인 학자들을 만나 밤을 새워 토론했다. 열하 체류 기간 중에
가장 흥미진진하고 극적인 일은 황교(라마교)의 우두머리인 판
첸라마를 만난 사건이다. 이 사건과 직접 관련된 내용이 『황교
문답』, 『반선시말』, 『찰십륜포』편에 실려 있다. 적지 않은 분
량이다. 짧은 만남이었건만, 연암은 왜 이방의 종교에 대해 이
토록 많은 관심을 가졌을까.

심세와 문자옥

연암은 천하대세를 전망하기 위해서 이방의 종교와 판첸라마 체험기를 다룬다고 말한다. 천하대세의 전망은 조금 멋지게 표현한 말이고 소박하게 말하면 심세(審勢)다. 심세는 첨세(瞻勢)라고도 하는데 상대국의 형세를 몰래 엿본다는 뜻이다. 심세는 중국에 가는 사신의 주요 임무 중 하나였다. 사신은 중국의 정세가 어떻게 돌아가는지 잘 살펴 조정에 보고했다. 그런데 문제가 있었다. 사신은 중국의 정세를 알아내기 위해 중국 역관이나 서반(序班)에게 뒷돈을 주면서 중국의 사정을 묻곤 했다. 서반은 조선 사신의 접대를 맡은 중국 관리다. 통역을 하며 조선 사신들에게 책을 파는 일도 하고 있어서 사행원과 비교적 가까운 사이였다. 중국인들은 조선 사람들이 어떤 정보를 원하는지 잘 알고 있었다. 그래서 일부러 조선 사신들 입맛에 맞추어 중국에서 일어난 난리나 흉흉한 소문만을 들려주었다. 그러면 조선 사신들은 곧 중국이 망할 것이라는 기대를 품고 들은 이야기를 기록하여 조정에 보고했다. 조선 조정에서는 사신의 보고 내용을 토대로 청나라가 곧 멸망할 것이라는 기대를 숨기지 않았다. 이러한 형편이니 조선이 중국의 현실을 제대로 파악할 리가 없었다.

그렇다면, 연암은 어떤 방법으로 천하대세를 살필 수 있었을까?

대체로 중국 선비들은 그 성질이 자랑하고 떠벌리기를 좋아해서 학문은 해박한 것을 귀하게 여겨 경서와 역사서를 닥치는 대로 인용하여 이야기하느라 입에 자개바람이 난다. 그러나 우리나라 사람들은 대부분 외교적 언사에 익숙하지 못해 혹 어려운 것을 묻는 데 급급하거나 당대의 일을 섣불리 이야기하기도 하고, 또는 우리의 의복과 갓을 과시하면서 그들이 자신들의 의복과 관을 부끄러워하는지 살피기도 하며, 혹은 바로 대놓고 명나라를 그리워하느냐고 다그쳐 물어봄으로써 그들의 억장을 무너지게 만든다. 이따위 행동은 비단 그들이 꺼리고 싫어하는 행동일 뿐 아니라 우리에게도 어설픈 실수이고 역시 섬세하지 못한 짓이다.

그러므로 그들의 환심을 사려 한다면 반드시 대국의 명성과 교화를 곡진하게 찬미함으로써 먼저 그들의 마음을 푸근하게 만들고, 중국과 외국이 한 몸이나 다름없음을 부지런히 보여 주어 혐의를 받지 않도록 힘써야 한다. 한편으로 예법이나 음악의 문제에 뜻을 두어서 스스로 전아하게 보이도록 하고, 또 한편으로는 역대의 역사 사실을 거론하되 최근 사정에 대해서는 다그치지 말아야 한다.

겸손한 마음으로 배움을 청하여 마음 놓고 이야기를 터놓도록 유도하고, 겉으로는 잘 모르는 것처럼 가장

해서 그들의 마음을 답답하게 만든다면 그들의 눈썹
한번 움직이는 데서도 참과 거짓을 볼 수 있을 것이요,
웃고 이야기하는 동안에도 실정을 능히 탐지해 낼 수
있을 것이다. 이것이 내가 종이와 먹을 떠나서 그들의
정보와 소식을 대략이나마 얻을 수 있었던 방법이다.

—『심세편』

연암의 생각은 이러하다. 다른 나라 사람에게 정치 경제 문
화 등 세태를 물으면 상대방은 그 의도를 알아채고 솔직하게
이야기해 주지 않거니와 공연한 의심만 받는다. 그러므로 세
태와 관련 없는 일상의 주제나 사소한 이야기를 주고받는 속
에서 정보를 얻어 내는 편이 유리하다. 중국의 선비들은 자랑
하는 것과 해박한 지식을 좋아한다. 따라서 중국 선비들이 좋
아할 만한 학문을 주고받는 가운데 그 나라 예법에서 정치를
들여다보고 그 나라 음악에서 도덕을 살펴볼 수 있다. 하지만
조선의 선비들은 외교술이 부족해서 중국의 세태를 직접 묻거
나, 혹은 우리의 옷과 갓을 자랑하거나, 혹은 대놓고 명나라를
그리워하느냐고 다그쳐 묻는다는 것이다.

이는 조선의 사신들이 명나라를 떠받들고 청나라를 배척
하는 생각에 젖어 있었기 때문이다. 이를 숭명배청(崇明排淸)
사상이라고 한다. 연행록을 읽다 보면 조선 선비들은 툭하면
상투를 자랑하며 변발을 업신여기거나 망한 명나라를 대화

주제로 삼으려 했다. 그럴 때 중국인들은 곤혹스러웠을 것이다. 서슬 푸른 문자옥(文字獄)이 있기 때문이었다.

조선인의 경솔함을 비판하는 연암도 이 문제에서는 자유롭지 않았다. 중국인과 대화할 때 의도했든 의도하지 않았든 연암 자신도 명나라에 대한 향수를 불러일으키는 질문을 했기 때문이다.

나는 말했다.

"옛날부터 연나라, 조나라 지방에는 비분하여 노래한 선비가 있었다고 일컬어져 왔습니다. 여러분도 반드시 노래를 잘할 것이니, 한 곡 듣기를 원합니다."

배생이 말했다.

"노래를 잘 부르는 사람이 없습니다."

이생이 말했다.

"옛날 연나라 조나라의 비분강개한 선비의 노래라는 것은 먼 지방 제후국의 뛰어난 선비들이 뜻을 얻지 못해 울울하여 부른 노래였습니다. 지금은 사해가 하나로 통일되어 성스러운 천자가 위에 계시고 만백성이 자기의 일을 즐거워하여 어진 사람은 밝은 조정의 높은 자리에서 군신 간에 화답하는 노래를 부를 것이고, 백성들은 태평성대를 만나 격양가를 부를 것이니 도대체 무슨 불평이 있어 비분강개한 노래를 부르겠습니까?”

— 『성경잡지』 「속재필담」

심양의 예속재에서 중국 상인과 대화하는 대목이다. 연암은 연나라 조나라 지방의 비분하여 노래하는 선비를 거론한다. 연행록에는 연경에 간 조선 사신들이 '비분하여 노래하는 선비'를 찾는 내용이 자주 등장한다. 비분하는 선비는 강대국 진나라에 원수를 갚으려 했지만 뜻을 이루지 못했던 연나라 자객 형가와 태자 단 등을 가리킨다. 강대국인 진나라가 천하 통일을 앞두고 있을 때 변방의 약소국이었던 연나라는 진나라에 당한 수모를 갚기 위해 진시황을 없애려 노력했지만 모두 헛수고로 돌아갔다. 그 가운데 진시황을 살해하려 실패한 자객 형가는 조선의 지식인들에게 깊게 각인되어 비분강개하는 지사의 상징이 되었다. 연경(燕京)이라는 이름은 연나라의 수도라는 뜻이다. 그러니 연경에 들어간 조선의 사신들은 자연스럽게 연나라를 떠올렸고, 연나라의 지사들을 계속해서 불러낸 것이다. 비분한 선비는 언젠가는 명나라가 회복될 것을 바라며 참고 사는 명나라의 후예를 뜻하기도 한다. 연암 역시 그러한 관습에 기대 질문한 것이다.

그럴 때 중국 선비의 반응은 「속재필담」 속 상인과 같다. 온 세상이 하나로 통일되어 성스러운 천자가 있는데 무슨 불평이 있겠느냐고 말한다. 연암의 질문은 굉장히 민감한 것이다. 조선인은 별생각 없이 툭 던지는 말이겠으나, 중국인에겐 자칫 목숨과도 직결되는 예민한 질문이다.

이는 문자옥 때문이다. 문자옥이란, 글자를 잘못 쓴 것을 빌미삼아 형벌을 주는 것이다. 명나라와 청나라에 걸쳐 가장 혹독하고도 잔인한 문자옥이 일어났다. 청나라 때 문자옥의 목적은 청나라에 반대하고 명나라의 회복을 염원하는 지사들을 잡아내 한족의 민족의식을 완전히 없애는 데 있었다. 특별히 옹정제(1722~1735)와 건륭제(1735~1795) 때 문자옥은 매우 잔인했다. 한 예로 옹정 8년(1730)에 한림원의 서준(徐俊)이란 사람이 있었다. 그는 고염무의 조카 손자이기도 했다. 그가 옹정제에게 상소문을 올릴 때 폐하(陛下)의 폐(陛: 섬돌, 계단) 자를 들개 폐(狴) 자로 잘못 쓰고 말았다. 옹정제는 서준의 관직을 없애고 서준의 저술을 샅샅이 조사하게 했다. 그리고 한 시구에서 청을 비난하고 명나라를 그리워했다는 죄목을 씌워 즉결 참수형에 처했다. 이런 일로 무려 구족(九族)을 멸한 사건도 있었다. 이러한 문자옥이 옹정제 때는 17건, 건륭제 때는 130여 건이 있었다.

시 한 수, 단어 하나는 물론 한 글자를 잘못 쓰거나 옛글에서 인용하더라도 청나라를 반대하거나 명나라를 그리워하는 어감이 있는 글자가 보이면 곧바로 죽임을 당했다. 잘 몰라서 말했거나 자기도 모르는 사이 툭 튀어나온 말이라도 무조건 걸려들었다. 운이 좋으면 구금 종신형을 받고 노예가 되었지만, 대부분은 목을 베이거나 능지처참을 당했다. 한 사람이 걸려들면 그 사람과 관계있는 가족과 친지, 선후배까지 모두 얽어맸다. 책 한 권이 문제가 되면 그 책의 서문이나 발문을 쓴 사람은 물론 인쇄하고 배포한 사람까지 모두 잡아들였다. 반면 고발한 사람은 충신으로 인정받고 높은 벼슬길이 보장되었다. 이렇게 되자 문자옥을 악용해 미워하는 사람을 모함하여 복수하거나, 가까운 사람의 비밀이나 약점을 폭로해 벼슬의 수단으로 이용하는 일까지 생겨났다. 건륭제는 노골적인 차별 정책을 펼쳤는데, 그 결과 주요 직책은 만주족에게 돌아갔고, 한족은 낮은 직책의 관리가 되어 빈곤했다. 문자옥은 신분 상승의 좋은 기회였기에 한족끼리 서로를 감시하고 의심하는 분위기가 만들어졌다.

곧 문자옥은 문인들에게 공포심을 만들어서 학문과 사상의 자유를 막고 통치를 효과적으로 하려는 잔인한 수법이었다. 특히 건륭제는 문자옥을 통해 민간의 반만(反滿) 사상을 누르고자 했다. 기록으로 남겨진 70여 건의 문자옥 가운데 66건은 모두 거인(擧人)과 공생(貢生) 이하의 생원으로부터 훈장과 유생들에 대한 탄압이었다. 그리하여 건륭제를 거쳐 청나라 말기에 이르면 더 이상 정치를 풍자하는 글이 나타나지 않았고 현실 문제나 사상을 논하는 글은 사라지고 말았다. 현실에 대해 눈감는 대신 지식인들은 고전을 정리하는 데 자신들의 시간과 열정을 쏟았다.『사고전서』의 편찬과 청대 고증학의 발달은 바로 이러한 사정과도 관련되어 있다. 루쉰(魯迅, 1881~1936)의 글에 의하면, 그 결과 천하의 선비들이 중국 작가 중에 기개가 넘치는 사람이 있었다고 영원히 생각하지 않게 되었다고 한다.

열하일기를 읽다 보면 중국 선비들이 필담 중에 문득 필담 종이인 담초를 찢거나 불태우거나 씹어 삼키는 장면이 종종 나온다. 이러한 행위는 모두 문자옥 때문이었다. 자신이 한 대화 가운데 혹 시휘(時諱)에 저촉되는 말이 있으면 곧바로 그 증거를 없애려 했다.

연암과 친분이 두터웠던 중국인 중에도 문자옥으로 희생된 학자가 있다. 중국인 학자 가운데 가장 친밀했던 윤가전(尹嘉銓)이다. 그는 하북성 출신으로 황실 자제의 교육을 맡았다. 호는 형산(亨山)이고, 나이는 일흔이다. 연암의 눈에 비친 형산은 박식하고 소탈하고 대범한 인물이었다. 북경에서는 당나라 시인 백거이에 비견될 정도로 명사 대접을 받았다. 건륭제와 나이가 같아 평소 건륭제와 시를 주고받는 친구이기도 했다.

짧은 기간의 만남이었음에도 윤가전은 연암과 두터운 친분을 쌓았다. 연암과 작별할 때는 눈물을 흘리면서 술잔을 잡고 달을 가리키며 이렇게 말했다.

"저 달 아래에서 서로 이별을 하게 됩니다. 다음에 서로 생각이 날 때, 만 리 밖에서라도 저 달을 보게 되면 선생을 본 듯 여길 것이외다. 그동안 뵈오니 선생은 술도 잘 드시고 한창 나

이이니 몸을 수련하시기 바랍니다. 저는 18일에 북경으로 돌아갈 터이니, 그때 선생이 아직 귀국하지 않았다면 서로 다시 만날 수 있기를 간절히 바랍니다. 북경 동단패루의 두 번째 골목에서 두 번째 집, 대문 위에 대리시경(大理寺卿)이란 편액이 걸려 있는 집이 바로 제가 거처하는 집입니다."

그러곤 악수를 하고 헤어졌다. 북경에 도착한 연암이 여러 차례 형산의 집을 찾아갔으나 마침 그는 황제를 모시고 다른 곳에 가 있어서 북경에서의 만남은 이루어지지 못했다.

그런데 이듬해 그는 문자옥에 걸려 죽임을 당하고 말았다. 윤가전이 건륭제에게 자기 아버지를 문묘에 올려달라고 상소문을 올렸는데, 거기에 자신을 지칭하는 말로 고희 노인이란 표현을 쓴 것이 결정적 빌미가 되었다. 건륭제도 고희 노인이라는 말을 즐겨 썼는데 건방지게 자신을 일컫는 말을 썼다고 노발대발했다. 딴에는 시 친구였다는 이유로 능지처참에서 교수형으로 처벌 수위를 낮추고 가족은 풀어 주었다고 한다. 그의 저서는 모두 불태워졌다. 문자옥의 탄압은 이처럼 무섭고 잔혹했다.

정리하자면, 연암은 심세를 잘하려면 중국인이 싫어하는 말을 꺼내서는 안 되며, 먼저 중국이 큰 나라임을 은근하게 칭찬해 주어 이들의 마음을 풀어 주라고 한다. 그런 다음 최근 정세를 묻지 말고 세태와 관련 없는 예법이나 음악, 그리고 과거의 역사를 이야기하면서 마음을 나누라고 한다. 잘 모르는 척해서 그들의 마음을 답답하게 한다면, 자랑하기 좋아하는 그들이 떠벌리는 말의 행간에서 참과 거짓, 중국의 실상을 얻어 낼 수 있다는 것이다.

그러므로 열하일기에서 연암이 중국인들과 나눈 종교, 음악, 학문에 관한 대화는 단순히 그에 대한 정보를 제공하려는 것이 아니라 그 행간에서 중국의 실상을 읽어 내고 국제 정세의 안목을 얻으려는 행위임을 알아채야 한다.

연암이 왜 조선 사회에서 이단으로 취급하는 불교와 판첸라마에 대해 자세히 다루었는가에 대한 해명이면서, 혹시라도 자신에게 돌아올지 모를 비난을 방어하기 위한 의도가 깔려 있다고 보아야 한다.

판첸라마 접견기

8월 10일, 조선 사신의 숙소에서는 한바탕 소동이 일어났다. 군기대신이 와서 티베트의 성승(聖僧)을 만나라는 황제의 명령을 전한 것이다. 성승은 활불로 불리는 판첸라마(반선)를 말한다. 조선 사신들은 크게 걱정하고 비장들도 황제의 명령이 고약하다며 화를 냈다. 수역은 황제의 명령이니 춘추대의를 따지지 말라고 주의를 주었다. 잠시 후 군기대신이 말을 타고 와 황제의 명령을 구두로 전했다. "서번(티베트)의 성승은 중국 사람과 같은 사람이니 즉시 가 보도록 하라"는 명령이었다. 사신들은 진퇴양난의 상황에서 당황하며 어쩔 줄을 몰랐다.

티베트의 성승을 만나는 게 뭐 그리 난처한 일일까. 이단의 우두머리를 만나는 게 뭔 대순가 싶겠지만, 유교를 절대적으로 신봉하는 조선 사회에서는 결코 간단한 문제가 아니었다. 판첸라마를 만났다는 사실이 조선 조정에 알려지면 자칫 사신들이 큰 환란을 겪을 수 있었다. 심지어는 목숨을 내놓아야 할지도 모를 일이었다. 그렇다면 연암의 반응은 어땠을까?

> 이때 나는 마음속에 기발한 생각이 들며, '이건 정말 좋은 기회인데' 하기도 하고, 또 손가락을 뾰족하게 하여 허공에 동그라미를 그렸다. '아주 재미있는 문제야. 지금 만약 사신이 주변의 만류를 뿌리치고 자기 멋대로 하겠다고 고집을 피우면서 황제의 말을 거부한다는 상소를 한번 올리면 의롭다는 명성이 천하에 울리고 나라를 크게 빛낼 터이지.' 나는 또 속으로 자문자답했다. '황제가 군대를 내서 조선을 칠까? 아니지, 이건 사신이 저지른 죄인데, 어떻게 그 나라에 대고 화풀이를 하겠는가? 결국 사신들은 저 멀리 운남과 귀주 쪽으로 귀양 가는 것을 막을 수 없을 테지. 내가 의리상 혼자 조선으로 돌아갈 수는 없으니 서촉이나 강남의 땅을 내 장차 밟게 되리라. 강남은 그리 멀

지 않은 곳이나, 교주와 광동 지방은 북경과 만여 리나 떨어진 먼 길이니, 내가 놀러 갈 일이 어찌 호화찬란하고 낭만적이지 않을 수 있겠나?' 나는 마음속으로 기뻐 어쩔 줄 몰라 곧바로 달려서 밖으로 나왔다. 동쪽 행랑채 아래에 서서 마두인 이동을 불렀다. "빨리 가서 술을 사오너라. 쩨쩨하게 돈 아끼지 말고. 이제 너와도 작별이다."

— 『태학유관록』 8월 10일

사신들이 허둥지둥 우왕좌왕할 때 연암만은 오히려 한 발 떨어져 흥미롭게 바라보았다. 관찰자의 시선으로 바라보기! 연암은 황제가 분노해서 사신들을 멀리 귀양 보낸다면 의리상 같이 따라가야 한다며 짐짓 능쳤다. 먼 곳으로 유람 갈 생각에 들떠 마두 이동에게 술을 사오라고 했다. 연암이 정말로 이 사태를 좋아하며 술을 마셨는지는 확인할 길이 없지만, 상황에 맞지 않은 이 낯선 행동에서 연암이라는 인간의 진면목을 볼 수 있다.

사신들이 판첸라마를 만나지 않으려는 것은 이 사실이 조선 사회에 알려졌을 경우 미칠 파장을 염려해서였다. 그리고 근본적으로 그들은 철저한 유학자였다. 주자의 학설과 조금이라도 다른 견해를 말하면 사문난적(斯文亂賊), 즉 유교를 어지럽히는 도적이라고 해서 귀양을 가기도 하는 조선의 현실에서 이단의 우두머리를 만난다는 것은 생각조차 할 수 없는 일이었다. 그렇다고 중국 황제의 명을 어겼다간 당장에 목이 잘릴 수도 있는 판이었다. 그런데 연암은 반당이라는 조금은 자유로운 신분 때문인지는 모르겠지만, 엄중한 상황을 마치 남의 일처럼 멀찍이 떨어져서 즐긴다. 연암의 책임 방기 혹은 책임 회피로 생각할 수도 있겠지만 도덕의 눈으로 보아선 안 된다. 이데올로기의 얽매임으로부터 벗어나 상황을 자유로운 시선으로 보려는 경계인의 의식이라고 보는 편이 낫겠다. 확실히 연암은 심각할수록 가볍게 생각하고, 특정한 이념에 구애받지 않고 상황 자체를 객관적인 시선으로 즐긴 경계인이다.

사신들이 만나길 꺼리는 판첸라마는 황교의 우두머리다. 황교가 어떤 종교인지에 대해서는 『황교문답』과 『반선시말』에 잘 나와 있다. 황교는 티베트의 불교 종파 가운데 가장 세가 크다. 본래는 격로파(格魯派)로 불리는데(격로는 티베트어로 '착한 법규'라는 뜻), 승려들이 노란 모자를 쓰고 있어서 민간에서는 황교(黃敎)라 부른다. 황교를 창시한 사람은 종객파(宗喀巴)라는 인물이다. 종객파는 지혜를 상징하는 문수보살의 화신으로 우러르고 있다. 종객파에겐 두 수제자가 있는데 첫째 제자가 달라이라마고, 둘째 제자가 판첸라마다. 달라이라마는 관음보살의 화신으로, 판첸라마는 아미타불의 화신으로 떠받들고 있다. 달라이라마는 애초에는 종교 지도자의 위상만 갖고 있었는데 17세기 중엽 5대 달라이라마에 이르러 정치 지도자

역할도 겸하게 된다. 그리고 이때 판첸라마도 달라이라마와 똑같은 위상을 갖게 된다. 달라이라마와 판첸라마는 각기 관음보살과 아미타불의 화신이므로 입적하면 그 영혼이 다른 육체로 계속 환생한다고 한다. 그래서 살아있는 부처란 뜻으로 활불(活佛)이라 부른다.

판첸라마의 판(pan)은 '지혜로운 자'를 뜻하고 첸(chen)은 '위대하다', 라마는 영적인 스승이란 뜻이다. 건륭제는 자신의 고희 생일을 맞아 판첸라마를 불렀다. 이때 부른 판첸라마는 6대로 나이는 마흔세 살이었다. 건륭제는 판첸라마가 기거할 수 있도록 열하에 찰십륜포 사원, 이른바 수미복수지묘(須彌福壽之廟)를 지어 주었다. 1780년 5월 20일에 판첸라마가 열하에 도착하자 그에게 가마를 타고 궁궐로 들어가 황제의 친궁 앞에서 내리도록 했으며, 황제는 판첸라마의 손을 직접 잡고서 황제에게 머리를 조아리는 고두(叩頭)의 예를 면하게 했다.

중국의 황제는 천하의 무적(無敵)이다. 아무도 대적할 자가 없다. 하지만 건륭제는 판첸라마를 스승의 예로 대접했다. 그를 위해 황금 전각 사원을 지어 그곳에 거처하게 하면서 극진히 대접했다. 왜일까? 이에 대해 연암은 "명목은 스승으로 모시면서도 실제는 황금 전각 속에 그를 감금해 두고 세상이 하루하루 무사하기를 빌고 있는 것"이라고 말한다. 정치 외교 전략의 하나로 판첸라마를 극진히 섬긴다고 본 것이다. 하지만 또 다른 이유는, 건륭제가 불교 신자였다는 점이다. 건륭제는

수미복수지묘 허베이성 청더시의 열하 피서산장 북쪽에 위치한 사원이다. 건륭제가 판첸라마를 위해 티베트의 찰십륜포 사원을 본떠 지었다고 한다.

독실한 불교 신자였다. 궁궐에서 매일 향을 피웠고 직접 불경을 필사하기도 했다. 황제 자신이 궁극적으로는 부처가 되고 싶어 했다. 백성들에겐 불교를 비난하지 못하게 했다. 산서 지방 출신의 한 선비가 상소를 올려 판첸라마를 극력 비난했는데 황제가 크게 분노해 그의 살가죽을 벗겨 죽이는 형벌에 처한 일도 있었다. 건륭제 본인의 육순과 모친의 팔순을 기념해서는 1771년에 보타종승지묘를 지었다. 티베트의 포탈라궁을 모방해 3분의 1 크기로 지은 보타종승지묘는 열하의 외팔묘(피서산장을 둘러싸고 있는 절과 사당의 총칭) 가운데 규모가 가장 크다.

연암 일행은 판첸라마를 만나라는 황제의 명령을 들을 것이냐 말 것이냐로 논쟁이 분분했다. 그 즈음에 황제는 다시 조칙을 내렸다. 날이 저물었으니 다른 날을 기다리라고 했다. 그리하여 8월 11일에 조선 사신은 판첸라마를 만난다.

판첸라마를 만나기 전, 군기대신이 사신들에게 주의를 주었다. 황제도 판첸라마에게 머리를 조아려 절하고 부마들도 절하므로 조선 사신도 마땅히 절하라는 당부였다. 하지만 조선 사신들은 천자의 뜰에서만 행하는 고두례를 티베트 승려에게 할 수는 없다며 완강하게 버텼다. 보다 못한 상서 덕보가 화를 내며 모자를 땅바닥에 내동댕이치고 빨리 가라고 고래고래 소리를 질렀다. 그제야 조선 사신들은 떠밀리듯 판첸라마 앞에 나섰다. 과연 사신들은 머리를 조아렸을까?

보타종승지묘 열하 지역의 보타종승지묘. 티베트 라싸의 포탈라궁을 본떠서 만들었다. ⓒ김혈조

제독이 사신을 인도하여 반선 앞에 이르자 군기대신이 두 손으로 공손히 비단을 받들고 서서 사신에게 건네주었다. 사신은 비단을 받아서 머리를 꼿꼿이 들고 반선에게 비단을 주었다. 반선은 앉은 채로 비단을 받는데 조금도 몸을 움직이지 않았으며 받은 비단을 무릎 위에 두어서 비단이 탑상 아래로 드리워졌다. 차례대로 비단을 받아서는 다시 군기대신에게 주니, 군기대신은 공손이 받들고 반선의 오른쪽에 시립했다. 사신이 차례대로 다시 나가려고 하자 군기대신이 오림포에게 눈짓을 하여 사신을 나가지 못하게 했다. 이는 사신에게 활불을 향해 머리를 조아리고 절하는 예를

갖추라는 신호였으나 사신은 모르는 척했다. 그리고
멈칫멈칫 뒷걸음치며 물러나, 몽골 왕이 앉은 수놓은
흑공단 깔개에 앉았다. 앉을 때 약간 몸을 구부리고
소매를 들어서는 이내 앉아 버렸다. 군기대신이 당황
한 기색을 띠었으나 사신은 이미 앉고 말았으니 그 역
시 어찌할 수 없어서 마치 못 본 듯 행동했다.

─『찰십륜포』

사신들은 끝까지 판첸라마에게 절하지 않았다. 굉장한 외
교적 결례였다. 그러나 상황이 연속적으로 진행되었던 까닭에
중국의 군기대신은 당황하면서도 어물쩍 넘어갔다. 조선 사신
들의 망령된 행동은 곧 자신의 책임이기도 했으니 그도 적당
히 넘기고 싶었을 것이다.

구리 불상 소동

하지만 소동은 여기서 끝나지 않았다. 판첸라마가 조선 사신
들에게 답례 선물을 주었는데 그중에 작은 구리 불상이 있었
다. 그런데 이 구리 불상 때문에 조선 사회에서 큰 소동이 일
어난다. 구리 불상이 왜 문제가 될까?『행재잡록』(行在雜錄)에
불상의 정보가 상세히 나와 있다.

이른바 구리 불상이란 높이가 한 자 남짓 되는 것으로, 몸에 지니고 다니는 호신용 불상이다. 중국에서는 흔히 선물로 주고받는 물건이다. 먼 길을 떠나는 사람은 반드시 이것을 지니고서 아침저녁으로 음식을 공양한다. 서장(西藏: 티베트)의 풍속에는 연례적으로 조공을 바칠 때 부처 한 좌를 으뜸 토산품으로 여긴다. 이번 구리 불상도 법왕이 우리 사신을 위해 먼 길을 무사히 가도록 빌어 주는 폐백이다. 그렇긴 하지만 우리나라에서는 한 번이라도 부처에 관계되는 일을 겪으면 평생 누가 되는 판인데 하물며 이것을 준 사람이 서번의 승려임에랴!

— 『행재잡록』

구리 불상은 중국에서 흔히 선물로 주고받는 작은 물건일 뿐이다. 하지만 조선 사회에서 불상은 이단의 상징물이다. 부처와 관계되는 일에 연루되면 곤경을 겪는데 하물며 불교의 우두머리에게 불상을 선물 받았다는 사실이 알려지면 큰 곤욕을 치를 일이었다. 이 때문에 사신들도 불상을 어찌해야 할지 의견이 분분했다. 책임자인 정사는 자신들이 묵는 태학관에는 절대 불상을 가지고 들어가서는 안 된다고 막았다.

불상은 어떻게 처리됐을까? 사신들은 북경으로 돌아와서 불상을 역관들에게 주었다. 역관들은 불상이 오물처럼 자신을 더럽힌다고 여겨 은자 90냥에 팔아 마두에게 나누어 주었다. 그리고 마두들은 이 은자로는 술 한 잔도 마시지 않았다.

그러나 사신 일행 중 몇 명이 불상을 조선으로 가져왔고 이 일이 알려지면서 한바탕 소동이 벌어졌다. 처벌이 두려웠던 조선 사신들은 판첸라마를 만났다는 사실을 숨기고 불상은 황제에게 받은 것이라고 보고했다. 『조선왕조실록』 정조 4년(1780) 9월 17일 기사에 따르면 "황제가 금불상 하나를 사신 편에 부쳐 보내 장수를 기원하는 의미를 표현하였다. 임금이 그 소식을 듣고 사신에게 빨리 분부를 내려 묘향산의 절에 두게 하였다"라고 기록하고 있다. 판첸라마를 만난 사실을 비밀에 부치고 황제에게 금불상을 받았다고 보고했지만, 그럼에도 조정은 발칵 뒤집혔고 성균관 유생들은 권당(捲堂)하는 사태까지 일어났다. 권당이란 성균관 유생이 나라의 잘못된 일에 대해 상소를 하고, 그 상소가 받아들여지지 않을 때 성균관을 비우고 물러나는 일이다.

> 태학 유생 등이 권당하고 소회를 적어 올리기를, "이번에 돌아온 사신이 금불상을 받아 온 일이 있었습니다. 우리나라는 본래 유도(儒道)를 숭상하여 중국의 존경을 받아 왔습니다. 그런데 이번 사신의 행차에 사특하고 더러운 물건을 가지고 왔으니, 우리 국가에 수치를 끼칠 뿐만 아니라, 또한 장차 천하 후세의 웃음

거리가 될 것입니다. 신 등은 외람되이 성인을 존숭하는 자리에 있으면서 부처를 받드는 일을 목격하고 마음에 매우 놀라워 의리상 침묵을 지키기 어려웠습니다. 그래서 일전에 상소하여 배척하자는 논의가 제기되었으나, 나중에 가서 의견이 엇갈린 바람에 시일이 덧없이 지나가 상소를 올릴 기회가 없었습니다. 그러다가 이내 각자가 인책(引責: 잘못된 일의 책임을 스스로 짐)하여 모두 스스로 처신하였기 때문에 염치에 관계되어 감히 무릅쓰고 식당(食堂)에 들어갈 수 없습니다" 하였다. 대사성이 이를 아뢰니, 들어가도록 권유할 것을 명하였다.

— 『조선왕조실록』 정조 4년 11월 8일

유교를 숭상하는 나라에 사특하고 더러운 물건을 가져왔으니 나라의 수치일 뿐만 아니라 세상의 비웃음거리가 된다는 것이다. 금불상 하나로 이토록 큰 비난이 일었으니, 만약 판첸라마를 만났다고 하면 어찌 되었을까? 이 사태로 사행에 부사로 참여했던 정원시(鄭元始)는 책임을 지고 사직을 청했다. 이에 대해 정조는 "인책할 필요가 뭐 있겠는가?"라고 판결했다. 문책할 것까지는 없는 가벼운 일이라는 뜻이다. 역시 정조답다. 결국 연암 일행이 판첸라마를 만났다는 사실은 열하일기로 인해 밝혀진 셈이다. 열하일기는 위의 사태가 마무리되고 나서 몇 년 후에 나온 덕분에 판첸라마 접견 소동은 더 큰 논란으로 확대되지는 않은 듯하다.

판첸라마 접견 뒤의 후일담은 이렇다.

조선 사신들은 판첸라마를 만나 꼿꼿하게 허리를 펴고 절하지 않았으나 중국의 예부는 건륭제에게 사실대로 보고하지 않고, 조선 사신들이 판첸라마에게 즉시 머리를 조아려 절을 하고 사례를 했다고 보고했다. 만약 조선 사신들이 절하지 않았다고 보고하면 사신들만 불똥이 튀는 것이 아니라 예부도 이를 단속하지 못한 죄로 큰 벌을 받을 것이기에 그와 같이 거짓 보고를 한 것이다.

조선의 사신들이 만난 6대 판첸라마는 그 후 어찌 되었을까? 판첸라마는 열하에서 40일 정도 머무르고 9월 2일에 북경으로 떠났다. 북경에서 지내던 중에 갑자기 천연두가 발병하여 10월 2일에 43세의 나이로 죽음을 맞이했다. 물론 계속 환생해 지금은 11대 판첸라마가 대를 이어 가고 있다.

현재 달라이라마는 14대, 판첸라마는 11대다. 그런데 상황이 묘하다. 1950년에 중국이 티베트를 침공해서 점령했는데 수장인 달라이라마는 중국과의 협력을 거부하고 인도에 망명 정부를 세워 독립운동을 펼치고 있다. 세계 평화를 위한 비폭력 독립운동을 펼친 공로를 인정받아 1989년 노벨평화상을 받았다. 중국은 달라이라마가 뽑은 환생자는 인정하지 않고, 자신이 직접 판첸라마를 뽑았다. 달라이라마가 뽑은 환생자는 현재 행방불명이라고 한다. 그리고 11대 판첸라마는 중국 정부를 지원하고 있다. 우리나라는 중국의 압력 때문에 달라이라마의 방문을 거부하고 있다. 연암 때는 건륭제가 명령해도 죽음을 무릅쓰고 절하지 않았는데 지금은 중국 눈치를 보느라 달라이라마와의 만남을 외면하고 있다. 건륭제는 약소국인 티베트를 스승의 나라로 예우하면서 평화를 유지했건만, 지금의 중국은 티베트를 식민지 속국으로 억압한다.

건륭제는 황교와 판첸라마를 극진히 대우함으로써 평화의 외교라 할 만한 노련한 외교 전략을 펼쳤다. 건륭제는 힘과 무력으로 몽골과 티베트를 누를 수도 있었다. 그러나 그것은 서로가 많은 피를 흘리는 일이었다. 수많은 백성과 군사가 전쟁터에서 고통스럽게 죽어 갔을 것이다. 건륭제는 전쟁 대신에 평화를 선택했다. 그리하여 18세기 동아시아는 전례 없는 평화의 세기를 누릴 수 있었다.

판첸라마를 대하는 건륭제와 조선 사회의 모습에서 이방인과 이단을 대하는 오늘의 우리를 성찰해 보아도 좋겠다. 인간은 내가 경험하지 못한 세계, 내 지식 너머, 이방인과 타자에 대해서는 무의식적으로 두려움을 느끼고 경계한다. 이방인과 타자에 대한 무의식적인 적대감은 이웃과 이웃, 민족과 민족 간의 관계를 혐오와 차별, 배제의 국면으로 몰고 간다. 그리하여 서로를 타자로 만들어 적대시하는 갈등과 대립의 역사는 동아시아를 항시적인 위기의 국면으로 몰고 갔다. 지금의 동아시아는 세계사적 모순과 갈등의 최전선이라고 할 만하며 민족 간의 전쟁과 앙금, 격렬한 정치 경제 대결 속에서 지속적인 위기 국면을 반복하고 있다.

동아시아의 미래는 사회적, 정치적, 역사적 차원을 뛰어넘어 인류 보편의 휴머니즘 차원에서 풀어 갈 필요가 있다. 모든 인간에게 주어진 보편적인 존엄의 권리를 이방인과 타자에게 넓힘으로써 차별과 혐오가 아닌 생명과 인권, 존엄과 포용의 가치를 추구해 가야 하리란 생각이다. 과거 우리는 이방인과 타자를 적대시하고 배제했으며 그 시선은 여전히 작동되고 있다. 중국과 일본은 각기 중국몽과 군사 대국화 음모를 노골적으로 드러내고 있다. 그렇다면 우리가 먼저 패러다임을 바꾸어 동아시아의 항시적인 위기를 풀기 위한 화해 프로세스의 주역이 되는 건 어떨까. 생명과 인권, 상생과 포용이라는 인류 보편의 가치는 비단 내 가족에게만 해당하는 것은 아니다.

『조선왕조실록』에 수록된
'금불상' 기사

영조 43년(1767) 6월 9일

정언 임관주가 언로를 바로하는 일 등에 대해 상소를 올리다

……금번에 사신이 돌아올 때 가지고 오지 않아야 할 금불상을 가지고 와서 외람되게 연석(筵席)에서 올렸으니, 너무나도 무엄한 일입니다. 신은 세 사신을 한결같이 모두 파직해야 한다고 여깁니다. …….

정조 4년(1780) 9월 17일

황제가 금불상 하나를 사신 편에 부쳐 보내 장수를 기원하는 의미를 표현하였다. 임금이 그 소식을 듣고 사신에게 빨리 하유하여 묘향산의 절에 두게 하였다.

정조 4년(1780) 11월 8일

태학 유생 등이 청에서 금불상 받은 것을 비난하다

태학 유생 등이 권당하고 소회를 적어 올리기를,
"이번에 돌아온 사신이 금불상을 받아 온 일이 있었습니다. 우리나라는 본래 유도(儒道)를 숭상하여 중국의 존경을 받아 왔습니다. 그런데 이번

사신의 행차에 사특하고 더러운 물건을 가지고 왔으니, 우리 국가에 수치를 끼칠 뿐만 아니라, 또한 장차 천하 후세의 비웃음거리가 될 것입니다. 신 등은 외람되이 성인을 존숭하는 자리에 있으면서 부처를 받드는 일을 목격하고 마음에 매우 놀라워 의리상 침묵을 지키기 어려웠습니다. 그래서 일전에 상소하여 배척하자는 논의가 제기되었으나, 나중에 가서 의견이 엇갈린 바람에 시일이 덧없이 지나가 상소를 올릴 기회가 없었습니다. 그러다가 이내 각자가 인책하여 모두 스스로 처신하였기 때문에 염치에 관계되어 감히 무릅쓰고 식당(食堂)에 들어갈 수 없습니다."하였다. 대사성이 이를 아뢰니, 들어가도록 권유할 것을 명하였다.

정조 4년(1780) 11월 12일 기사

호조 참판 정원시가 금불상을 받은 일로 사직을 청하였으나 허락하지 않다

호조 참판 정원시가 상소하기를, "삼가 성균관 유생의 소회를 들어 보니, 갖가지로 논박 배척하였다 하므로 신은 두려운 마음을 금할 수 없습니다만, 본사(本事)에 대해서 한번 명백히 밝히지 않을 수 없는 점이 있습니다. 금불상을 전해 줄 때에 받을 수 없다는 의리를 들어 누차 사양했으나, 저들이 이미 황제의 칙지를 핑계대면서 장차 자문(咨文)을 보내겠다고 말하였습니다. 신 등이 서로 의논한 끝에 일이 확대되어 갈수록 더욱 난처하게 되는 것보다는 차라리 사사로이 스스로 처리하는 방편이 더 낫다고 하였습니다. 그 당시 일의 상황은 어쩔 수 없는 점이 있었으나, 정상적인 도리를 지켜야 한다는 논의에 대해서는 신은 진실로 받아들여 과오로 시인하겠습니다" 하니, 비답하기를, "인책할 필요가 뭐 있겠는가?" 하였다.

관우는 왜 공자보다
인기를 얻었나?

───── 10 『환연도중록』

『환연도중록』(還燕道中錄)은 연경(燕京)으로 돌아오는 길의 기록이란 뜻이다. 8월 15일에서 20일까지의 일정으로, 열하에서 일주일을 머물고 다시 북경으로 돌아오는 도중에 겪은 이야기를 담았다. 열하일기의 전반부는 일기 형식으로 된 편년체, 후반부는 사건이나 주제별로 묶은 기사체로 구성되어 있다. 『환연도중록』은 편년체의 마지막 장이다. 열하일기의 일기는 8월 20일 자로 끝난다. 열하로 출발할 때는 경황없이 달렸다면, 열하에서 무사히 임무를 마치고 북경으로 돌아올 때는 주변을 둘러볼 여유가 생겼다.

하지만 일행이 열하를 떠나는 상황은 갑작스러웠다. 조선 사신들은 판첸라마를 만나 머리 숙여 절하는 예를 행하지 않고 뻣뻣한 자세로 그냥 지나쳤다. 중국 예부는 건륭제에게 조선 사신이 즉시 머리를 조아려 절을 했다고 거짓 보고를 했다.

이를 알게 된 조선 사신은 거짓 보고한 것을 바로잡아 달라고 요구하는 글을 올리려 했다. 예부의 최고 관료인 상서가 상황을 미리 알고서 예부가 벌을 받는다면 조선 사신도 무사하지 못할 거라며 올린 글을 뜯어보지도 않고 물리쳤다. 예부에서는 혹시나 조선 사신들이 황제에게 글을 올릴까 두려워 즉시 열하를 떠나라고 재촉했다. 조선 사신들은 쫓기듯이 열하를 떠나야 했다.

오미자 몇 알의 교훈

조선 사신단은 열하로 달려갈 때 통과했던 고북구를 다시 들렀다. 연암은 과거 전쟁의 격전지였던 이곳이 이제는 평화로운 마을이 된 모습을 보며, 혹여나 다시 전쟁이 일어나면 쉽게 허물어질 거라 염려했다. 고북구를 지난 연암 일행은 어느 허물어져 가는 절에서 쉬게 되었다.

절에는 승려 두 명이 난간 아래에서 오미자를 말리고 있었다. 고된 여행길에 입안이 바싹 말랐던 연암은 무심코 오미자 몇 알을 주워 입에 넣었다. 그때 그 광경을 우두커니 보던 승려 하나가 갑자기 눈을 부릅뜨고 버럭 화를 내며 꾸짖었다. 당황한 연암은 대꾸도 못하고 쭈뼛쭈뼛 난간에 기대었다. 마침 담뱃불을 붙이러 오던 마부 춘택이 그 상황을 보고 달려 나와 승려를 향해 욕설을 퍼부었다. "우리 어르신께서 갈증이 나서 오미자 몇 알을 먹었기로, 이 무례한 놈아 무슨 짓거리냐?" 이에 승려는 모자를 벗고 게거품을 물며 맞대응했다. "너희 어른이 나와 무슨 상관이냐?" 감정이 격해지자 둘은 서로 멱살을 잡고 싸우기 시작했다. 춘택은 승려의 따귀를 때리고, 승려는 머리를 들이댔다. 이를 지켜보던 또 한 명의 승려는 부엌문에 기대어 미소만 띤 채 싸움을 말릴 생각이 없다. 연암이 뜯어말렸지만 둘은 서로 자기 나라 말로 욕설을 퍼부었다. 급기야 춘택은 중국 황제의 이름을 팔기 시작했다. "우리 어르신께서 만세야(황제 폐하)께 일러 주면 너희 도적놈의 머리를 빠개 놓든지 이놈의 절간을 확 쓸어버려 널찍한 평지로 만들 것이야." "우리 어르신이 가서 만세야께 아뢸 때 네놈이 비록 우리 어르신을 겁내지 않는다고 하겠지만 어디 만세야도 겁 안 나는지 두고 보자." 춘택이 말끝마다 황제를 입에 올리니 그제야 승려는 기가 죽어서 더 이상 대꾸하지 못했다. 절대 지존인 황제의 이름을 파니 즉시 효과가 나타난 것이다. 아둔한 춘택도 그 정도는 알았다. 승려는 웃으며 달아나 숨었다가 아가위 두 개를 가져와 웃으며 주더니 청심환을 달라고 했다. 알고 보니 승려의 본심은 청심환을 얻는 데 있었다. 연암이 즉시 청심환 하나를 주자 승려는 수도 없이 머리를 조아렸다.

열하일기를 읽다 보면 중국인들은 걸핏하면 사신들에게 청심환을 달라고 요구한다. 청심환은 중국인이 조선 사신들에게서 가장 받고 싶어 하는 제품이었다. 청심환은 보통은 우황청심환을 가리킨다. 우황(牛黃)은 소의 쓸개에 염증으로 생긴 결석을 말린 것이다. 청심환(淸心丸)은 마음을 맑게 안정시켜 주는 알약이란 뜻이다. 우황청심환은 소의 쓸개에 약재 30여 가지를 첨가하여 만든 약으로 심장의 열을 풀어 주고 마음을 안정시켜 준다고 한다. 일반적으로는 모든 병에 통한다고 하여 만병통치약으로 알려져 있다. 청심환은 본래 중국에서 먼저 만들었지만 중국 청심환은 가짜가 많아 약효가 없는 경우가 적지 않았다고 한다. 반면 조선 청심환은 나라에서 관리하며 만든 덕분에 품질이 확실하고 약효도 뛰어났다. 게다가 조선 사신들이 가져온 청심환은 진품임이 확실해서 더욱 인기가 있었다. 사신들은 북경에 갈 때 보통은 청심환 수십, 수백 개를 갖고 가서 필요할 때마다 중국인에게 답례로 주었다. 조선 청심환은 중국에서 수백 배 이상의 값으로 팔 수도 있었다. 그 때문에 중국인들은 청심환을 얻으려고 통사정하거나 집요하게 부탁하곤 했다. 승려도 청심환을 얻고 싶어서 일부러 먼저 트집을 잡아 시비를 건 것이다.

아무튼 작은 오미자 몇 알 때문에 생긴 분란을 보며 연암은 생각에 잠긴다.

대저 겨자씨 하나는 세상에서 가장 작고 가벼운 물건이어서 만물 중에 족히 꼽을 수도 없는 것이니, 세상에서 겨자씨 하나를 사양하거나 받을 때 혹은 취하거나 줄 때 무슨 이치를 삼을 만한 것이 있겠는가? 그런데도 성인께서 겨자씨를 가지고 엄청난 논의를 펼쳐서 거기에 대단히 중요한 염치나 의리가 있는 듯 말씀하신 것이 너무 지나치다고 생각했다. 그런데 지금 오미자 몇 개를 가지고 징험해 보니 겨자씨에 대한 성인의 논의가 과연 너무 심한 말씀이 아니라는 것을 깨달았다. 아아! 성인께서 어찌 나를 속이겠는가? 오미자 몇 알은 정말 겨자씨 하나처럼 미미한 물건인데도 저 완악한 중이 내게 무례를 저질렀으니 생각지 않은 봉변을 당했다고 하겠다. 그러나 이것 때문에 분쟁이 생기고 급기야 치고받는 주먹다짐까지 하기에 이르러, 한창 그들이 싸울 때는 분한 마음을 참지 못해 피차 생사를 모르고 사생결단을 내리려는 상황이었다. 그때 비록 오미자 몇 알이긴 했으나 그로 인해 생긴 화는 산더미처럼 컸으니 천하의 지극히 미미하고 가벼운 물건이라고 하찮게 취급해서는 안 될 것이다.

춘추시대에 초나라 변방인 종리(種離)에 사는 여자가 오나라 변방인 비량(卑粱)에 사는 처녀와 뽕잎을 가지고 서로 다투다가 결국에는 두 나라가 전쟁을 하는 사태에까지 이르렀으니 이 일과 비교해 본다면 오미자 몇 알은 성인이 말한 겨자씨 한 알보다 이미 많은 것이고 시비곡직을 따진다면 초나라 처녀가 뽕잎을 다툰 것과 하등 다를 바가 없다. 만약 그때 주먹다짐을 하다 목숨을 잃는 변괴가 생긴다면 군대를 일으켜 그 죄를 묻는 사태가 생기지 않으리라고 어찌 장담할 수 있겠는가?

—『환연도중록』 8월 17일

겨자씨는 눈에 보이지 않을 만큼 작다. 그래서 사람들은 극히 작은 것을 말할 때 겨자씨를 비유로 든다. 성인은 종종 겨자씨를 비유로 들어 진리를 드러내는 방편으로 삼았다. 부처는 "나는 삼천대천세계를 겨자씨 한 알같이 본다"라고 하여 광대한 이 세계를 겨자씨 한 알로 보았다. 『유마경』에서는 "겨자씨 안에 수미산이 들어 있다"고 말한다. 예수님은 믿음이 겨자씨 하나만큼만 있으면 이 산을 여기서 저기로 옮기라 하여도 옮길 것이라고 말한다. 천국은 겨자씨 한 알과 같다고도 했다. 연암은 평소 성인이 겨자씨를 갖고 어마어마한 논의를 펼쳐서 대단히 중요한 의리가 있는 듯이 말씀하신 것이 지나치다고 생각했다. 하지만 오미자 사태를 겪고서 성인의 말에 깊은 이치가 담겨 있음을 깨닫는다. 작은 것이 결코 작은 것이 아니며, 세상의 큰일들은 지극히 사소한 일로부터 시작한다는 깨달음이다. 그리하여 천하의 지극히 미미하고 가벼운 물건이라고 해서 하찮게 취급해서는 안 된다는 생각에 이르렀다.

비량의 고사는 사소한 다툼이 얼마나 큰 문제가 될 수 있는지를 보여 주는 사례다. 춘추전국시대에 오나라의 비량 마을과 초나라의 종리 마을이 서로 국경을 마주하고 있었다. 마을 경계에 뽕나무가 자라고 있었는데, 어느 날 비량과 종리의 여인 둘이 서로 좋은 뽕잎을 차지하려다 다툼이 일어났다. 둘의 싸움은 집안싸움으로 번지더니 화가 난 종리 사람들이 비량 여인의 집안사람들을 전부 죽여 버렸다. 그러자 비량 지역을 맡고 있던 수령이 병사를 보내 종리 마을을 쑥대밭으로 만들었다. 소식을 들은 초나라 왕이 분노하여 군대를 보내 비량 마을을 잿더미로 만들었다. 이번에는 오나라 왕이 크게 화가 났다. 종리 인근뿐 아니라 초나라 태자 어머니가 살고 있다는 이유로 아무런 연고도 없는 거소 마을까지 공격했다. 이로써 여인 간의 사소한 싸움은 나라 간 전쟁으로 번져 돌이킬 수 없는 지경에 이르렀다. 이에 연암은 오미자 한두 알 때문에 주먹다짐을 하다가 누군가 목숨을 잃고 군대까지 동원하여 그 죄의 잘잘못을 가리는 사태까지 가지 않으리라고 어찌 장담할 수 있겠느냐고 말한다. 사소한 오해나 작은 다툼이 큰 분쟁으로 번지고 걷잡을 수 없는 사태를 만드는 일이 일상에서는 흔하다. 아무 생각 없이 내뱉은 사소한 말 한마디에 평생의 상처를 입고, 무심코 한 작은 행동으로 돌이킬 수 없는 관계가 되기도 한다.

『도덕경』에서는 "천하의 어려운 일은 반드시 쉬운 데서 시작하고, 천하의 큰일은 반드시 미세한 데서 일어난다"고 했다. 세상의 큰 사건 사고도 사소한 것을 대수롭지 않게 여기거나 그대로 내버려 두다가 벌어진 비극이 많다. 작은 부품 결함 하나로 최첨단 비행기가 추락하고, 사소한 계산 실수 하나가 기업을 무너뜨리기도 한다. 별 것 아니라고 내버려 두었다간 사람도 잃고 일도 망쳐 버리는 수가 있다. 그러므로 연암의 말에 귀를 기울일 필요가 있다. "천하의 지극히 미미하고 작은 물건이라고 하찮게 취급해서는 안 된다."

관우가 공자보다 인기 있는 이유

이번에는 북경에 도착하기 하루 전의 일이다. 연암 일행은 청하(淸河)에 이르러 하룻밤 묵기로 했다. 길가에 관우 사당이 하나 있어서 연암 일행은 그곳으로 들어갔다. 관우 사당, 즉 관제묘(關帝廟)는 연행 길에서 종종 볼 수 있는 사당이다. 열하일기 곳곳에 관제묘를 보았다는 장면이 나온다. 또 『도강록』에는 별도로 「관제묘기」가 있으며 『앙엽기』(盎葉記)에도 「관제묘」 기사가 있다. 관제묘는 중국의 마을에서 가장 흔하게 보이는 사당이다. 우리나라의 서울 종로에 있는 동관왕묘(동묘)가 관우를 모신 사당이다.

한 사당에 들어가니 강희 황제의 어필로 쓴 금빛 편액에 좌성우불(左聖右佛)이라고 적혀 있다. 좌성은 관운장을 말한다. 좌우 주련에는 관운장의 도덕과 학문을 성대하게 떠벌려 놓았다. 관운장을 존숭하여 떠받들기 시작한 것은 대체로 명나라 초부터인데, 이름인 관우를 함부로 쓰고 부를 수 없다고 하여 패관기서에서는 모두 관모(關某)라고 일컬었다. 명나라 청나라 시대에는 공문서라든지 장부 등에 관운장을 성인으로 취급하여 관성(關聖)이라 하기도 하고, 혹은 학문적 스승으로 높여서 관부자(關夫子)라고까지 일컫기에 이르렀다. 이런 오류와 비루함이 그대로 답습되어 천하의 사대부들은 관운장을 정말 학문하는 학자로 인정하게 되었다.

이른바 배움이란 무엇인가? 생각을 삼가고 분명하게 논변하며 자세히 묻고 널리 배우는 것을 말한다. 성인이란 한갓 타고난 덕성만 가지고 존숭하기엔 부족하다고 하여, 다시 학문을 추가하여 성인이라고 하는 것이다. 우(禹)임금은 남에게 좋은 이야기를 들으면 그에게 절을 하고, 짧은 시간이라도 아껴 사용했다. 안연(顔淵)은 같은 잘못을 두 번 저지르지 않으며 자신의 분노를 남에게 전가하지 않았다. 그런데도 그들을 성인으로 인정하기에는 오히려 마음이 거칠다고 논란

을 했으니, 그것은 학문의 지극한 공력에 약간의 비이
성적인 객기라도 있었기 때문일 것이다. 이러한 객기
를 제거하려면 자기를 이기고 예로 돌아가야 한다는
이른바 극기복례(克己復禮)를 해야 한다. 자기라고 하
는 것은 사적인 인간의 욕망을 말한다. ……자기를 이
긴 뒤라야 비로소 예로 돌아갈 수 있다. 돌아간다는
복(復)이란 글자는 털끝만큼도 미진함이 없다는 말이
다. 마치 해와 달이 일식과 월식이 있지만 본래의 그
상태로 완벽하게 되돌아가거나 잃었던 물건을 다시
찾으니 저울의 눈금만큼도 감소되지 않은 것처럼 본
래 모습 그대로 되돌아가는 것과 같다. 지혜와 어짊,
용기 이 세 가지 만고불변의 가치가 아니고는 이런 학
문을 이룩한 사람은 아직 없었다. 비록 관운장의 의리
와 용맹이라 하더라도 자기를 이기고 예로 돌아갔다
고 대우할 수는 없다.

—『환연도중록』 8월 19일

이 글에는 관우에 대한 몇 가지 정보가 있다. 관제묘에서는
관우를 부처와 같이 모시며 명나라 이후엔 관우를 굉장히 존
숭하게 되었다는 것, 그리하여 공자와 같은 성인과 스승의 반
열이 되었다는 사실이다. 나아가 관우는 학문의 신으로 떠받
들어지고 있었다.

관우는 나관중이 쓴『삼국지연의』에서 유비, 장비와 함께 의형제로 도원결의를 맺고 유비를 도와 큰 공을 세운 장수다. 관우는 신장이 9척이고, 2척이나 되는 길고 아름다운 수염을 가지고 있으며, 82근짜리 청룡언월도를 휘두르고 적토마를 탄 용맹한 장수다. 관우는 충의(忠義)와 용맹의 상징으로, 중국 민간에서 각별하게 숭배해 왔다. 하지만 관우는 일개 장수다. 그런 그가 어째서 공자도 얻지 못한 황제(帝)라는 명칭을 부여받고 재물의 신에다 학문의 신으로 추앙받는 것일까?

관우는 본래 관우의 고향인 산서성(山西省)과 형주(荊州)를 중심으로 지역의 신으로 떠받들어졌다. 당나라 송나라를 거치면서 관우의 인기는 민간을 중심으로 전국적으로 퍼지기 시작했다. 송나라 때 전국적으로 염전에서 가뭄이 심했는데 사람들은 고대 신화의 괴물인 치우(蚩尤)의 소행이라고 여겼다. 어느새 사람들은 관우가 치우를 물리치고 염전을 지켜 준다고 믿게 되었고, 관우는 충의를 상징하는 호국신으로 승격되었다.

관우가 전국적인 인기를 끌면서 전지전능한 신의 반열에 오른 것은『삼국지연의』가 널리 읽히게 된 명나라 이후부터다. 본래 제후의 칭호를 받았던 관우는 송나라 이후 왕(王)의 시호를 부여받았고 명나라 때부터는 대제(大帝)의 시호를 받기 시작했다. 공자가 문선왕(文宣王)의 시호까지 이른 반면 관우는 황제의 시호를 얻은 것이다.『삼국지연의』에 나타난 관우의 충의와 용맹의 이미지는 관우 신앙이 더욱 널리 퍼지는 기폭

열하 지역에 있는 관제묘
열하 지역에 모신 관우는 재물의 신으로 추앙받으며 현재까지도 신앙의 대상이 되고 있다. 관제묘 입구에 무재신(武財神)이라는 현판이 걸려 있다.

제가 되었고, 명나라 이후 국가 차원에서 숭배 받던 관우는 청나라 때 이르면 공자를 뛰어넘는 위상과 인기를 구가한다. 관왕묘(關王廟)로 불리던 관우 사당은 관제묘(關帝廟)로 격상되었다. 한 기록에 의하면 청나라 중기에 공자묘가 3천여 개였던 데 비해 관제묘는 전국적으로 30여만 개에 달했다고 한다. 건륭제 때 관제는 부처와 똑같은 지위를 얻고 부처와 함께 모셨다. 조선 사신들이 기록한 연행록을 읽어 보면, 중국에선 집집마다 관제의 초상을 모시고 아침저녁으로 향을 피우며, 관제묘에서는 반드시 부처를 함께 모신다고 증언하고 있다. 승려들도 부처와 관우를 똑같이 떠받들며 구별하지 않는다고 기록한다. 작은 마을이든 큰 마을이든 반드시 관제묘부터 만드는데, 관제묘의 규모와 제도를 보고 그 마을의 크고 작음을 알 수 있을 정도였다고 한다.

이같이 관우의 이미지가 절대화되자 용맹의 신이었던 관우는 다양한 영험을 지닌 존재로 거듭났고, 사람들은 자신을 지켜 주고 복을 주는 신으로서 관우를 절대화했다. 그리하여 관우는 재물의 신, 나아가 학문의 신으로까지 숭배되었다. 관우가 재물의 신이 된 것은 관우의 고향 상인들이 전국을 무대로 활동한 것과 관련이 깊다. 이들이 전국 각지에 회관을 만들어 동향(同鄕)의 영웅인 관우를 함께 모시고 제사를 지내면서 관우는 재신(財神)으로 대접받았다. 더불어 관우가 학문의 신이 된 것은 그가 평소 『춘추』를 즐겨 보았다는 기록에 말미암는다. 그리하여 무인이었던 관우는 도교의 신, 불교의 신을 넘어 유교의 신으로까지 숭상을 받게 되었다. 중국의 관제묘에 들어가면 무재신(武財神)이라 쓴 간판을 볼 수 있다. 관우가 무(武)와 재물의 신이기에 붙인 이름이다. 어떤 사당에는 관우의 아내까지 다산(多産)의 신으로 떠받든다. 관제묘는 여행객들에겐 하나의 관광지일 뿐이지만 현지 중국인들에게는 신성한 제의(祭儀)의 공간이다. 관제묘 이곳저곳을 구경하는 중에도 간혹 중국인이 들어와 향을 피우며 엄숙하게 기도하는 모습을 볼 수 있다.

그런데 연암은 용맹과 의리의 상징인 관우가 학문의 신으로까지 추앙받는 것은 잘못되었다고 생각한다. 일개 장수가 성인의 반열에 오른 것에 대해 연암은 문제의식을 느끼고 하나의 이미지가 과장되어 왜곡되는 현상을 꿰뚫어 본다. 성인의 반열에 오르려면 덕(德)만 갖추어서는 부족하며 극기복례를 하여 지혜와 어짊을 갖추어야 하는데, 관운장이 비록 의리와 용맹이 있더라도 자기를 이기고 예로 돌아가는 극기복례를 이루었다고 인정할 수는 없다고 한다. 무인으로서 『춘추』한 권을 잘 읽었다고 해서 성인이자 학문의 신으로 받들 수는 없다. 연암은 관우의 영혼이 천년 뒤까지 살아있다면 이러한 분수에 맞지 않는 짓을 결코 받아들이지 않았을 거라 말한다.

운남성의 공자묘에서는 최고의 서예가인 왕희지 신주를 모셔 놓고 제사를 지낸다. 공묘는 공자와 그의 학통을 따르는 제자들을 모신 사당이다. 그런데 왕희지를 글씨의 성인인 서성(書聖)으로 떠받들다 보니 그를 공자의 후예로 편입시킨 것이다. 연암은 이 점을 지적하면서 천년 뒤에는 『수호지』 같은 소설마저 중국의 정통 역사책으로 둔갑하지 말라는 법이 어디 있겠느냐고 비판한다.

연암은 참된 배움이란 생각을 삼가고 분명하게 논변하며 자세히 묻고 널리 배우는 일이라고 말한다. 『중용』에 나오는 말이다. 진정한 배움은 생각을 부풀려 과장하지 않는다. 옳고 그름을 분명하게 따지며 대충대충 넘어가지 않고 자세히 묻는다. 한쪽에만 치우쳐 좁게 배우지 않고 널리 배운다.

오늘날에도 누군가 영웅의 이미지가 만들어지면 온갖 좋은 것들을 부풀리고 과장하여 우상화하는 일이 종종 있다. 그에 관한 전기가 쏟아져 나오고 탄생부터 성장에 이르기까지 모든 행적이 영웅화된다. 나중엔 신적인 이미지가 구축되어 그에 대한 조그마한 비판조차 허용하지 않는다. 반대로 누군가 나쁜 인간으로 낙인찍히면 사실이 아닌 나쁜 점들을 다 몰아넣어 악마로 만든다. 진실을 얻으려면 생각을 삼가고 옳고 그름을 엄정하게 판별하여 부풀리거나 왜곡하지 말아야 한다. 인간을 우상화하면 그 우상의 가면이 벗겨질 때 아프고 고통스럽다. 그 고통에서 벗어나고자 더더욱 우상에 집착하게 된다. 그러다가 옳고 그름을 분별하지 못하고 무턱대고 맹종하는 우민(愚民)이 된다.

보따리엔 종이만 가득

마침내 8월 20일 연암 일행은 북경에 도착했다. 일행은 북경을 둘러싸고 있는 아홉 개의 성문 가운데 덕승문으로 들어왔다. 창대는 장복을 보자마자 대뜸 자랑한다. "내가 특별 상금으로 은자를 가지고 왔다." 몇 냥이냐고 묻는 장복에게 천 냥인데 둘씩 나누어 갖겠다고 선심을 쓴다. 황제를 보았다고 허풍을 치고 황제가 황금 투구를 쓰고 있다고 또 거짓말한다. 창대가 황당한 말을 해도 듣는 하인들은 모두 진짜로 믿으며 부러워한다. 열하를 가 보지 못했으니 창대가 어떤 말을 해도 다 믿는다. 누군가 자신이 경험해 보지 못한 세계에 대해 말을 하면 그런가 보다 하며 믿을 수밖에 없다. 설령 그 말이 의심스러워도 반박을 할 수가 없다. 내가 알지 못하는 세상의 참 거짓 여부를 어찌 알 수 있겠는가? 창대의 능청 떠는 허풍에 모두가 속아 넘어가는 웃픈 상황이 벌어졌다.

　은자 천 냥의 행방은 어찌되었을까?

　　　밤이 되자 서관에 머물러 있던 역관들이 모두 내 방에 모였다. 술과 안주거리를 약간 준비했으나 오랜 여행의 뒤끝이라 도통 입맛이 없었다. 여러 사람이 모두 내가 앉아 있는 오른쪽의 보퉁이를 힐끔거리며 속에 뭐가 들었나 생각하고 있는 모양이었다. 그래서 내가

창대에게 보따리를 풀어서 자세히 살펴보게 했다. 특별한 물건은 없고 단지 지니고 갔던 붓과 벼루뿐이었으며, 두툼하게 보였던 것은 모두 필담하느라 갈겨 쓴 초고와 유람하며 적은 일기였다. 그제야 사람들은 궁금증이 풀렸다는 듯이 웃었다.

"어쩐지 이상하다고 생각했네. 갈 때는 보따리가 없더니, 돌아올 때는 보따리가 너무 커졌기에 말이야."

장복도 서운한지 머쓱한 표정으로 창대에게 말한다.

"특별 상금 은자는 어디 있는 거야?"

—『환연도중록』 8월 20일

8월 20일 일기의 대단원이다. 밤이 되자 역관들이 모두 연암의 방에 모였다. 여행의 회포를 풀기 위한 자리였다. 사람들은 모두 연암의 두둑한 보따리에 관심을 쏟았다. 장복도 그 속에 은자 천 냥이 있을 거라 은근히 기대한다. 그러나 막상 보따리를 풀자 그 속엔 붓과 벼루, 필담 종이, 그리고 여행 중에 꾸준히 쓴 일기뿐이었다. 모두가 기대하는 선물과 돈은 전혀 없

만국래조도(부분)
요문한(姚文瀚), 장정언(張廷彦) 외, 〈만국래조도〉(萬國來朝圖), 중국 1761, 322×210cm, 베이징 고궁박물원 소장. 〈만국래조도〉는 건륭 연간 외번(外蕃)과 외국 사신들이 내조(來朝)하여 청나라 자금성에서 조공을 바치는 장면을 그려 당시 청나라의 국제적 위상을 보여 주는 대표적 기록화 중 하나다. 특히 〈만국래조도〉에는 조회에 참여한 조선 사절의 모습을 비롯하여 각국 사신들의 모습이 자세히 묘사되어 있다. 그림의 동그라미(○) 부분이 조선 사신단의 모습이다.

고 오직 쓰기 자료뿐이었다. 서운해하는 장복이 모습이 눈에 선하다. 열하 여정의 마지막 장면에서 열하일기가 어떻게 쓰였는지를 짐작할 수 있다. 연암은 오로지 무엇을 어떻게 담아내고 쓸 것인가만 고민한 사람이었다.

『산장잡기』(山莊雜記)에 실려 있는 「만국진공기」(萬國進貢記) 후지에는 다음과 같은 글이 있다.

"내 평생 기이하고 괴상한 볼거리를 열하에 있을 때보다 더 많이 본 적은 없었다. 그러나 대부분 그 이름을 알지 못했고 문자로 능히 형용할 수 없는 것들이어서 모두 빼고 기록하지 못하니 안타까운 일이다."

단 일주일 열하에 머물면서 어마어마한 분량의 열하 체험기를 쓰고서도 모두 기록하지 못해 안타깝다고 말한다. 연암은 여행 중에 보고 들은 것 어느 하나도 빼놓지 않고 기록하려 했다. 잠깐 만난 중국인, 지나가다 본 건물, 특정한 상황에서 본 풍경과 같이 아주 사소한 장면들도 다 담아냈다. 조금이라도 새롭고 특이한 것이라면 아무리 바빠도 모두 기록했다.

『곡정필담』 후지에는 다음과 같은 글도 있다.

내가 한양을 떠나서 여드레 만에 황주에 도착했을 때 말 위에서 스스로 생각해 보니 학식이라곤 전혀 없는 내가 남의 도움을 받아서 중국에 들어갔다가 위대한 학자라도 만나면 무엇을 가지고 의견을 교환하고 질

의할까 생각하니 걱정이 되고 초조했다. 그래서 예전에 들어서 아는 내용 중 지전설과 달의 세계 등에 대한 이야기를 찾아내 매양 말고삐를 잡고 안장에 앉은 채 졸면서 이리저리 생각을 풀어냈다. 무려 수십만 마디의 말, 문자로 쓰지 못한 글자를 가슴속에 쓰고 소리가 없는 문장을 허공에 썼으니 그것이 매일 여러 권이나 되었다.

—『곡정필담』후지

연암은 말 위에서 졸면서도 중국인과 만나면 무슨 말을 할까, 무엇을 질문할까를 고민했다. 수십만 마디의 말, 문자로 쓰지 못한 글자가 가슴속에선 날마다 여러 권 만들어졌다. 그는 천상 문장가였다. 그와 같은 기록 정신, 관찰 정신, 호기심, 사색의 태도가 최고의 여행기 열하일기를 만든 힘이었다.

허생이 꿈꾼 세상,
우리가 꿈꾸는 세계

────── **11** 『옥갑야화』

「허생전」은 일반적으로 지배층의 무능과 허약한 경제 구조를 비판한 풍자소설로 알려져 있다. 학교에서는 「허생전」을 허위의식에 사로잡혀 공리공론만 일삼는 위정자와 양반의 허위의식을 폭로하고 적극적인 상행위를 통해 부국강병의 길을 모색한 작품이라고 가르친다. 기존의 전통적인 전기(傳奇) 소설과 달리 사회의 부조리를 과감하게 지적하고 사회 개혁안을 제시했다는 점에서 한국 소설사의 새로운 지평을 열었다고 평가한다.

　여기서는 조금 다른 이야기를 펼쳐 보려 한다. 특별히 이 장에서는 허생의 '꿈'에 주목한다. 나는 허생이 연암의 자아라고 생각한다. 허생이 꿈꾼 세상을 통해 연암의 꿈을 그려 보고 이 시대를 살아가는 나의 꿈도 생각해 보려 한다.

옥갑(玉匣)의 정체

「허생전」은 별도의 독립된 작품이 아니라『옥갑야화』(玉匣夜話)에 실려 있는 글이다. '허생전'이라는 명칭도 연암이 붙인 제목이 아니라 후대 사람들이 허생 관련 이야기만 따로 떼서 붙인 것이다. 그러므로「허생전」을 읽으려면 우선『옥갑야화』를 읽어야 한다.

'옥갑야화'는 '옥갑에서의 밤 이야기'라는 뜻이다.『옥갑야화』첫머리는 "사신 일행이 돌아오며 옥갑에 이르렀다. 밤에 여러 비장, 역관들과 침상을 나란히 붙여 놓고 밤새 이야기를 주고받았다"라고 시작한다.「허생전」은 사신 일행이 북경으로 돌아오는 도중에 옥갑에 묵었는데, 그날 참모들과 밤새 수다를 떨다가 나온 이야기다. 연암은「허생전」을 윤영이라는 노인에게 들은 이야기라고 말했다.

옥갑이라는 지명은 실제로는 존재하지 않는다. 열하일기 초고본 계열에는 '옥갑야화'가 아닌 '진덕재야화'(進德齋夜話)라고 이름 붙인 이본도 있다. 아마도 연암은 처음엔 '진덕재야화'라고 이름 붙였다가 '옥갑야화'로 고친 듯하다. 진덕재는 연암 일행이 열하에서 묵은 숙소 가운데 하나다. 연암이 묵은 태학관에는 명륜당(明倫堂), 일수재(日修齋), 시습재(時習齋), 진덕재(進德齋), 수업재(修業齋) 등이 있었는데 그중 진덕재는 명륜당 오른쪽에 있었던 재실이다. 진덕재는 주방 사람들이 묵는 곳이었다. 비장이나 역관의 숙소는 따로 있는데 한밤중에 비장들이 일부러 진덕재로 찾아와 연암과 대화를 나눌 이유가 없다. 진덕재에서 비장들과 이야기를 나누었다는 기록은 거짓일 확률이 높으며, 옥갑이라는 명칭은 연행 길에서 아예 그 지명조차 확인되지 않는 곳이다.

열하일기는 실제 여행 경험을 바탕으로 쓴 일기이므로 사실의 언어로 기록되었을 거라는 전제에서, 연암이 잘못 기억했거나 지명을 착각했을 가능성도 생각해 볼 수 있다. 그러나 진덕재를 다시 옥갑으로 고친 행위에 이미 어떤 의도가 있어 보이며 실제 지명이라면 학자들이 찾아내지 못할 리가 없다. 연암이 체험한 많은 여행 공간 가운데 오직 옥갑만 잘못 썼을 것 같지는 않다.

또 옥갑은 제목에도 쓸 만큼 중요한 장소인데도 연암은 옥갑에 대해 어떠한 정보도 말해 주지 않았다. 그냥 옥갑에 이르렀다는 언급만 하고 있다. 연암은 의미 있는 공간의 경우 아주 구체적이고 상세하게 설명한다. 「호질」을 발견한 옥전현(玉田縣)은 그 지명의 유래와 지리적 특성을 상세하게 기록했으며, 「야출고북구기」에 나오는 고북구(古北口)는 작품의 절반을 지명 이야기로 채웠다. 비단 사연이 있는 공간뿐 아니라 그저 들르는 지역이라도 자신이 처음 가 보는 곳이면 공간에 대해 자세히 기록했다. 그런데 옥갑은 편명으로 사용하고 있음에도 단 한마디의 정보조차 언급하지 않았다. 나는 옥갑이 허구의 공간이므로 말해 줄 정보가 없었다고 생각한다. 곧 옥갑은 연암이 상상으로 만들어 낸 공간이다.

옥갑이 가상의 공간이 되는 순간, 『옥갑야화』는 연암이 창작한 우언(寓言)의 세계가 된다. 옥갑에서 나눈 대화도 일정 부분은 연암이 만들어 낸 이야기가 된다. 당연히 「허생전」도 연암이 창작한 작품이 된다. 글 속에서 연암은 "윤영이 말해 준 허생의 이야기는 이러하다"라고 말하고서 「허생전」을 시작한다. 그런데 「허생전」 뒤에 붙은 '후지'(덧붙이는 말)에서는 연암이 윤영 노인을 만난 사건을 다루고 있는데 정작 윤영 노인은 자기가 윤영이 아니라고 말한다. 연암은 스무 살 때 서대문의 봉원사에서 도인법을 익히고 있는 윤영이라는 노인을 만난다. 그때 윤 노인이 허생 이야기도 들려주었다고 했다. 18년 후에 연암은 평안도로 여행을 떠났다가, 작은 암자에서 지내던 윤영 노인을 다시 만난다. 허생 이야기를 다시 꺼내다가 연암이 '윤씨 어르신'이라고 불렀더니 윤영 노인은 부인했다. "나는 성이 신가지 윤 씨가 아닐세. 자네가 뭔가 착각했구먼." 그러면서 자기 이름은 신색이라고 말했다. 「허생전」은 윤영이란 노인에게 듣고 쓴 이야기라고 해 놓고서, 정작 윤영 노인은 자기 이름이 신색이라고 발뺌을 하는 것이다. 이러한 모순된 기록은 「허생전」이 실제로는 연암 자신이 쓴 작품임을 말해 준다. 표면상으로 「허생전」은 연암이 윤 노인에게 들은 이야기를 쓴 것이지만, 실제로는 연암의 순수 창작물이다.

그렇다면 왜 연암은 자기가 쓰지 않은 척 거짓말을 해야 했을까? 「호질」도 자신이 쓴 것이 아니라 가게에 걸려 있는 글을 옮긴 것이라 말했다. 가장 대표적인 두 작품인데, 당사자는 자기 글이 아니라고 발뺌하고 있다. 그만큼 「호질」과 「허생전」은 큰 논란을 몰고 올 수 있는 문제작이었다. 자신이 썼다고 말했을 때 닥칠 후폭풍을 염려해서 교묘하게 자신이 쓰지 않은 척 눙친 것이다.

발전형 영웅, 허생

허생은 묵적동 아래 비바람도 가리지 못하는 초가에서 살았다. 찢어지게 가난한데도 책만 읽었고, 아내의 삯바느질로 겨우 입에 풀칠했다. 어느 날 배고픔을 참지 못한 아내가 하소연했다.

> 하루는 아내가 몹시 배가 고파 눈물을 흘렸다.
> "임자는 평생 과거에 응시하지도 않으면서 책을 읽어 무엇 하려고 그러시오?"
> 허생이 웃으며 말했다.
> "내가 책을 읽는 것이 아직 미숙해서 그렇다오."
> "그렇다면 장인바치 일이라도 하지 그러시오?"

"장인바치 일은 본래 배우지 못했으니 어찌하란 말인가?"

"그럼 장사가 있잖습니까?"

"장사야 본시 밑천이 드는 법인데 어찌하란 말인가?"

아내가 화를 내며 버럭 소리를 질렀다.

"밤낮으로 책을 읽더니 고작 배운 게 '어찌하란 말인가'라는 말뿐이오? 장인바치 일도 못 한다, 장사도 못 한다면 어째서 도적질을 못 하는 게요?"

허생이 읽던 책을 덮고 일어섰다.

"애석하도다. 내 본래 10년 책 읽기를 기약했더니 이제 7년 만에 그만 접어야 하다니."

하고는 문을 나서서 가 버렸다.

—『옥갑야화』

허생은 독서만 하는 가난한 선비다. 고전 시대의 선비는 책을 읽을 뿐, 생계를 위해 육체노동을 하거나 물건을 사고파는 일을 부끄럽게 여겼다. 배움은 의리를 위한 것이어야지 먹고사는 문제에 관심을 가져서는 안 된다고 생각했다. 실학자인 성호(星湖) 이익(李瀷)조차 「빈자사상」(貧者士常)이란 글에서 "가난은 선비에게는 당연한 것이다. 선비란 벼슬이 없는 자의 칭호니 어떻게 가난하지 않을 수 있겠는가?"라고 말한다. 이익을 도모하는 행위를 반대하기 위해 쓴 말이지만 한 가정의 생계

문제는 누군가 반드시 책임져야 한다는 사실을 가볍게 여긴 듯하다. 19세기 전까지 조선에 서점이 없었던 이유 중 하나도 양반들은 공공연히 책을 사고파는 행위를 꺼렸던 데 있다. 일정한 경제적 기반을 갖춘 양반이라면 별 걱정이 없겠지만 명분만 양반일 뿐 아무런 경제적 토대를 갖추지 못한 선비의 경우 살림살이는 오로지 아내의 몫이었다. 가난한 선비의 아내는 생계를 해결하기 위해 날품을 팔아 가며 가정을 꾸렸다.

이 문제에 관한 한 연암도 자유롭지 못했다. 연암은 50세까지 무직이었다. 연암은 16세 때 동갑인 전주 이씨와 결혼했다. 연암의 집안은 명문가였지만 선조 대부터 워낙 청렴하게 살았기에 늘 쪼들렸다. 사흘이나 굶은 채 망건도 쓰지 않고 창문턱에 다리를 걸치고서 행랑 사람들과 얘기를 주고받았다는 기록도 있다. 50세까지 백수였으니 집안 경제를 책임져야 하는 아내의 고생은 이만저만이 아니었을 것이다. 더욱 안타깝게도 연암이 50세 나이에 친구인 유언호의 추천을 받아 첫 벼슬길에 오르자마자 아내가 반년도 못 되어 세상을 떠났다. 아내가 세상을 떠난 후 연암은 평생 재혼하지 않았다. 아내를 그리워하는 도망시(悼亡詩)도 스무 편 넘게 썼다. 아내를 진정 사랑했고 아내에 대한 미안함이 더욱 컸기 때문이라고 추측해 본다.

조선 시대 가난한 선비의 아내와 연암의 아내를 이야기한 이유는 이 상황을 알아야 허생의 아내를 이해할 수 있기 때문이다. 지금 허생의 아내는 돈도 못 벌면서 책만 읽는 허생을 구박한다. 장사치도 못 하고 기술자도 될 수 없다면 도둑질이라도 하라고 윽박지른다. 허생이 누군가? 뒤이어 나오지만 비범하고 영웅적인 인물이다. 그런 허생을 구박하며 도둑질이라도 하라고 말하는 아내는 어떻게 이해해야 할까? 예로부터 사람의 성품이나 능력을 잘 알아보는 식견을 지인지감(知人之鑑)이라고 불렀다. 뒤이어 등장하는 변부자는 허생의 꾀죄죄한 몰골을 보고서도 선뜻 만 냥을 빌려주었다. 초라한 용모 뒤에 숨은 허생의 비범함을 알아본 것이다. 그렇다면 허생의 아내는 남편의 비범함을 몰라보고 쫓아낸, 자질이 부족한 아내로 보아야 할까? 혹은 연암 역시 조선 시대의 가부장적인 시각을 벗어나지 못하고서 무능력한 허생을 긍정한, 고루한 사람으로 보아야 할까?

나는 조금 다르게 본다. 연암은 양반도 일을 해야 한다고 생각한 사람이다. 연암과 그 수제자인 박제가는 놀고먹는 양반을 부정적으로 생각했다. 박제가는 놀고먹는 사대부를 나라의 좀벌레라고까지 표현했다. 연암은 「양반전」에서 양반들의 무능과 위선을 신랄하게 풍자하고, 「민옹전」에서는 무위도식하는 양반을 곡식을 축내는 황충(벼멸구)으로 표현했다. 「상루필담」에서는 중국 상인들의 입을 빌려 상행위의 아름다움에 대해 말하고, 남에게 손을 벌리거나 여기저기 구걸 다니는 선비가 최하 선비라고 한다. 허생이 아내의 구박에 집을 나가서 벌이는 행위가 상업 활동이다.

따라서 이 장면의 허생은 연암의 반성적 자아다. 연암은 허생과 똑같이 글만 읽는 무직의 선비였다. 그런 허생이 아내의 잔소리를 듣고 나서 책 읽기를 단념하고 집 밖으로 나갔다. 그러곤 뛰어난 능력을 발휘해 꿈을 펼쳤다. 그렇다면 아내는 무능력한 허생을 일으켜 세워 실천으로 나아가게 만들어 준 조력자이자 허생을 분발하게 만든 자극제로 바라볼 수 있다. 곧 아내에게 잔소리를 듣는 허생은 연암의 반성적 자아다. 아내를 배고프게 만들면서 책만 읽은 백면서생(白面書生), 그런 허생이 아내의 잔소리에 자극을 받아 드디어 관념의 세계 밖으로 나간다.

일반적으로 영웅은 처음부터 끝까지 일관되게 영웅적인 면모를 보여 준다. 오늘날의 영웅도 다르지 않다. 액션 영화라든가 영웅 소설을 보라. 하지만 간혹 처음에는 평범한 사람이었으나 조력자의 도움을 받거나 악당의 방해를 이겨내면서 각성하여 영웅적인 면모를 갖추어 가는 발전형 영웅도 있다. 「허생전」의 허생은 발전형 영웅이다. 처음엔 평범한 선비였으나 아내의 구박에 자극받아 자기 안에 숨어 있던 영웅의 면모를 되찾는다.

이같이 자신을 반성하거나 부정하면서 차원 높은 진실의 세계를 말하는 방식을 나는 '자기 패배의 글쓰기'라고 부른다. 자신을 패배시키면서 객관적 진실을 들려주는 것이다. 굴원이 쓴 「어부사」(漁父辭)가 그렇고 우리나라 문장가 중에는 이옥의

「지주부」(蜘蛛賦)가 그러한 방식의 글이다. 자기 패배의 글쓰기를 수행하려면 역설적으로 작가의 자존감이 강해야 한다. 자신을 믿지 못하거나 자존감이 약하면 자신을 낮출 수 없다. 자존감이 있기에 자신을 깎아내리면서 객관적 진실을 이야기한다. 이러한 사람은 현실과 세상을 바꾸려는 열망이 크다. 자신을 낮출 수 있는 사람이야말로 큰 사람이다.

도둑의 정체

아내의 구박에 집을 나간 허생은 한양에서 제일 부자인 변부자에게 가서 만 냥을 빌렸다. 그 돈으로 안성으로 내려가 온갖 과일을 사들였다. 한양에 과일이 동이 나 잔치나 제사를 지내지 못하자 허생은 열 배의 가격으로 되팔았다. 허생은 이번엔 제주도로 가서 말총을 전부 사들였다. 말총은 상투머리에 쓰는 망건의 재료다. 선비들이 망건을 쓸 수 없게 되자 얼마 후 망건 값이 열 배로 치솟았다. 다시 열 배의 이익을 챙겼으니 허생은 처음 만 냥으로 100만 냥을 벌어들인 것이다. 매점매석으로 큰돈을 번 것인데, 연암은 허생의 상행위를 통해 조선의 허약한 경제 구조를 비판하고자 한다.

　허생은 바다 밖의 빈 섬을 물색하고 나서 도적 떼를 만나러 갔다. 당시 전라도 변산반도에는 수천 명의 도적 떼가 출몰하여 나라의 근심이 되었다. 허생은 도둑 소굴로 들어가 우두머리를 만났다.

전라도 변산반도에는 도적 떼 수천이 우글거렸다. 그 지방의 고을과 군에서 군졸을 풀어서 체포하려 했으나 잡을 수 없었다. 도적 떼도 감히 나돌아다니며 함부로 노략질할 수 없어 한참 굶주림에 허덕였다. 허생이 도적의 소굴로 들어가 괴수를 달랬다.

"천 명이 천금을 털어서 나누면 한 사람 앞으로 얼마의 돈이 들어가는가?"

"한 사람에게 한 냥씩 돌아가지요."

"자네에게 아내가 있는가?"

"없습니다."

"가진 밭뙈기라도 있는가?"

도적들이 코웃음을 쳤다.

"밭 있고 아내가 있다면 무엇 때문에 괴롭게 도적이 된단 말이오?"

"자네들이 그렇게 잘 안다면 어째서 장가들어 집 짓고 소 사서 밭 갈 생각은 하지 않는 겐가? 그리되면 살아서 도적놈이란 이름도 없을 것이고 집에 살면서 부부의 즐거움도 있을 것이며, 나돌아 다녀도 관에 붙잡힐 염려가 없을 것이고 길이길이 의식의 풍요함을 누

276

릴 수 있지 않겠는가?"

"어찌 그런 생활을 원하지 않겠소이까? 다만 돈이 없어서 못 하고 있을 뿐입죠."

—『옥갑야화』

조선 시대 도적 떼는 국가적으로도 큰 골칫거리였다. 전국 곳곳에서 도적 떼가 출몰해 재물을 약탈하고 집에 불을 지르며 심지어 사람까지 죽였다. 사람들은 도둑을 두려워하며 사회와 격리해 없애야 할 나쁜 놈들이라고 생각했다. 그런데 연암의 생각은 달랐다. "밭 있고 아내가 있다면 무엇 때문에 괴롭게 도적이 된단 말이오?" 도둑의 이 대답은 연암의 생각이기도 하다. 허생은 이들이 왜 도둑이 되었는지 묻고서, 땅도 없고 가족도 없어 막다른 길에 몰려 괴롭게 도둑이 되었다고 말하려 한다. 연암은 도둑을 징벌의 대상이 아니라 교화의 대상으로 바라본다.

'왜?'를 묻는 태도는 중요하다. 결과만 바라보면 본질을 놓친다. '왜?'를 물을 때 객관적 진실에 근거를 두고 사태를 풀 수 있다. 예전에 한 장애인이 지하철 선로에 자기 몸을 묶고 시위해서 시민들에게 불편을 준 적이 있었다. 출근 시간이라 수많은 시민이 지각했다. 하필이면 그와 같이 극단적인 방법으로 시민들에게 피해를 주어야만 하는가 싶었다. 얼마 뒤에 한 언론이 그 장애인을 취재했다. "왜 그런 극단적인 방법을 썼나요?" 기자의 질문에 그는 이렇게 대답했다. "이렇게라도 하지 않으면 아무도 우리 목소리에 귀를 기울여 주지 않아요." 그때 새로운 깨달음이 밀려왔다. '그렇게라도 하지 않으면 아무도 귀를 기울여 주지 않는구나.' 그 방법이 정당했다고 볼 수는 없지만 왜 그래야만 했는지 이해하게 되었다.

우리는 겉으로 드러난 결과만을 놓고 상황을 판단하곤 한다. 그러나 강자와 약자가 대립할 때 약자의 목소리에 귀를 기울이는 일은 별로 없으며 대체로 무시되거나 조용히 덮어 버린다. 평소엔 강자의 목소리만 드러난다. 더 이상 물러설 곳이 없다고 느낄 때 약자는 난폭해지고 목소리를 높인다. 쥐도 막다른 곳에 몰리면 고양이를 문다. '왜?'를 질문할 때 사건의 본질이 드러난다.

연암은 '왜?'를 묻는다. 저 사람들은 왜 도둑이 되었는가? 땅도 없고 가족도 없어서다. 실제로 조선 후기 도적 떼의 대부분은 산속으로 숨어 들어간 양민이나 노비들이었다. 이들이 땅도 잃고 먹고 살 기반이 없어지자 삶의 막다른 곳에서 도둑으로 전락한 것이다.

조선 후기 양반들은 땅을 독차지하고 소작농을 두어 평민과 노비의 노동력을 착취하면서 부를 축적했다. 땅을 잃은 농민들, 땅이 없는 노비들은 소작농이 되어 곡식을 수확하면 절반을 지주에게 바쳤다. 토지세라든가 각종 조세도 소작농이 냈다. 농사를 지어도 소작농에게 돌아가는 몫은 매우 적었다.

여기에 흉년이라도 들면 소작농은 땅을 떠나 이곳저곳 떠돌아다니는 수밖에 없었다.

　나는 조선 후기 탐관오리의 실상을 생각할 때마다 다산 정약용의 「애절양」(哀絶陽)이 떠오른다. '애절양'은 남근 자른 일을 슬퍼한다는 뜻이다. 다산이 강진에서 귀양살이할 때 일어난 사건이다. 1803년 봄, 강진 노전리에 사는 한 백성이 아이를 낳은 지 사흘 만에 관리가 와서 아이를 군보(軍保)에 편입시키고 소를 빼앗아가자, 칼을 뽑아 자신의 남근을 잘라 버렸다. 그리고 이렇게 말했다. "내가 이 물건 때문에 이런 고통을 당하는구나." 그 아내가 남근을 들고 관아로 달려가니, 아직도 피가 뚝뚝 떨어졌다. 아내가 통곡하며 하소연해도 문지기는 막고 들여보내 주지 않았다. 다산은 이 사연을 듣고서 「애절양」을 지었다.

> 노전 마을 젊은 아낙 곡소리가 길구나
> 관문 향해 통곡하고 하늘 보며 울부짖네.
> 전쟁 나간 지아비 못 오는 일 있다지만
> 남근을 잘랐단 말 예로부터 못 들었네.
> 시아버지 상 끝나고 아이 아직 핏덩인데
> 삼대의 이름이 군적에 실렸구나.
> 가서 암만 호소해도 문지기는 범과 같고
> 아전은 으르대며 외양간 소마저 끌고 갔네.

칼을 갈아 방으로 가 피가 방에 가득하니

자식 낳아 곤액 당함 한스러워 그랬다오.

……

부잣집은 1년 내내 풍악 소리 울리면서

곡식 한 톨 비단 한 치 내는 법이 없구나.

다 같은 백성인데 왜 이리 차별하나

객창에서 거듭해 「시구편」을 읊는다네.

— 「애절양」

    조선 후기 삼정(三政)의 문란을 잘 보여 주는 시다. 삼정은 전정(田政)·군정(軍政)·환정(還政)으로, 조선 후기 세금 체계를 말한다. 토지세인 전정의 문란은 존재하지도 않는 토지에 세금을 부과하는 백지징세(白地徵稅), 실제 세액의 몇 배를 징수하여 착복하는 도결(都結) 등이 자행되었다. 군정의 문란은 죽은 사람의 이름을 군적과 세금 대장에 올려 군포를 걷는 백골징포(白骨徵布), 어린아이를 군적에 올려 군포를 징수하는 황구첨정(黃口簽丁) 등이 이루어졌다. 노전리 백성은 태어난 지 사흘 된 아이와 이미 죽은 아버지의 군포가 징수되었으니 백골징포와 황구첨정을 당한 것이다. 관리의 부정부패와 수탈을 견디지 못한 백성들은 삶의 터전인 땅과 집을 잃고 정처 없이 떠돌며 걸식하거나 산속으로 숨어들어 도적 떼가 되었다.

    도둑의 사정을 이해하게 되자 이제 도둑은 징벌이나 배제의 대상이 아닌 교화의 대상이 된다. 그리하여 허생은 도둑들에게 한 사람당 100냥씩 가져가서 아내와 소 한 마리씩 마련해 오도록 했다. 그러고 나선 2천 명이 1년 동안 먹을 양식을 장만해 도둑들과 함께 빈 섬으로 들어갔다. 허생이 도둑을 모두 데려가자 나라 안에는 도둑 걱정이 사라졌다.

허생이 꿈꾼 세상

도둑 2천 명과 그 아내들을 데리고 빈 섬으로 들어간 허생은 무엇을 했을까? 빈 섬은 허생의 꿈과 이상을 담은 공간이다. 그리고 그것은 연암의 꿈이자 이상이기도 했다.

> 한편 섬으로 들어간 허생과 도적들은 나무를 찍어서 집을 짓고 대나무를 엮어서 울타리를 만들었다. 땅 기운이 온전하다 보니 온갖 곡식이 심는 대로 크고 무성하게 자라고, 김을 매거나 쟁기질을 하지 않아도 한 줄기에 아홉 이삭이 달렸다. 3년 먹을 식량을 비축해 두고 나머지는 모두 배에 싣고 장기도로 가서 팔았다. 장기도는 일본에 속한 고을로 31만 호가 되는 큰 지방인데 바야흐로 큰 기근이 들어 있었다. 그리하여 굶주린 사람들을 진휼하고 은 100만 냥을 얻게 되었다. 허

생은 탄식했다.

"이제야 나의 조그만 시험을 마치게 되었구나."

허생은 남녀 2천 명을 모두 모아 놓고 명을 내렸다.

"내가 처음 너희들과 이 섬에 들어올 때의 계획으로는 먼저 너희들을 풍부하게 만들어 놓은 다음에 따로 문자를 만들고 의관 제도를 새로이 제정하려고 하였다. 그런데 여기 땅이 좁고 내 덕이 얇으니 나는 이제 여기를 떠나련다. 아이들이 태어나 숟가락을 잡게 되면 오른손으로 잡도록 가르치고 하루라도 나이가 많은 사람이 먼저 먹도록 양보하게 하라."

그러고는 다른 배를 모두 불살라 버렸다.

"나가는 사람이 없으면 들어오는 사람도 없을 테지."

은자 50만 냥을 바닷속에 던졌다.

"바다가 마르면 얻는 사람이 생기겠지. 100만 냥이나 되는 돈은 나라 안에서도 놓아 둘 곳이 없거늘 하물며 이 작은 섬에서야."

글을 아는 사람은 모두 배에 실어서 함께 섬을 빠져나왔다.

"이 섬에 화근을 없애 버리려 하네."

뭍으로 나온 허생은 나라 안을 두루 돌아다니며 가난하고 의지할 곳 없는 사람들을 구제했다.

―『옥갑야화』

도둑들과 함께 빈 섬에 들어가 공동체 생활을 한 허생은 '조그만 시험'을 끝냈다며 탄식했다. 허생이 빈 섬에서 특별하게 한 일은 없다. 함께 살 집을 지었을 뿐, 땅이 기름져서 농작물은 저절로 자랐다. 농작물을 거두어 큰 기근이 들었던 일본의 장기도(나가사키) 백성들을 구제해 주고 은 100만 냥을 얻었다. 이들의 생활은 간략하게 나타날 뿐이다. 그럼에도 허생이 꿈꾼 공동체를 어느 정도 상상해 볼 수 있다. 버림받은 존재에게 새로운 삶의 기회를 제공하고, 이들이 삶의 터전을 마련한 후에는 타인에게 도움을 준다. 이들이 사는 곳은 빈 섬이므로 땅에 특정 소유자가 없다. 공동으로 소유하고 공동으로 경작한다. 토지를 파괴하고 개간하는 것이 아니라 그저 자연과 더불어 사는 삶이다. 곧 연암은 사회에서 버림받은 존재도 잘 사는 공동체, 타인에게 도움을 줄 수 있는 공동체, 자신의 소유를 갖지 않고 함께 경작하는 공동체, 자연과 더불어 살아갈 수 있는 공동체를 실현해 가고 있다.

　허생의 본래 꿈은 더 원대했다. 허생이 꿈꾸었던 진짜 세상은 백성이 풍요롭게 사는 세상이다. 곧 이용후생(利用厚生)이다. 연암은 백성의 삶이 가난에 방치되는 것을 원하지 않았다. 당시 사대부들은 가난을 검소함이라 여기며 백성의 빈곤에 관심을 두지 않았다. 백성은 관리의 수탈과 처절한 가난 속에서 고통스럽게 살았다. 평범한 백성이 도둑이 된 건 더 이상의 살아갈 땅도 희망도 없었기 때문이다. 연암은 죄를 지은 자들도 과거의 잘못을 고치고 함께 잘 사는 삶을 꿈꾸었다.

그리고 허생은 문자를 새롭게 만들기를 꿈꾸었다. 우리 고전에서 문자는 한자를 의미한다. 고전 시대의 문인들은 문자를 성인의 말씀을 전달하는 진리의 방편으로 여겼다. 이것을 문이재도(文以載道)라고 한다. 문장은 도를 싣는 도구라는 뜻이다. 글에는 성인과 현자의 가르침이 담겨 있다고 믿고 글을 통해 성인의 가르침을 배우며 그 가르침을 전파해 갔다. 그런데 연암은 문자를 처음 만든 포희씨가 죽은 뒤로 문장이 흩어져 버렸다고 한탄한다. 최초의 문자는 소리가 곧 문자였고, 문자에 사물의 형상이 그대로 담겨 있었다. 그러나 세월이 흐르고 문자가 기호화되면서 문자는 본래의 실질을 잃고 그 시대의 편견을 담는 도구로 전락했다. 이제 문자를 읽는 행위는 말라 버린 먹과 낡은 종이 사이에서 좀 오줌과 쥐똥을 모으는 일이 되었다. 연암은 내 눈앞의 자연 사물이야말로 문자 안 된 글자요 쓰이지 않은 문장, 곧 불자불서지문(不字不書之文)이라고 말한다. 눈앞에 펼쳐진 삼라만상이 훌륭한 책이라고 말한다. 그러므로 내가 직접 보고 듣는 눈앞의 일을 자세히 관찰하고 그 몸짓을 담아내는 것이 좋은 글 읽기이자 글쓰기다. 참된 것은 내 눈앞에 있다. 기호 언어에서 자연 언어로의 전환이라고 하겠다.

허생은 글을 아는 자들을 배에 싣고 나오며 말한다. "이 섬에서 화근을 없애 버려야겠다." 글을 아는 자들을 재앙의 뿌리라고 생각한다. 지식과 지식인에 대한 허생의 생각이 명료하다. 조선 시대에 글을 아는 자들은 대부분 선비다. 문자는 양반 사대부의 독점물이었다. 일반 백성과 여성은 문자(한자)에서 철저히 소외되었다. 그러므로 글을 아는 자들이란 양반 사대부를 가리킨다고 보아도 좋겠다. 허생은 이들을 재앙의 뿌리로 여겼다.

주자 성리학을 국가 이념으로 받아들인 조선 사회는 성리학 이데올로기를 한자에 담아 이를 공유하며 전파했다. 연암은 글 곳곳에서 사대부의 지식이 삶과 현실을 아름답게 만드는 데 기여하기는커녕 자기 이익, 자기 합리화, 패거리 문화의 수단이 되고 있다고 생각한다. 「호질」의 북곽선생에서 잘 알 수 있듯이 군자가 배우는 경전은 자기를 합리화하고 자기를 변명하는 수단일 뿐이다. 「북학의서」에서 나타나듯, 조선 선비들은 자신이 배운 지식만 최고라고 으스대며 누추함을 검소라고 착각했다. 현실에 아무런 기여도 하지 못하는 헛된 명분에 집착하면서 자기 계층의 이익만 도모했다. 허생이 문자를 새로 바꾸려 하고 글을 아는 자가 재앙의 뿌리라 생각했던 것은 문자와 지식이 삶과 현실에 보탬을 주지 못한다는 문제의식에 말미암는다.

연암은 허생의 입을 빌려 의관 제도를 새롭게 만들려는 생각을 피력한다. 이러한 발상은 대단히 위험하다. 허생의 입을 빌려 말한다 해도 그렇다. 의관, 곧 사대부의 옷차림인 상투와 긴 소매 옷은 소중화(小中華)사상의 상징이다. 사대부가 문명인임을 나타내고 의리의 핵심으로 생각하는 예법이다. 허생의 이 발언을 이해하려면 화이론(華夷論)과 소중화사상에 대한 이해가 필요하다.

화이론은 세계를 문명과 야만 즉, 중화(中華)와 이적(夷狄)으로 가르는 세계관으로, 중국 중심의 동아시아 국제 질서를 표상하는 용어다. 조선은 명나라를 중화로 받아들였고 명나라의 예악과 문물을 적극적으로 수용해 중국과의 하나 됨을 지향했다. 조선은 중국의 문자와 제도, 의관을 계승하고 있다는 소중화 의식을 갖게 되었다. 조선은 문화적 개념을 끌고 와 중화가 되고자 했다. 조선 사대부에게 중화와 오랑캐를 구분하는 가장 중요한 요소는 예의였는데, 예의의 상징은 피발좌임(被髮左袵)의 여부였다. 피발좌임이란 머리를 풀어헤치고 옷깃을 왼쪽으로 여민다는 뜻이다. 공자는 피발좌임이 오랑캐의 풍습이라고 말했다. 이에 따라 중화인의 기준은 머리를 묶고 옷깃을 오른쪽으로 여미는 복장이 되었다. 조선 사대부의 상투 튼 머리와 긴 소매 옷은 중화의 상징이었다. 사대부는 상투 머리와 긴 소매 옷이 명나라와의 의리를 지키는 것이라고 생각해, 목숨보다 소중히 여겼다.

그러나 연암은 상투 머리와 긴 소매 옷을 지속적으로 비판한다. 『심세편』에서는 "우리나라 사람들은 알량한 상투 한 줌을 가지고 세상에서 제일인 양 뽐낸다. 이것이 둘째 망령이다"

라고 비꼰다. 8월 7일자 기사에서 조선의 위험한 어마법 여덟 가지를 열거할 때도 긴 소매 옷이 말을 다루는 데 방해가 되는데 습속에 젖어 고치지 않는다고 비판한다. 청나라가 조선의 의관을 바꾸게 하지 않은 이유는 조선을 정신적 신체적으로 문약하게 길들이려는 속셈이라고 말한다. 청나라의 풍속을 따르게 되면 말 타고 활쏘기가 편리해지므로 이를 막기 위한 것이라고 본다. 「허생전」에서 허생은 이완 대장에게 나라를 구할 계책 세 가지를 제시한다. 허생은 세 번째 계책으로 나라의 인재를 중국에 파견하여 머리를 깎아 변발을 하게 하고, 오랑캐 복장을 입혀서 한족의 호걸들과 사귀게 하라고 요구한다. 이를 거부하는 이완 대장에게 "명나라를 위해 복수를 하려 하면서 그까짓 머리털 하나를 아까워한단 말이냐"라고 호통을 친다. 허생의 생각에 사대부의 흰옷은 상주들이 입는 옷이고 뾰족하게 묶은 머리는 남쪽 오랑캐의 방망이 상투일 뿐이었다. 상투 머리와 긴 소매 옷을 존주(尊周)의 상징이자 명나라에 대한 의리라 생각한 조선 사회에서 이 복식을 직접 비판한 사람은 연암 외엔 찾기 힘들다.

연암에게 의관은 그저 문화 관습의 하나일 뿐이다. 「호질」 후지에서 "하늘이 명령하는 기준에서 본다면 은나라 모자나 주나라 면류관은 모두 당시 국가의 제도를 따랐을 뿐이다. 하필 지금 청나라의 붉은 모자만을 의심하여 인정하지 않으려 하는가?"라고 말한 것과 같은 논리다. 허생은 긴 옷은 불편하고 위험한 복장일 뿐인데, 의리라는 이데올로기로 생각한 사대부들의 태도에 문제의식을 느꼈다. 이러한 맥락에서 허생이 실현하고자 했던 꿈인 "먼저 너희들을 풍부하게 만들어 놓은 다음에 따로 문자를 만들고 의관 제도를 새로이 제정하려고 하였다"라는 발언은 조선 사회의 근간을 뒤흔드는 대단히 혁명적인 발언이다.

그렇다면 허생이 꿈꾼 세상은 어디와 맞닿아 있을까? 노자가 말한 이상향인 소국과민(小國寡民)을 닮았다는 견해가 있다. 소국과민은 작은 땅에 적은 수의 백성이 모여 사는 소박한 사회다. 그곳은 전쟁도 없고 통치자의 간섭도 없다. 비교하고 경쟁하지 않는다. 인간의 지식을 통제하는 문자를 쓰지 않고 매듭 문자를 사용한다. 자족적인 생활이 가능해서 이웃과 왕래하지도 않는다. 한편으로는 허생이 덕과 예법을 말하고 있으니 유학의 틀에 머물렀다는 의견도 있으며 아나키즘이 실현된 공간이라는 주장도 있다.

허생의 빈 섬은 연암이 만들어 낸 이상향이다. 다른 사상의 흔적이 두루 엿보이나 연암은 그저 자신이 꿈꾼 세상을 그렸을 뿐이다. 그 세상은 버림받은 인생도 쓸모 있게 사는 세상, 힘이 남으면 남을 도울 수 있는 세상, 자기 소유를 따지지 않고 자연과 공존하며 사는 세상, 너무 가난하지 않고 기본적인 삶의 조건을 충족한 세상, 지식이 권력이 되지 않는 세상, 자기 예법과 도덕만을 옳다고 우기지 않는 세상이었다. 연암이 꿈꾼 세상은 모두가 함께 어울리며 차별하지 않고 행복하게 살아가는 세상이었다.

허생이 꿈꾼 세상, 허생의 삶을 통해 우리가 살아가는 세상을 생각해 본다. 허생은 돈을 크게 벌었지만 쌓아 두지 않았다. 돈을 벌어서 가난하고 의지할 곳 없는 사람들을 구제하는 데 썼다. 도둑들이 갱생(更生)할 수 있도록 도와주고 이방인도 구휼했다. 남은 돈은 바닷속에 버렸다. 그는 더 모으기 위해 돈을 번 것이 아니라 잘 쓰기 위해 돈을 벌었다. 돈을 버는 것 자체가 목적인 세상, 빈부의 차이가 갈수록 심각해지고 차별하는 세상, 욕망을 무한 긍정하는 세상에 허생이 다시 나타난다면 어떤 말을 할까? 허생이 미처 못 이룬 꿈이 우리의 꿈으로 되살아나길 바란다.

지금 여기에서
열하일기 읽는 법

—— **12**

한양에서 북경까지 3천여 리, 북경-열하 왕복 1,400리(공식적
으로는 왕복 800리)에 이르는 머나먼 열하 여정은 이제 막을 내
렸다. 1780년 5월 25일 한여름에 한양을 출발한 270명의 사행
단은 그해 10월 27일 한겨울에 한양에 도착했다. 음력으로 계
산하면, 5월은 한여름이고 10월 27일은 한창 추운 겨울이다.
열하로의 여행은 연암 개인에겐 일생일대의 기념비적인 사건
이었고, 불후의 역작인 열하일기를 창작한 결실로 이어졌다.
평소 담이 작아 무서움을 많이 탔던 백수 선비는 낯설고 기이
하고 흥미롭고 신기했던 여행 체험을 통해 담력이 훨씬 커졌을
것이고, 세상을 보는 시야가 더욱 유연하고 넓어졌을 것이다.
그는 열하 체험 여행기를 쓰면서 자신의 공력을 한껏 쏟아, 모
든 장르를 포괄하고 모든 분야를 담아내고 모든 사상을 아우
름으로써 이전엔 없던 새로운 형식의 여행기를 만들었다. 열하

열하일기 조선, 23.7×16.3cm, 성호기념관 소장본. 26권 12책으로 황색 표지에 황색실로 오침 선장. 10행 21자. 연암의 둘째 아들 박종채가 직접 편집한 필사본. 본문 하단에 연암산방(燕岩山 房)이라고 찍혀 있다.

일기를 끝으로 연암의 새로운 실험 정신은 끝났고 우리나라의 고전 문학은 앞으로 더 나아가지 못했다.

열하일기가 세계 최고의 기행문이라는 의견이 있고, 또 우리가 자랑할 만한 최고의 문학서라는 점에 많은 인문학자가 공감한다. 하지만 어떤 점이 우리가 자랑할 만한 문학적인 성취인가에 대한 근거는 지금껏 잘 보여 주지 못하고 있다. 뛰어난 가치에 비해 열하일기는 여전히 고전의 학문 속에 갇혀 있으며, 지금 시대와 활발히 만나지 못하고 있다. 그렇다면 독자는 어떤 시각으로 열하일기를 읽어야 할까?

열하일기는 새로운 장소 체험이다

우선, 연암이 여행길에서 만난 공간을 어떻게 바라보고 어떤 감수성으로 대했는지를 주목하길 바란다. 열하일기는 기본적으로 여행기다. 여행은 새로운 장소 체험이다. 공간은 단순한 물리적 배경이 아니다. 그 시대를 살아가는 사람들의 경험과 문화 관습이 담긴 실존의 장소다.

선인을 둘러싼 공간은 인간과 가깝게 연결되어 있다. 옛사람은 자신이 사는 집, 사는 동네를 자(字)나 호(號)로 삼아 자기 정체성과 똑같이 여겼다. 산수를 즐기는 사람을 풍월주인(風月主人)이라고 하여 자신을 둘러싼 공간을 정신적으로 소유하려는 의식을 보여 주기도 했다. 하지만 공간을 새로운 체험의 장소로 느끼지 못하고 대체로 관습적인 경험에 머무르는 경우가 많았다. 선비에게 자연은 정신 수양의 공간이었다. 선비는 평소 산과 강으로 유람을 다녔지만, 새로운 장소 경험을 위한 것이라기보다 이미 배운 의미를 확인하고 느끼는 행위였다. 특히 유학자들에게 자연 공간은 문화 공간이라기보다는 이념의 장에 가까웠다. 가산의식(家山意識)이라고 하여 그 지역의 중심이 되는 산을 진산(鎭山)이라 부르고, 그 산에 들러 그곳에 깃든 정신을 확인하고 유학의 가르침을 좇고자 했다. 이들에게 공간은 이념 공동체의 동일성을 확인하는 곳이었다. 유람과 유흥을 즐기는 문화 공간으로 기능하기도 했지만, 기본적으로 자연 공간은 변하지 않는 가치를 지닌 정형화된 곳이었다.

중국의 사행 공간 역시 이데올로기의 장에 가까웠다. 명나라에 대한 의리와 소중화 의식을 굳게 신봉하던 조선 사람은 청나라를 오랑캐라고 혐오했다. '무찌르자 오랑캐'는 집권층부터 하층민에 이르기까지 수백 년간 뼛속 깊이 박힌 국가 이념이었다. 오랑캐 땅은 밟아서는 안 되고, 오랑캐 복장을 한 사람과는 말을 섞어서는 안 된다고 생각했다. 조선 사람은 중국을 경험하기보다 외면하려 했다. 사신이 지나간 많은 공간은 지식의 재고품(在庫品)에 불과했다. 북벌(北伐) 이데올로기와 과거를 지향하는 관습적인 시선이 사행 공간에서의 진정한 장소 체험을 가로막고 이미 주입된 고정관념으로 공간을 바라보는 표준화된 장소 체험을 하게끔 했다.

그러나 연암은 중국의 땅을 새로운 배움의 기회로 생각하고 새로운 장소 경험을 했다. 중국은 당시 조선 사람에게는 새로운 세계를 체험하는 거의 유일한 공간이었다. 사행길에는 수많은 체류 공간이 있고, 그곳에는 새로운 인종, 새로운 문화, 새로운 볼거리가 있었다. 연암은 중국이라는 공간을 거대한 문명 체험의 장소로 바라보고 미지의 세계를 향해 떠나는 새로운 체험의 공간으로 생각했다. 이미 압록강을 건널 때 진리는 물과 강기슭의 경계에 있다고 생각한 연암은 경계인의 시선으로 중국 땅을 밟는다. 경계에 선다는 것은 중심과 보편의 자리에서 벗어나 주변과 개별의 자리에 서는 것이다. 경계는 지극히 개인적이고 주체적인 자리다. 경계는 새롭고 자유롭지만, 두렵고 위험한 자리다. 연암의 공간 체험에는 두려움, 기대, 설렘, 낯섦, 동경 등 복합적인 감정들이 뒤섞여 있다.

특히 연암은 공간의 정치성에 대해서도 깊이 인식하고, 공간을 수단으로 이용하는 지배 이념의 허위성을 꿰뚫어 본다. 프랑스 사회학자인 앙리 르페브르(Henri Lefebvre, 1901~1991)는 공간을 사회적이고 정치적이며 전략적인 곳이라고 주장한다. 공간은 단순히 자연의 사물이 아니라 하나의 만들어진 곳이라는 것이다. 공간은 정치적이고 전략적인 곳이므로 공간을 만들어 온 지배 집단의 오랜 전략의 흔적을 찾아내야 한다고 말한다.

앙리 르페브르의 말은 사행 공간에 유의미하게 적용된다. 특히 중화사상의 흔적이 있는 곳, 예를 들면 이제묘(夷齊廟), 황금대(黃金臺) 등은 북벌 이데올로기가 만들어 낸 정치적인 공간이었다. 사신들은 이제묘에 들르면 고사리 국을 끓여 먹으며 백이 숙제의 의리를 기념하고, 황금대를 찾아가 황금으로 인재를 맞으려 했던 어진 군주의 업적을 추억하고 감회에 젖었다. 황금대는 연(燕)나라 소왕(昭王)이 강대국인 제나라를 무찌르기 위해 황금을 축대 위에 쌓고서 천하의 어진 선비를 맞이했던 데서 붙여진 이름이다. 조선의 선비들은 황금대를 찾아가 강대국 청나라를 무찌르려는 복수의 마음을 다잡고 손상된 자존심을 회복하고자 했다. 이제묘와 황금대의 체험은 사행 구성원 모두가 똑같이 느끼는 스테레오 타입의 표준화된 장소 체험이었다. 그러나 연암은 이제묘에서 백이 의리의 허구성을 비웃고, 황금대에서 북벌의 헛됨을 지적했다. 연암이 조선 사회가 신성하게 떠받드는 공간을 비판한 것은 저들이 단순히 관습적인 행동에 머물렀기 때문은 아니다. 역사적인 공간을 과거에만 가두고 현재를 부정하려는 의식이 숨어 있어서였다. 조선의 선비들은 과거의 황금대 속에만 머물러 있었다. 황금은 이미 사라지고 흙무더기에 불과한 현재의 황금대에서 과거의 찬란했던 황금대를 끊임없이 찾아 헤맸다. 그들은 현재의 청나라를 부정하고 사라진 명나라를 찾아 헤맸다. 반면 연암은 공간의 정치성과 관습성이 주는 허위의식을 간파하고 자기만의 감수성으로 공간을 들여다보았다. 따라서 열하일기에 나타나는 사행길에 주목하여 공간의 사회 역사적 의미 등을 생각하며 읽으면 좋다. 지금 여기의 실지(實地)에 단단히 발을 붙일 것, 자유로운 영혼을 지닐 것, 이 둘은 진정한 장소 경험을 위한 연암의 가르침이다.

연암의 공간 상상력과 장소 경험은 '리좀'(rhizome: 땅속으로 끝없이 뻗어 나가는 뿌리줄기)적인 것이다. 연암의 장소 경험은 고정되어 있지 않다. 경험의 공간마다 상상력이 자유롭게 뻗어 간다. 화려한 유리창이 고독의 자리가 되고, 으스스한 고북구가 환상적인 공간으로 탈바꿈한다. 「호질」을 발견한 옥전현은 실제의 공간인가 싶더니 허구가 교직(交織)된 장소가 되며, 드넓은 요동 벌판은 문득 통곡의 자리가 된다. 연암의 공간 상상력은 이리저리 뻗어가 만나는 장소마다 그만의 '의미'를 만들어 간다. 그리하여 그는 다음과 같이 말하는 듯하다. "사실인 것은 존재하지 않는다. 존재하는 것은 해석(의미)뿐이다."(F. W. 니체)

작은 것을 다르게 보기

다음으로는 '작은 것'을 다른 눈으로 보는 연암의 시선을 따라

가며 열하일기 속 작은 것들에 관심을 가져 보길 권한다. 연암은 남들이 보는 것을 보면서 누구도 생각지 못한 것을 발견하는 사람이다. 연암은 평범하고 보잘것없는 것에서 주목할 만한 가치를 찾아낸다. 사람들이 버리는 '기와 조각'과 냄새나는 '똥거름'이 문명의 진수임을 발견하고, 사람들이 가장 갖고 싶은 황금에 대해서는 하찮게 바라본다. 「황금대기」(黃金臺記)에서 황금이 서로를 죽고 죽이는 무서운 요물이라고 하며 황금을 보거든 뱀을 만난 듯 뒤로 물러서라고 경고한다. 사람들이 버리는 사물에서는 소중한 가치를 발견하고 누구나 탐내는 물건은 위험하다고 말하는 것이다.

또 퇴락한 절에 들러 무심코 오미자 몇 알을 먹으려다 봉변을 당하면서, 이를 통해 "천하의 지극히 미미하고 가벼운 물건이라고 해서 하찮게 취급해서는 안 된다"는 교훈을 얻는다. 7월 1일에는 중국의 뜰을 구경하다가 바닥에 냇가의 돌을 깔아 진창을 막은 것을 보고는 "그들에게는 버리는 물건이 없음을 알겠다"는 깨달음을 얻는다. 「황교문답서」(黃敎問答序)에서는 "한 조각 돌멩이로도 천하의 대세를 엿볼 수 있다"고 말한다. 작은 것, 평범한 것, 쓸모없는 것을 하찮게 여기지 않고 그 속에서 소중한 의미를 발견하는 연암의 시선은 열하일기 전체에 걸쳐 나타난다.

따라서 열하일기는 예사롭게 말하거나, 그저 지나가는 듯 말하거나, 아무렇지 않게 말하는 장면도 깊이 들여다보아야 한다. 연암은 길거리에서 만나는 사람과 건물, 슬쩍 지나치며 본 것, 어느 하나도 놓치지 않았다. 열하일기의 풍부한 형상성과 치밀한 묘사는 작은 것을 보이게 하는 연암의 눈에서 비롯된다. 그러므로 하찮고 작아 보여서 그냥 넘겨 버리는 대목들을 꼼꼼히 살펴야 한다. 하인과 역관들의 행동, 여행길에서 본 한족과 만주족의 풍습, 중국에서 보고 들은 다양한 고사들을 하나하나 잘 읽어 내면 풍부한 생각거리를 찾게 될 것이다.

이러한 측면에서 필담(筆談)도 눈여겨보아야 한다. 열하일기는 전체의 절반 가까이가 필담으로 되어 있다. 특히 「상루필담」(商樓筆談), 「속재필담」(粟齋筆談), 『곡정필담』(鵠汀筆談), 『망양록』(忘羊錄), 『황교문답』(黃敎問答) 등은 내용 전체가 필담이다. 필담은 대부분이 중국인의 말이고 연암은 대화가 원활하게 진행되도록 도움을 주는 역할을 한다. 흥미로운 것은 중국인들은 문자옥(文字獄)이 두려워서 필담 중에 조금이라도 민감한 이야기가 나오면 필담 종이를 찢거나 삼키거나 불태우거나 하는데도, 종이를 없앴다면 알 수 없었을 대화의 내용이 그대로 기술되어 있다는 점이다. 그렇다면 필담의 많은 내용에 연암의 상상력이 개입되었다는 뜻으로도 볼 수 있다. 이는 필담 내용도 단순히 기록 정신에 따랐다기보다는 매우 의도적이라는 점을 암시한다. 곧 연암은 자신의 의도를 표현하기 위해 필담에 허구적 대사와 상상력을 덧붙였을 가능성이 높다. 중국인의 입을 통해 나오는 주제는 조선 사회의 입장에서는 민감한 내용이 많다. 그러나 연암이 아닌 중국인을 통해 나오는 까닭에 겉으로는 중국 문화에 대한 이해를 돕는 것처럼 느껴진다. 그러므로 중국인의 입을 빌려 자신의 의도를 드러냈을 가능성을 잘 살피며 읽어야 한다. 특별히『성경잡지』의 장사에 관한 대화들,『황교문답』의 추사시 발언,『곡정필담』의 왕민호의 생각들,『태학유관록』의 효자와 열녀 관련 대화,『망양록』의 음악 이야기에 숨은 속뜻을 주목해야 한다. 중국인의 말에 숨은 연암의 속내를 알아채야 한다.

열하일기는 모험 서사다

열하일기는 대체로 단순한 보고문이나 견문록 형식으로 된 다른 연행록과는 달리 모험 여정의 성격이 강하다. 따라서 열하일기는 여행기라는 관점에서 벗어나 모험 서사의 관점에서 읽어 볼 필요도 있다. 열하라는 지역은 조선인으로는 최초로 가는 역사적인 공간이므로 모험의 의미가 더욱 드러난다. 조지프 캠벨(J. Campbell)이나 크리스토퍼 보글러(Ch. Vogler)가 만든 영웅의 모험 여행 구조와 비교하면 열하일기는 얼추 비슷한 점이 있다. 조지프 캠벨은 세계 각국의 신화나 동화 속 영웅들의 모험을 분석하여, 나라마다 문화가 다르고 사회 환경이 다르지만 그들은 똑같은 길을 간다고 주장하며 영웅의 모험 여정을 19과정으로 나누었다. 크리스토퍼 보글러는 조지프 캠벨의 19과정 이론을 단순하게 만들어 영화에 나타난 영웅의 길을 12단계로 나누었다. 간단하게 말하면 보통 세계와 특별한 세계로 나누어지고, 일상 세계에서 집을 떠나 고생하다가 특별한 세계로 넘어가는 '문지방 넘기'가 이루어지며, 그곳에서 호된 시련을 겪다가 시련을 극복하고 일상의 세계로 돌아오는 귀환의 구조로 이루어져 있다. 우리나라의 고전 영웅 서사 구조도 이와 비슷하다.

그렇다면 열하는 일상의 세계에서 넘어가는 '특별한 세상'이고, 북경에 도착한 연암 일행이 허둥지둥 열하로 떠나는 장면은 '문지방 넘기'에 해당한다. 특별한 세상에서 경험하는 시련의 과정은 하룻밤에 강을 아홉 번 건넌 사연과 판첸라마를 만나는 소동이다. 하인과 중국인 친구들은 각종 시험에서 만나는 조력자가 되고, 임무를 무사히 마치고 북경으로 돌아오는 장면은 '귀환'에 해당한다. 열하일기를 '모험 서사'로 바라보는 까닭은 오늘날 독자들과 더욱 가깝게 만나게 하는 통로로서의 의미도 있지만, 연암이 열하일기를 쓸 때 무의식적으로 모험 여정으로 구상했을 수 있다는 가능성을 생각해 본 것이다.

한편으로 열하일기는 우언문학(寓言文學)의 관점에서 읽을 필요도 있다. 연암은 자신이 몸담은 세계가 심각히 병들었다고 느꼈고, 그것을 꼭 바꾸고 싶었으나 자신에게 닥칠 피해를 고려해야 하는 사대부 신분이었다. 열하일기를 우언으로 볼 수 있는 근거다. 「호질」과 같이 우언의 성격이 분명한 작품도 있지만, 더 적극적으로 밀고 들어가서 열하일기 전체를 우언의 세계로 읽는 것도 괜찮다. 연암은 진실을 말하고 싶어서 일부러 허구의 언어를 사용하거나 빙 돌려서 말하는 경우가 많다. 전달하고자 하는 주제가 심각할수록 직접 있는 그대로 말하기 힘든 것이다. 또 사실의 언어를 쓰더라도 그 안에 감추어진 의도가 있기도 하다. 열하일기에 기록된 수많은 사연과 경험들은 하나의 비유적 장치가 된다. 따라서 사실의 기록을 넘어선 상징과 우언의 의미를 찾으려 시도할 필요가 있다. 우언 문학으로 접근하는 것은 드러난 사실 뒤에 숨은 연암의 의도 찾기가 될 것이다.

새로운 시작을 위하여

열하일기에는 세상의 모든 것을 알기를 원하고, 배우길 원하는 한 문장가의 탐구심과 호기심으로 가득하다. 관습을 거부하고 새로운 세상을 열망하는 한 지식인의 열정이 뜨겁게 타오른다. 소박한 인생에 대한 깨달음부터 동아시아 정세에 대한 비전에 이르기까지 깊고도 심오한 문제의식이 담겨 있다. 편견과 차별을 버리고 인간과 세계를 사심 없이 공정하게 바라본 경계인의 시좌(視座)가 있다. 지극히 작은 것에서 세계사적 비전을 모색한 혜안이 빛난다. 그러므로 우리 자신이 경계인이 되어 뜨거운 탐구 열정으로 열하일기 읽기를 시도한다면 연암의 열망과 탄식, 진심과 고민을 마주하게 될 것이다. 그리고 그 마음에 감염되어 우리 시대의 현실을 들여다보게 될 것이다. 내가 열하일기를 이야기한 까닭은 책의 지식을 들려주고자 함이 아니라, 한 지성인의 고뇌를 읽어 내어 지금 여기 내가 사는 현실을 이해하기 위함이다.

이제 열하 여정을 마치겠다. 연암은 「북학의서」에서 말한다. "모르는 것이 있으면 길 가는 사람을 붙잡고라도 물어야 한다. 심지어 하인이 나보다 한 글자라도 알면 그에게 가서 배워야 한다." 가장 큰 무지는 자신이 잘 안다고 생각해서 더 이상의 배움을 멈추는 태도다. 삶은 날마다 새로운 깨달음이고 새로운 발견이다. 열하일기 읽기가 새로운 발견으로 이어지길 기대한다. 그리고 이 책 읽기가 일회성의 지식 공부에 머물지 않고 열하일기를 새롭게 발견하는 진정한 시작점이 되길 기대한다. 지금 여기의 현실에서 열하일기를 새롭게 읽어 내는 작업은 계속될 것이다.

열하일기의 구성

열하일기는 이본이 60종 가까이에 이르며, 이본에 따라 24권부터 26권까지 조금씩 권수가 다르게 구성되어 있다. 여기서는 박영철본을 기준으로 삼는다. 열하일기는 1권부터 7권까지는 날짜별로, 8권부터 25권까지는 주제별 혹은 사건별로 이루어져 있다. 날짜별로 구성한 것을 편년체라고 하고, 사건별로 기록한 것을 기사체라고 한다. 기사체 대부분이 열하에서 체험한 일을 다룬 것이고 『황도기략』, 『알성퇴술』, 『앙엽기』 정도가 북경의 견문을 다룬 것이다. 각 권의 내용과 흥미로운 대목을 정리해 보았다.

전반부— 편년체(編年體)

1권 도강록(渡江錄) 압록강을 건넌 이야기. 압록강에서 요양까지 15일간의 여정. 호곡장론, 이용후생론.

2권 성경잡지(盛京雜識) 심양의 이모저모. 십리하에서 소흑산까지 5일간의 여정. 가상루와 예속재 방문 경험. 기상새설 소동.

3권 일신수필(馹汛隨筆) 역참을 지나며 붓가는 대로 쓰다. 신광녕에서 산해관까지 9일간의 기록. 삼류 선비의 장관론. 수레 제도.

4권 관내정사(關內程史) 산해관에서 북경까지 11일간의 기록. 백이 기사와 「호질」.

5권 막북행정록(漠北行程錄) 열하를 향한 여정. 북경에서 열하까지 5일간의 여정. 이별론과 고북구 관련 기사. 마두 창대의 고생담.

6권 태학유관록(太學留館錄) 태학관에 머문 기록. 열하의 태학관에서 중국 학자들과 나눈 6일간의 기록. 열녀와 효자에 관한 대화. 판첸라마 접견 소동.

7권 환연도중록(還燕道中錄) 북경으로 돌아오다. 열하에서 북경으로 귀환하기까지 6일간의 여정. 오미자 소동. 관우 숭상 풍속 비판.

후반부— 기사체(記事體)

8권 경개록(傾蓋錄) 열하에서 만난 친구들. 태학관에 머물면서 만난 중국 학자들 이야기.

9권 황교문답(黃敎問答) 황교에 대한 문답. 중국 학자와 황교(라마교)에 대해 문답한 이야기.

10권 반선시말(班禪始末) 반선의 내력. 청나라 황제의 판첸라마(반선) 정책을 논평하고 황교와 불교의 다른 점을 밝힘.

11권 찰십륜포(札什倫布) 반선을 만나다. 찰십륜포(수미복수지묘)는 티베트어로 큰 스님이 살고 있는 곳이란 뜻. 반선에 대한 기록.

12권 행재잡록(行在雜錄) 사행 관련 문건들. 조선과 청나라 사이에 주고받던 외교 문서와 외교 문건들.

13권 망양록(忘羊錄) 양고기 먹는 걸 잊게 한 음악 이야기. 중국 학자와 음악에 대한 견해를 주고받은 기록.

14권 심세편(審勢編) 천하의 형세를 살피다. 중국의 형세를 잘 살피는 방법.

15권 곡정필담(鵠汀筆談) 곡정과 나눈 필담. 곡정 왕민호와 주고받은 16시간의 필담 기록.

16권 산장잡기(山莊雜記) 피서산장에서의 글. 열하 산장에서 쓴 여러 가지 글. 「일야구도하기」「야출고북구기」「상기」 등 수록.

17권 환희기(幻戲記) 요술 이야기. 중국에서 본 스무 가지 요술을 구경한 기록.

18권 피서록(避暑錄) 피서산장에서 쓴 글. 피서산장에서 보고 들은 내용. 조선과 중국의 시문 논평.

19권 구외이문(口外異聞) 장성 밖 기이한 이야기. 고북구 밖에서 보고들은 기이한 이야기.

20권 옥갑야화(玉匣夜話) 옥갑에서의 밤 이야기. 「허생전」 수록.

21권 황도기략(黃圖紀略) 북경의 이모저모. 북경의 명승지와 건물을 견학한 이야기. 「황금대기」, 「천주당」 등 수록.

22권 알성퇴술(謁聖退述) 공자 사당을 참배하고서. 북경의 유교 명승지를 중심으로 견문한 이야기. 「관상대」 등 수록.

참고문헌

책을 저술하기까지 수많은 저서와 논문의 도움을 받았다.
일일이 적기엔 그 양이 너무 많아, 직접 도움 받은 문헌 위주로 기록한다.

— 강명관, 『허생의 섬, 연암의 아나키즘』, 휴머니스트, 2017.

— 강명관, 『열녀의 탄생』, 돌베개, 2009.

— 고미숙, 『열하일기, 웃음과 역설의 유쾌한 시공간』, 그린비, 2003.

— 김동석, 『열하일기와의 만남 그리고 엇갈림, 수사록』, 성대출판부, 2015.

— 김명호, 「열하일기 일신수필 서문과 동서양 사상의 소통」, 『국문학연구』, 2013.

— 김명호, 『연암 문학의 심층 탐구』, 돌베개, 2013.

— 김명호, 『환재 박규수 연구』, 창비, 2008.

— 김성남, 『이야기로 읽는 한중문화 교류사』, 프로젝트 409, 2004.

— 김태준 외, 『연행의 사회사』, 경기문화재단, 2005.

— 김혈조, 「경계인의 고뇌, 연암 박지원」, 『대동한문학』, 2015.

— 박제가 지음, 안대회 교감 역주, 『북학의』, 돌베개, 2013.

— 박종채 지음, 박희병 옮김, 『나의 아버지 박지원』, 돌베개, 1998.

— 박지원 지음, 김혈조 옮김, 『열하일기 1·2·3』, 돌베개, 2017.

— 박지원 지음, 박희병 옮김, 『고추장 작은 단지를 보내니』, 돌베개, 2005.

— 앙리 르페브르 지음, 양영란 역, 『공간의 생산』, 에코리브르, 2011.

— 에드워드 렐프 지음, 김덕현 외 옮김, 『장소와 장소 상실』, 논형, 2005.

— 임형택, 『실사구시의 한국학』, 창작과비평사, 2000.

— 정민, 『다산선생 지식경영법』, 김영사, 2006.

— 정은주, 『조선시대 사행기록화』, 사회평론, 2012.

— 조지프 캠벨 지음, 이윤기 옮김, 『천의 얼굴을 가진 영웅』, 민음사, 2018.

— 주돈식 지음, 『조선인 60만 노예가 되다』, 학고재, 2007.

— 최덕경, 『동아시아 농업사상의 똥 생태학』, 세창출판사, 2017.

— 한명기, 『정묘 병자호란과 동아시아』, 푸른역사, 2009.

314